Virginia Woolf Mrs Dalloway

Virginia Woolf Mrs Dalloway

TRADUÇÃO E NOTAS
Tomaz Tadeu

2ª edição
5ª reimpressão

autêntica

A Sra. Dalloway disse que ela mesma ia comprar as flores.

Pois Lucy estava cheia de serviço. As portas seriam retiradas das dobradiças; os homens da Rumplemayer's estavam chegando. E depois, pensou Clarissa Dalloway, que manhã – fresca como se nascida para crianças numa praia.

Que folia! Que mergulho! Pois fora a sensação que sempre tivera, em Bourton, quando, com um leve ranger das dobradiças, que podia ouvir agora, escancarava as folhas da porta e mergulhava no ar livre. Que fresco, que calmo, mais parado que o de agora, sem dúvida, era o ar do começo da manhã; como o tapa de uma onda; o beijo de uma onda; gelado e cortante e, contudo (para uma garota de dezoito anos, que era o que tinha então), solene, sentindo, como sentia, ali parada junto à porta aberta, que algo terrível estava para acontecer; olhando as flores, as árvores com a fumaça se desenrolando delas e as gralhas subindo, descendo; parada e olhando até que Peter Walsh disse: "Sonhando no meio dos vegetais?" – foi isso? – "Prefiro homens a couves-flores" – foi isso? Deve ter dito isso durante o café da manhã num dia em que ela tinha saído para o terraço – Peter Walsh. Estaria de volta da Índia um dia desses, em junho ou julho, não se lembrava bem, pois suas cartas eram terrivelmente sem graça; eram as frases que ele falava que a gente lembrava; os olhos, o canivete, o sorriso, a rabugice e, quando milhões de coisas tinham se apagado inteiramente – como isso era estranho! – umas poucas frases, como essa sobre couves.

Retesou-se um pouco sobre o meio-fio, esperando o furgão da Durtnall's passar. Uma mulher encantadora, foi o que Scrope Purvis pensou que ela era (conhecendo-a do jeito que se conhece uma pessoa que mora ao lado, em Westminster); um quê de pássaro era o que ela tinha, do gaio, entre o verde e o azul, ágil, vivaz, embora passasse dos cinquenta e tivesse embranquecido muito desde a doença. Ficou ali dependurada, sem, em momento algum, tê-lo visto, esperando, muito ereta, para atravessar.

Pois tendo morado em Westminster – por quanto tempo agora? por mais de vinte anos – a gente sente, Clarissa não tinha dúvida, até no meio do trânsito, ou acordando no meio da noite, uma calma ou uma solenidade diferente; uma parada indescritível; uma suspensão (mas podia ser o seu coração, afetado, diziam, pela *influenza*) antes de o Big Ben soar. Aí! Alto ele ribombou. Primeiro um aviso, musical; depois a hora, irrevogável. Os círculos de chumbo dissolviam-se no ar. Que tolos somos, pensou, cruzando a Victoria Street. Pois só os céus sabem por que a amamos assim, o quanto a vemos assim, inventando-a, erigindo-a à nossa volta, demolindo-a, criando-a do nada a cada instante; mas as mais esfarrapadas das esfarrapadas, as mais decaídas das infelizes que se sentam nos degraus de entrada das casas (a bebida, a sua ruína) sentem a mesma coisa; não é algo que possa ser administrado, estava certa disso, por leis do Parlamento, por esta precisa razão: elas amam a vida. No olhar das pessoas, na marcha, no passo, na pressa; na gritaria e no alarido; nas carruagens, nos carros, nos ônibus, nos furgões, no sacolejo e no passo arrastado dos homens-sanduíche; nas fanfarras; nos realejos; no triunfo e no frêmito e no insólito e intenso zumbido de algum aeroplano no alto estava o que ela amava; a vida; Londres; este momento de junho.

Pois eram meados de junho. A Guerra tinha chegado ao fim, exceto para alguém como a Sra. Foxcroft, morta de desgosto, na última noite, na Embaixada, porque aquele garoto maravilhoso tinha sido morto, e agora a antiga mansão senhorial ia ficar para um primo; ou Lady Bexborough, que abrira um bazar beneficente, diziam, o telegrama na mão, John, seu preferido, morto; mas tinha chegado ao fim; graças a Deus — ao fim. Era junho. O Rei e a Rainha estavam no Palácio. E por toda parte, embora fosse ainda tão cedo, havia um latejar, um bulício de pôneis a galope, um estalido de tacos de críquete; o Lord's, o Ascot, o Ranelagh e todos os outros clubes; envoltos na macia malha do ar azul-cinzento da manhã, que, à medida que o dia avançasse, iria se desmanchar, assentando em suas pistas e gramados saltitantes pôneis cujas patas dianteiras mal tocavam o chão voltavam ao ar, e rodopiantes e jovens cavalheiros, e sorridentes garotas em suas musselinas transparentes que, mesmo agora, após terem dançado a noite toda, levavam seus incríveis e peludos cachorros para um passeio; e mesmo agora, tão cedo, velhas e discretas viúvas zarpavam em seus carros a motor em missões de mistério; e lojistas remexiam em suas vitrines, com seus diamantes e suas pedras de imitação, seus adoráveis e antigos broches verde-mar em engastes do século dezoito para atrair americanos (mas é preciso economizar, não comprar precipitadamente coisas para Elizabeth), e também ela, gostando disso como gostava, com uma absurda e fiel paixão, sendo parte disso, pois as pessoas de sua família foram cortesões, outrora, na época dos George, também ela, ia, naquela mesma noite, brilhar e iluminar; ia dar a sua festa. Mas que estranho, ao entrar no Parque, o silêncio; a névoa; o zumbido; os alegres patos nadando com preguiça; as aves de papo num suave bamboleio; e quem seria aquele que vinha ali de costas para os edifícios do Governo, carregando, muito corretamente, uma maleta diplomática ornada com as armas reais, quem, senão Hugh Whitbread; seu velho amigo Hugh — o admirável Hugh!

"Desejo-lhe um bom dia, Clarissa!", disse Hugh, com certa exuberância, pois se conheciam desde crianças. "Para onde vai?"

"Gosto de caminhar em Londres", disse a Sra. Dalloway. "É realmente melhor do que caminhar no campo."

Tinham acabado de chegar à cidade para consultar os médicos – infelizmente. Outras pessoas vinham à cidade para ver exposições; ir à ópera; levar as filhas a passeio; os Whitbread vinham para "consultar os médicos". Eram sem conta as vezes que Clarissa visitara Evelyn Whitbread numa casa de saúde. Evelyn estava doente outra vez? Evelyn estava se sentindo um tanto indisposta, disse Hugh, sugerindo, por um muxoxo ou algum meneio do corpo – bem vestido, viril, extremamente elegante, perfeitamente guarnecido (ele estava, quase sempre, bem arrumado demais, mas presumivelmente tinha que estar, com seu carguinho na Corte) – que sua esposa tinha algum mal interno, nada sério, algo que Clarissa, velha amiga que era, entenderia perfeitamente, sem que ele precisasse entrar em detalhes. Ah, sim, ela compreendia, claro; que transtorno; e se sentia como uma irmã e estranhamente consciente, ao mesmo tempo, do seu chapéu. Não era o chapéu apropriado para o início da manhã, era? Pois Hugh sempre fazia com que ela se sentisse, quando se mexia apressado, levantando o chapéu com certo exagero e assegurando-lhe que ela podia ser uma garota de dezoito anos, e naturalmente iria à sua festa esta noite, Evelyn fazia absoluta questão, apenas um pouco atrasado possivelmente após a festa no Palácio à qual ele tinha que levar um dos filhos de Jim, – ela sempre se sentia um tanto pequena diante de Hugh; como uma colegial; mas apegada a ele, um pouco por tê-lo conhecido desde sempre, porém realmente considerava-o, à sua maneira, uma boa pessoa, embora Richard quase enlouquecesse com ele, enquanto, no que tocava a Peter Walsh, ele não a perdoara até hoje por gostar dele.

Ela conseguia lembrar cada cena, em Bourton – Peter furioso; Hugh naturalmente não é páreo para ele, sob nenhum aspecto, mas também não é um completo imbecil como pretende Peter; nem um simples janota. Quando sua velha mãe queria que ele deixasse de ir à caça ou a levasse a Bath, ele o fazia, sem reclamar; era realmente muito pouco egoísta, e quanto a dizer, como fazia Peter, que ele não tinha coração nem cérebro, nada a não ser as maneiras e a criação de um cavalheiro inglês, isso era apenas o seu querido Peter mostrando a sua pior faceta; e ele podia se tornar intolerável; podia se tornar impossível; mas adorável como companhia para passear numa manhã como esta.

(Junho tinha esticado cada folha das árvores. As mães de Pimlico davam de mamar aos seus bebês. Mensagens eram passadas da Frota para o Almirantado. A Arlington Street e a Piccadilly pareciam eletrizar o próprio ar do Parque e levantar suas folhas ardentemente, luminosamente, em ondas plenas daquela divina vitalidade que Clarissa amava. Dançar, cavalgar, ela tinha adorado tudo isso.)

Pois podiam ter ficado separados durante centenas de anos, ela e Peter; ela nunca escrevia uma carta, e as dele eram flores murchas; mas de repente ocorria-lhe: Se ele estivesse comigo agora o que diria? – certos dias, certas paisagens traziam-no de volta, serenamente, sem a antiga amargura; o que talvez fosse a recompensa por ter querido bem às pessoas; elas vinham de volta no meio do St James's Park, numa bonita manhã – realmente vinham. Mas Peter – por mais bonito que fosse o dia, e as árvores e a grama, e a menina de cor-de-rosa – Peter nunca via nada disso tudo. Ele poria os óculos, se ela dissesse para pô-los; ele olharia. Era a situação do mundo que o interessava; Wagner, a poesia de Pope, o caráter das pessoas, invariavelmente, e os defeitos dela própria. Como a repreendia! Como discutiam! Ela ia esposar um Primeiro-Ministro e ia se postar no alto de uma escadaria; a perfeita anfitriã, era como ele a qualificava (ela chorara, no seu quarto, por causa disso), ela tinha os predicados da perfeita anfitriã, ele dizia.

Assim, ainda se via discutindo no St James's Park, ainda pretendendo que estivera certa – e tinha que estar, além disso – em não se casar com ele. Pois no casamento deve haver uma certa liberdade, uma certa independência entre pessoas que vivem juntas dia após dia na mesma casa; que era o que Richard lhe proporcionava, e ela a ele. (Onde estava ele nessa manhã, por exemplo? Em alguma comissão, ela nunca perguntava de quê.) Mas com Peter, tudo tinha que ser dividido; tudo tinha que ser esmiuçado. E era intolerável, e quando culminou naquela cena no jardinzinho junto ao chafariz, teve de romper com ele ou teriam sido destruídos, ambos arruinados, estava convencida disso; embora tivesse carregado durante anos, como uma flecha cravada no coração, a mágoa, a angústia; e depois o horror do momento quando alguém lhe contou durante um concerto que ele se casara com uma mulher que conhecera num navio a caminho da Índia! Nunca esqueceria tudo isso! Fria, sem coração, uma pudica, foi o que disse dela. Nunca ia compreender que ele se importava. Mas aquelas indianas supostamente sim – umas caipiras bobinhas, bonitinhas, banais. E ela desperdiçava a sua piedade. Pois ele era bastante feliz, ele lhe assegurou – perfeitamente feliz, embora nunca tivesse feito qualquer coisa digna de ser comentada por eles; toda a sua vida tinha sido um fracasso. Era algo que ainda a deixava irritada.

Tinha chegado aos portões do Parque. Ficou um instante parada, observando os ônibus na Piccadilly.

Não diria de ninguém no mundo, agora, que era isso ou aquilo. Sentia-se muito jovem; ao mesmo tempo, indescritivelmente envelhecida. Passava como um bisturi através de tudo; ao mesmo tempo, ficava do lado de fora, assistindo. Tinha a perpétua sensação, enquanto observava os táxis, de estar longe, longe, muito longe, no meio do mar, e só; tinha sempre o sentimento de que viver, mesmo um único dia, era muito, muito perigoso. Não que se julgasse inteligente ou muito fora do comum. Não sabia como tinha feito para se arranjar na vida com os poucos fiapos de conhecimento que lhe tinham sido passados por Fräulein Daniels. Não sabia nada; nenhuma língua, nada de história; quase não lia nada agora, a não ser algum livro de memórias na cama; e, contudo, para ela, a vida era absolutamente absorvente; tudo isso; os táxis passando; e não diria de Peter, não diria de si mesma, sou isso, sou aquilo.

Seu único dom era o de conhecer as pessoas quase que por instinto, pensou, retomando a caminhada. Se a deixavam numa sala com alguém, sua espinha logo se arqueava toda, como a de um gato; ou ronronava. A Devonshire House, a Bath House, a casa com a cacatua de porcelana, ela as tinha visto, outrora, todas iluminadas; e lembrava-se de Sylvia, Fred, Sally Seton – tanta gente; e dançando a noite toda; e as carroças se arrastando a caminho do mercado; e a volta para casa pelo meio do Parque. Lembrava-se de ter, uma vez, jogado um xelim no Serpentine. Mas todo mundo se lembrava; o que ela amava era isto, aqui, agora, à sua frente; a senhora gorda no táxi. Importava, então, perguntava-se, caminhando em direção à Bond Street, importava que ela tivesse de deixar de existir de todo, inevitavelmente; que tudo isso devia continuar sem ela; era algo que ela lamentasse? ou não era confortante acreditar que a morte dava um fim absoluto? mas que, de algum modo, nas ruas de Londres, no fluxo e refluxo das coisas, aqui e ali, ela sobreviveria, Peter sobreviveria, viveriam um no outro, ela fazendo parte, estava certa disso, das árvores de sua casa; daquela casa lá, tão feia, toda feita de remendos, como era; parte de pessoas que nunca chegara a conhecer; estendida como uma névoa por entre as pessoas que ela conhecia bem, que a ergueriam nos seus ramos como ela tinha visto as árvores fazerem com a névoa, mas que se estenderia para cada vez mais longe, a sua vida, ela própria. Mas com que sonhava enquanto olhava a vitrine da Hatchard's? O que estava tentando recuperar? Qual imagem de branca aurora no campo, enquanto lia no livro aberto:

Não mais temas o calor do sol
Nem os rigores do furioso inverno.

Essa última fase da experiência do mundo produzira em todos eles, em todos os homens e em todas as mulheres, um manancial de lágrimas. Lágrimas e mágoas; coragem e fortaleza; uma atitude perfeitamente firme e estoica. Era só pensar, por exemplo, na mulher que ela mais admirava, Lady Bexborough, organizando o bazar.

Ali estavam o *Jorrocks's Jaunts and Jollities*; ali estavam o *Soapy Sponge* e as memórias da Sra. Asquith e o *Big Game Shooting in Nigeria*. Eram tantos os livros; mas nenhum que parecesse exatamente apropriado para levar a Evelyn Whitbread na casa de saúde. Nada que servisse para distraí-la e fazer com que aquela mulherzinha indescritivelmente murcha se mostrasse, por um momento apenas, quando Clarissa entrasse, cordial; antes que elas se acomodassem para a costumeira e interminável conversa sobre achaques femininos. Como ela queria que as pessoas ficassem contentes quando ela chegava, pensou Clarissa, e deu meia-volta e começou a caminhar de volta para a Bond Street, incomodada, porque era bobagem ter razões alheias para fazer as coisas. Seria muito melhor se ela fosse uma daquelas pessoas, como Richard, que fazia as coisas por si mesmas, ao passo que ela, pensou, esperando para cruzar a rua, fazia as coisas, a metade do tempo, não simplesmente por si mesmas; mas para que as pessoas pensassem isso ou aquilo; perfeita idiotice, ela sabia (e agora o guarda levantou a mão), pois nunca ninguém, por um segundo sequer, se deixava enganar. Ah, se ela pudesse começar a vida outra vez! pensou, pisando no passeio, ela poderia ter até mesmo uma aparência diferente!

Ela teria sido, em primeiro lugar, morena como Lady Bexborough, com uma pele de couro amarrotado e com olhos bonitos. Teria sido, como Lady Bexborough, lenta e imponente; um tanto ampla; interessada em política como um homem; com uma casa de campo; muito digna, muito sincera. Em vez disso, tinha uma figura fina como um palito; um rostinho ridículo, bicudo como o de um pássaro. Era verdade que tinha um porte apreciável; e mãos e pés bonitos; e se vestia bem, considerando-se o pouco que gastava. Mas agora, muitas vezes, este corpo que portava (deteve-se para ver uma pintura holandesa), este corpo, com todas as suas capacidades, parecia nada – absolutamente nada. Ela tinha a mais estranha sensação de ser, ela própria, invisível; imperceptível; ignota; agora sem um casamento à frente, agora sem filhos a dar à luz, mas apenas esta surpreendente e um tanto solene procissão, junto com os outros, pela Bond Street, apenas isso de ser a Sra. Dalloway; nem sequer Clarissa mais; isso de ser a Sra. Richard Dalloway.

A Bond Street a fascinava; a Bond Street de manhã cedo na alta estação; suas flâmulas flutuando; suas lojas; sem alarde; sem lantejoulas; uma peça de *tweed* na loja em que seu pai comprara seus ternos durante cinquenta anos; umas poucas pérolas; salmão num bloco de gelo.

"Isso é tudo", disse, olhando para o peixeiro. "Isso é tudo", repetiu, parando por um instante diante da vitrine de uma loja de luvas na qual, antes da Guerra, se podia comprar luvas quase perfeitas. E seu velho tio William costumava dizer que se conhece uma dama pelos sapatos e pelas luvas. Ele virou-se na cama uma certa manhã no meio da Guerra e disse: "Para mim chega". Luvas e sapatos; tinha uma paixão por luvas; mas sua própria filha, sua Elizabeth, não dava a mínima importância para nenhuma dessas coisas.

"A mínima importância", pensou, subindo a Bond Street, em direção a uma loja em que reservavam flores para ela quando dava uma festa. Era realmente com o seu cachorro, acima de tudo, que Elizabeth se importava. A casa inteira cheirava, nesta manhã, a alcatrão. Ainda assim, antes o pobre Grizzle do que a Srta. Kilman; antes a cinomose e o alcatrão e tudo o mais do que ficar sentada, trancada num quarto abafado, com um livro de orações! Antes qualquer outra coisa, estava inclinada a dizer. Mas podia ser apenas uma fase, no dizer de Richard, como as que todas as garotas atravessam. Podia estar apaixonada. Mas por que pela Srta. Kilman? que tinha sido bastante maltratada, sem dúvida; deve-se levar isso em conta, e Richard disse que ela era muito capaz, que tinha uma mente realmente histórica. De qualquer modo, elas eram inseparáveis, e Elizabeth, sua própria filha, tinha tomado a comunhão; e a maneira como se vestia, como tratava as pessoas que vinham à casa, convidadas para o almoço, ela não dava a mínima importância, a experiência lhe dizia que o êxtase religioso tornava as pessoas rígidas (as causas também); entorpecia-lhes os sentimentos, pois a Srta. Kilman faria qualquer coisa pelos russos, morreria de fome pelos austríacos, mas na vida pessoal causava verdadeiros sofrimentos, insensível como era, vestida com sua capa de borracha verde. Vestia aquela capa ano após ano; ela transpirava; ela era incapaz de permanecer numa sala cinco minutos sem fazer com que sentíssemos a sua superioridade, a nossa inferioridade; como ela era pobre; como éramos ricos; como ela vivia num pardieiro sem uma almofada ou uma cama ou um tapete ou seja lá o que fosse, toda a sua alma enferrujada com aquele ressentimento que se incrustava nela, sua demissão da escola durante a Guerra – pobre, amarga e infeliz criatura! Pois não era ela que a gente odiava, mas a ideia dela, ideia que sem dúvida acabara por agregar muita coisa que não era a Srta. Kilman; que se tinha tornado um desses espectros com os quais nos engalfinhamos durante a noite; um desses espectros que se escarrancham em cima da gente e sugam a metade de nosso sangue, dominadores e tiranos; pois sem dúvida num outro lance dos dados, com mais preto do que branco, ela teria gostado da Srta. Kilman! Mas não neste mundo. Não.

Roía-lhe, contudo, ter esse monstro brutal se mexendo dentro dela! ouvir gravetos estalando e sentir cascos fincados nas profundezas desta floresta coberta de camadas e camadas de folhas, a alma; nunca estar inteiramente contente, ou inteiramente segura, pois a qualquer momento a fera podia estar se mexendo, esse ódio que, especialmente desde a sua doença, tinha o poder de fazê-la sentir-se arranhada, ferida na espinha; que lhe causava dor física, e que sacudia, balançava e vergava todo o prazer que pudesse ter na beleza, na amizade, em sentir-se bem, em sentir-se amada e tornar sua casa agradável, como se de fato houvesse um monstro escavando as raízes, como se toda a panóplia de contentamento não fosse nada além de amor-próprio! este ódio!

Bobagens, bobagens! exclamou para si mesma, empurrando a porta giratória para entrar na Mulberry, a floricultura.

Seguiu em frente, ágil, alta, toda aprumada, para logo ser saudada pela figura de rosto redondo da Srta. Pym, cujas mãos tinham sempre um vermelho brilhante, como se tivessem permanecido mergulhadas na água fria junto com as flores.

Havia flores de todo tipo: delfínios, ervilhas-de-cheiro, molhos de lilás; e cravos, montes de cravos. Havia rosas; havia íris. Oh, sim... aspirava, dessa maneira, o doce aroma de terra de jardim, enquanto conversava com a Srta. Pym, que lhe devia favores, e a julgava bondosa, pois tinha sido bondosa anos atrás; muito bondosa, mas parecia mais velha este ano, virando a cabeça de um lado para o outro, entre as íris e as rosas e os tufos de lilás caídos, com os seus olhos meio cerrados, sorvendo, após o burburinho da rua, o delicioso perfume, o delicado frescor. E depois, abrindo os olhos, que frescas pareciam as rosas, como roupas de linho plissado que acabaram de chegar da lavanderia em cestas de vime; e sombrios e soberbos os cravos rubros, mantendo suas corolas erguidas; e todas as ervilhas-de-cheiro espalhando-se em suas bandejas, tingidas de roxo, brancas como neve, pálidas – como se fosse tardezinha e moças em saias de musselina viessem colher ervilhas-de-cheiro e rosas depois que o magnífico dia de verão, com seu céu quase azul-marinho, seus delfínios, seus cravos, seus lírios, tivesse findado; e era o momento entre as seis e as sete em que cada flor – rosas, cravos, íris, lilases – se inflama; branco, violeta, rubro, laranja forte; cada flor parece arder por si só, suavemente, simplesmente, nos canteiros enevoados; e como adorava as mariposas cinza-claro volteando em redor dos brincos-de-princesa, em redor das prímulas vespertinas!

E enquanto ia, com a Srta. Pym, de jarro em jarro, escolhendo, bobagem, bobagem, dizia para si mesma, cada vez mais suavemente, como se esta beleza, este perfume, esta cor, e a Srta. Pym gostando dela, confiando nela, fossem uma onda pela qual se deixava envolver e que sobrepujava aquele ódio, aquele monstro, sobrepujava tudo; e a levava para o alto, cada vez mais para o alto, quando – oh! um revólver detonou na rua lá fora!

"Meu Deus, esses carros a motor", disse a Srta. Pym, indo até a janela para espiar, e voltando e sorrindo à guisa de desculpas, com as mãos cheias de ervilhas-de-cheiro, como se esses carros, esses pneus fosse tudo culpa *sua*.

A violenta explosão que sobressaltou a Sra. Dalloway e levou a Srta. Pym até a janela, voltando depois com ares de desculpa, veio de um carro que havia parado junto ao meio-fio, exatamente do lado oposto ao da vitrine da floricultura Mulberry. Transeuntes que, naturalmente, pararam para olhar, mal tiveram tempo de vislumbrar um rosto da maior importância contra o estofado gris-pérola antes que uma mão masculina baixasse a cortina e não houvesse nada para ser visto exceto uma nesga de gris-pérola.

Porém rumores começaram logo a circular desde o meio da Bond Street até a Oxford Street, de um lado, até a loja de perfumes da Atkinson, do outro, passando, invisivelmente, inaudivelmente, como uma nuvem, veloz, feito véu, por sobre colinas, tombando, de fato, com algo da súbita sobriedade e placidez de uma nuvem, sobre rostos que um segundo antes tinham se mostrado totalmente desalinhados. Mas agora o mistério os tinha roçado com a sua asa; tinham ouvido a voz da autoridade; o espírito da religião estava à solta com os olhos hermeticamente vendados e a boca escancarada. Mas ninguém sabia de quem era o rosto vislumbrado. Do Príncipe de Gales, da Rainha, do Primeiro-Ministro? De quem era o rosto? Ninguém sabia.

Edgar J. Watkiss, com sua espiral de canos de chumbo ao redor do braço, disse, de maneira audível, para fazer graça, sem dúvida: "O caarro do Priimeirro-Miinistro".

Septimus Warren Smith, que não conseguia passar, ouviu o que ele disse.

Septimus Warren Smith, que tinha cerca de trinta anos de idade, rosto pálido, nariz afilado, calçando sapatos marrons e vestindo um casaco surrado, com olhos cor de avelã que tinham aquela aura de apreensão que tornava pessoas totalmente estranhas igualmente apreensivas. O mundo erguera seu chicote; onde iria ele se abater?

Tudo tinha parado. A trepidação dos motores soava como uma pulsação martelando irregularmente ao longo de todo um corpo. O sol se tornou extraordinariamente forte porque o carro parara defronte à vitrine da Mulberry; velhas senhoras no andar de cima dos ônibus estenderam suas sombrinhas pretas; com um estalido, uma sombrinha verde abriu-se aqui, outra, vermelha, ali adiante. A Sra. Dalloway, chegando até a janela com os braços carregados de ervilhas-de-cheiro, olhou para fora, o pequeno e rosado rosto marcado pela curiosidade. Todos observavam o carro. Septimus observava. Rapazes saltavam das bicicletas. O tráfego tornava-se mais pesado. E o carro ficou ali parado, com as cortinas baixadas, e elas tinham um estampado curioso, como uma árvore, pensou Septimus, e essa gradual convergência de tudo, diante de seus olhos, para um único centro, como se algum horror houvesse chegado quase à superfície e estivesse prestes a irromper em chamas, deixou-o aterrorizado. O mundo tremia e oscilava e ameaçava irromper em chamas. Sou eu quem está impedindo o trânsito, pensou. Não era ele que estava sendo observado, não era ele que estava sendo apontado; não estava ele colado ali, grudado à calçada, por algum desígnio? Mas qual?

"Vamos, Septimus", disse sua esposa, uma mulher de pequena estatura, com olhos enormes num rosto pálido e afilado; uma moça italiana.

Mas a própria Lucrezia não podia deixar de olhar para o carro e para a estampa de árvores das cortinas. Era a Rainha que estava ali dentro, a Rainha indo às compras?

O chofer, que estivera abrindo algo, ajeitando algo, fechando algo, voltou ao seu posto.

"Vamos", disse Lucrezia.

Mas seu marido – pois fazia agora quatro, cinco anos, que estavam casados – sobressaltou-se, pôs-se a andar e disse: "Está bem!", irritado, como se ela o tivesse interrompido.

Essa gente deve notar; essa gente deve perceber. Essa gente, pensou, observando a multidão que tinha os olhos fixados no carro; essa gente inglesa, com seus filhos e seus cavalos e suas roupas, as quais ela, de certo modo, admirava; mas eram, agora, "essa gente", porque Septimus havia dito "vou me matar"; uma coisa horrível para se dizer. E se o tivessem ouvido? Olhou para a multidão. Socorro, socorro! ficou com vontade de gritar para os carregadores de carne e para as mulheres. Socorro! Ainda no último outono, ela e Septimus tinham estado no Embankment, envoltos no mesmo casaco, Septimus lendo um jornal em vez de conversar, ela o arrancara das mãos dele e rira na cara do velho que os observava! Mas o desastre a gente esconde. Ela tinha que tirá-lo dali e levá-lo para algum parque.

"Agora vamos atravessar", disse.

Ainda que sem afeto, ela tinha direito ao seu braço. Ele o daria a ela, que era tão simples, tão impulsiva, só vinte e quatro anos, sem amigos na Inglaterra, que por causa dele tinha deixado a Itália, um pedaço de osso.

O carro, com suas cortinas arriadas e um ar de inescrutável reserva seguiu em direção à Piccadilly, ainda sob os olhares curiosos, ainda encrespando os rostos em ambos os lados da rua com a mesma e sombria lufada de veneração – se pela Rainha, pelo Príncipe ou pelo Primeiro-Ministro ninguém sabia. O rosto em si fora visto, apenas uma vez e por uns poucos segundos, por três pessoas. Até mesmo o sexo estava agora em discussão. Mas não podia haver nenhuma dúvida de que a potestade estava sentada no seu interior; a potestade estava passando, incógnita, ao longo da Bond Street, separada por não mais que um palmo da gente comum que podia agora, pela primeira e última vez, ficar a poucos passos da majestade da Inglaterra, do duradouro símbolo do Estado, que será revelado a curiosos arqueólogos, ocupados em esquadrinhar as ruínas do tempo, quando Londres for uma trilha tomada pela vegetação e todas essas pessoas se apressando ao longo do passeio nesta manhã de quarta-feira não forem mais que ossos, com umas poucas alianças misturadas ao seu pó e às obturações de ouro de incontáveis dentes cariados. O rosto que ia no carro a motor será então revelado.

É provavelmente a Rainha, pensou a Sra. Dalloway, saindo da Mulberry com suas flores; a Rainha. E por um segundo assumiu um ar de extrema dignidade, parada ao sol à porta da floricultura, enquanto o carro, com as cortinas arriadas, passava em marcha lenta. A Rainha indo a algum hospital; a Rainha indo inaugurar algum bazar beneficente, pensou Clarissa.

O afluxo de pessoas era formidável para aquela hora do dia. Lord's, Ascot, Hurlingham, o que seria? perguntou-se, pois a rua estava fechada. As classes médias britânicas sentando-se de lado no andar de cima dos ônibus, com pacotes e guarda-chuvas, sim, até mesmo com casacos de pele num dia como esse, não era possível imaginar que alguma vez tenha existido, pensou ela, algo parecido, algo tão ridículo; e a própria Rainha presa ali; a própria Rainha impedida de passar. Clarissa estava detida num lado da Brook Street; Sir John Buckhurst, o antigo juiz, no outro, com o carro entre eles (Sir John ditara as regras durante anos e apreciava uma mulher bem-vestida), quando o chofer, com uma inclinação mínima, disse ou mostrou algo ao guarda, que fez uma saudação e levantou o braço e balançou a cabeça e afastou os ônibus para o lado e o carro foi adiante. Lenta e muito silenciosamente seguiu o seu caminho.

Clarissa adivinhou; Clarissa sabia, sem dúvida; ela tinha visto algo branco, mágico, circular, na mão do batedor, um disco com um nome inscrito – da Rainha, do Príncipe de Gales, do Primeiro-Ministro? – que, pela força de seu próprio fulgor, abria caminho a fogo (Clarissa viu o carro diminuindo, desaparecendo), para brilhar entre candelabros, galões reluzentes, peitos retesados portando insígnias de folha de carvalho, Hugh Whitbread e todos os seus colegas, os cavalheiros da Inglaterra, nesta noite no Palácio de Buckingham. E Clarissa, ela também, dava uma festa. Empertigou-se um pouco; da mesma forma, ela ia se postar no alto de sua escadaria.

O carro se fora, mas deixou uma leve reverberação, que fluía pelas luvarias e pelas chapelarias e pelas alfaiatarias em ambos os lados da Bond Street. Por trinta segundos todas as cabeças estiveram voltadas para o mesmo lado – para a janela. Senhoras que escolhiam um par de luvas – deveriam ir até o cotovelo ou mais acima, amarelo-limão ou cinza-pérola? – se interromperam, paralisadas; quando a frase chegou ao fim, algo tinha acontecido. Algo tão insignificante em suas manifestações individuais que nenhum instrumento matemático, embora capaz de transmitir choques ocorridos na China, conseguiria registrar-lhe a vibração; mas verdadeiramente formidável, em sua totalidade, e emocionante, em seu apelo coletivo; pois em todas as chapelarias e alfaiatarias, estranhos entre si trocavam olhares e pensavam nos mortos; na bandeira; no Império. Num *pub* de uma viela, um colonial proferiu um insulto à Casa de Windsor, provocando rixas, copos de cerveja quebrados, e uma algazarra geral, que, estranhamente, foram ecoar no outro lado, nos ouvidos das moças que compravam *lingerie* branca, enfeitada com debrum de um branco imaculado, para o enxoval de casamento. Pois a agitação produzida na superfície pela passagem do carro tocava, à medida que se extinguia, algo de muito profundo.

Deslizando pela Piccadilly, o carro dobrou a St James's Street. Homens de alta estatura, homens de físico robusto, homens bem-vestidos, com seus fraques e com seus coletes brancos e com seus cabelos penteados para trás, e que, por razões difíceis de discriminar, permaneciam de pé junto à *bow window* do White's, com as mãos atrás das abas do fraque, olhando através da vidraça, perceberam instintivamente que a potestade estava passando, e a pálida luz da imortal presença desceu sobre eles, tal como descera sobre Clarissa Dalloway. Logo se endireitaram ainda mais, tiraram as mãos das costas, e pareciam estar prontos a seguir o seu Soberano, se necessário fosse, até a linha de fogo, como tinham feito, antes deles, os seus ancestrais. Os bustos brancos e as mesinhas do fundo, cobertas de exemplares do *Tatler* e sifões de água gasosa, pareciam aprovar; pareciam sugerir os trigais ondulantes e as mansões senhoriais da Inglaterra; e devolver o débil zumbido das rodas do carro, tal como as paredes de uma galeria dos murmúrios refletem uma única voz que é amplificada e se torna sonora pela potência de toda uma catedral. Moll Pratt enrolada em seu xale, com suas flores sobre a calçada, desejou felicidades ao adorável jovem (era o Príncipe de Gales, com certeza) e teria jogado o valor de um caneco de cerveja – de um buquê de rosas – ao chão da St James's Street, por puro prazer e desprezo pela pobreza, se não tivesse percebido o olho do guarda sobre ela, desencorajando a lealdade de uma velha irlandesa. As sentinelas do St James's Palace prestaram continência; o guarda da Rainha Alexandra retribuiu.

Uma pequena multidão se formara, nesse meio tempo, diante dos portões do Palácio de Buckingham. Desanimados, mas confiantes, gente pobre, todos, eles esperavam; olhavam o Palácio em si, com a bandeira ondulante; a Rainha Vitória, equilibrando-se em seu pedestal, admiravam os seus repuxos, os seus gerânios; destacavam, dentre os carros que passavam pela Mall, primeiro este, depois aquele; colocavam sua emoção, inutilmente, sobre simples plebeus que tinham saído para um passeio de carro; recolhiam sua homenagem, para não desperdiçá-la, enquanto passava este ou aquele carro; e o tempo todo deixavam que o rumor lhes entupisse as veias e mexesse com os nervos do corpo só de pensar que a Realeza podia lançar-lhes um olhar; que a Rainha podia dirigir-lhes uma inclinação de cabeça; que o Príncipe podia dirigir-lhes uma saudação; só de pensar na vida paradisíaca divinamente proporcionada aos Reis; nos escudeiros e nas mesuras exageradas; na antiga casa de boneca da Rainha; na Princesa Mary casada com um inglês, e o Príncipe – ah! o Príncipe, que puxara tanto, diziam, ao velho Rei Edward, mas que era muito mais esguio. O Príncipe morava no St James's Palace; mas podia chegar, durante a manhã, para visitar sua mãe.

Foi o que disse Sarah Bletchley, com o bebê nos braços, virando os pés para cima e para baixo como se estivesse junto à grade de sua lareira em Pimlico, mas mantendo os olhos na Mall, enquanto Emily Coates esquadrinhava as janelas do Palácio e pensava nas criadas, nas incontáveis criadas, nos aposentos, nos incontáveis aposentos. Engrossada por um senhor de idade com um *terrier* escocês, por homens sem ocupação, a multidão aumentava. O pequeno Sr. Bowley, que mantinha aposentos na mansão Albany e que tinha sido impermeabilizado com cera relativamente às mais profundas fontes da vida, mas que podia se tornar permeável, subitamente, inapropriadamente, sentimentalmente, em virtude desse tipo de coisa – mulheres pobres esperando para ver a Rainha passar, mulheres pobres, criancinhas lindas, órfãos, viúvas, a Guerra – tisc, tisc, tisc! – tinha realmente lágrimas nos olhos. Cálida, muito cálida, uma brisa, que se exibia ao longo da Mall, passando por entre as mirradas árvores e pelos heróis esculpidos em bronze, ergueu algum tipo de flâmula que tremulava no britânico peito do Sr. Bowley, que levantou o chapéu quando o carro entrava na Mall e assim o manteve enquanto o carro se aproximava; e deixou que as mães pobres de Pimlico se apertassem contra ele, e permaneceu todo aprumado. O carro chegava.

De repente, a Srta. Coates olhou para o céu. O som de um aeroplano zumbia sinistramente nos ouvidos da multidão. Lá estava ele, descendo por sobre as árvores, soltando por trás uma fumaça branca, que se enrolava e se torcia, de fato escrevendo alguma coisa! escrevendo letras no céu! Todo mundo olhou para cima.

Despencando, planando, o aeroplano arremeteu para o alto, fez voltas sobre si mesmo, acelerou, mergulhou, empinou, e não importando o que fazia, não importando para onde ia, deixava para atrás uma faixa espessa e emaranhada de fumo branco que desenhava caracóis e coroas de letras contra o céu. Mas quais letras? Era um C? um E, depois um L? Por um instante apenas, mantiveram-se estáticas; depois se remexeram e se fundiram e foram varridas do céu, e o aeroplano disparou para mais longe ainda e, de novo, num pedaço limpo do céu, começou a escrever um K, um E, um Y talvez?

"Glaxo", disse a Sra. Coates, numa voz tensa, apreensiva, olhando espantada para o alto, e o bebê dela, pálido, imóvel, em seus braços, olhou espantado para o alto.

"Kreemo", murmurou a Srta. Bletchley, como uma sonâmbula. Com o chapéu absolutamente imóvel na mão, o Sr. Bowley olhou espantado para o alto. Ao longo de toda a Mall, as pessoas pararam e olharam para o céu. Enquanto olhavam, o mundo inteiro tornou-se absolutamente silencioso, e um bando de gaivotas cruzou o céu, primeiro uma gaivota na frente, depois outra, e nessa paz e nesse silêncio extraordinários, nessa palidez, nessa pureza, os sinos bateram onze vezes, o som extinguindo-se lá em cima, entre as gaivotas.

O aeroplano virou e subiu e se lançou exatamente onde quis, veloz, solto, como um esquiador...

"É um E", disse a Sra. Bletchley – ou uma dançarina...

"É *toffee*", murmurou o Sr. Bowley – (e o carro foi em direção aos portões e ninguém lhe prestou atenção), e suspendendo a fumaça, para longe, cada vez mais longe, ele disparou, e a fumaça se diluiu e se juntou em volta das formas brancas e largas das nuvens.

Tinha ido embora; estava atrás das nuvens. Não havia qualquer som. As nuvens às quais as letras E, G ou L tinham se juntado se moviam livremente, como se destinadas a cruzar do Ocidente para o Oriente, numa missão da maior importância e que nunca seria revelada, e contudo certamente era isso que era – uma missão da maior importância. Então, de repente, como um trem sai de um túnel, o aeroplano irrompeu de novo de trás das nuvens, o som zunindo nos ouvidos de todas as pessoas na Mall, no Green Park, na Piccadilly, na Regent Street, no Regent's Park, e a faixa de fumaça curvou-se para trás e lançou-se para baixo, e disparou para cima e escreveu uma letra atrás da outra – mas que palavra escrevia?

Lucrezia Warren Smith, sentada ao lado do marido num banco do Regent's Park, na Broad Walk, olhou para cima.

"Olha, olha, Septimus!", exclamou. Pois o Dr. Holmes dissera-lhe para fazer o marido (que não tinha nada de sério, só não estava nos seus melhores dias) se interessar por coisas para além dele.

Assim, pensou Septimus, olhando para cima, eles estão me fazendo sinais. Não, na verdade, em palavras reais; quer dizer, ele ainda não era capaz de ler a língua; mas era mais do que evidente, essa beleza, essa estranha beleza, e lágrimas encheram-lhe os olhos enquanto observava as palavras de fumaça dissipando-se e desmanchando-se no céu e propiciando-lhe, em sua inexaurível complacência e luxuriante bondade, uma figura atrás da outra de inimaginável beleza e indicando sua intenção de proporcionar-lhe, por nada, para sempre, simplesmente para olhar, beleza, mais beleza! Lágrimas rolavam-lhe pelas faces.

Era *toffee*; estavam anunciando *toffee*, disse uma babá a Rezia. Juntas começaram a soletrar t... o... f...

"K... R...", disse a babá, e Septimus ouviu-a dizer-lhe "Cá Erre" próximo ao ouvido, profundamente, suavemente, como um órgão melodioso, mas com um rascado na voz, como o de uma cigarra, que lhe arranhava deliciosamente a espinha e que faziam subirem ao cérebro ondas de som que, chocando-se, rompiam-se. Uma descoberta maravilhosa, não restava dúvida – que a voz humana, sob certas condições atmosféricas (pois devemos ser científicos, sobretudo científicos), pode despertar árvores para a vida! Felizmente, com um peso tremendo, Rezia pôs-lhe as mãos sobre os joelhos, de maneira que ele se prostrou, paralisado, senão a emoção dos olmos se erguendo e se vergando, se erguendo e se vergando, com todas as suas folhas inflamadas, e a cor se diluindo e se adensando, indo desde o azul até o verde de uma onda oca, como um penacho na cabeça de um cavalo, como plumas na cabeça de uma dama, de tão altivamente, de tão soberbamente que se erguiam e se vergavam, o teria enlouquecido. Mas ele não ia enlouquecer. Fecharia os olhos; não veria mais nada.

Mas eles lhe acenavam; as folhas estavam vivas; as árvores estavam vivas. E as folhas, ligadas como estavam por milhões de fibras com seu próprio corpo ali no banco, abanavam-no para cima e para baixo; quando o galho se esticava, também ele fazia essa menção. Os pardais esvoaçando, subindo e mergulhando nos chafarizes de pedra chanfrada, faziam parte do motivo; o branco com azul, atravessado por ramagens escuras. Com premeditação, os sons produziam harmonias; os espaços entre eles eram tão significativos quanto os sons. Uma criança chorava. No mesmo instante, uma trombeta soou ao longe. Tudo aquilo reunido significava o nascimento de uma nova religião...

"Septimus", disse Rezia. Ele teve um violento sobressalto. As pessoas devem notar.

"Vou até o chafariz e volto", disse ela.

Pois ela não podia mais suportar. O Dr. Holmes podia dizer que ele não tinha nada de sério. Muito melhor para ela que ele estivesse morto! Ela não podia ficar sentada ao seu lado quando ele ficava com esse olhar fixo e não a enxergava e tornava tudo terrível; céu e árvore, crianças brincando, empurrando carrinhos, soprando apitos, caindo; tudo ficava terrível. E ele não se mataria; e ela não podia contar para ninguém. "Septimus tem trabalhado muito" – era tudo o que podia dizer para a sua própria mãe. Amar nos torna solitários, pensou. Não podia contar para ninguém, agora nem mesmo para Septimus, e olhando para trás, viu-o sentado no banco, com seu casaco surrado, sozinho, encolhido, o olhar fixo. E era covarde da parte de um homem dizer que se mataria, mas Septimus tinha lutado; ele era corajoso; ele não era Septimus agora. Ela punha a sua gola de renda. Punha o seu chapéu novo e ele nunca notava; e era feliz sem ela. Nada poderia fazê-la feliz sem ele! Nada! Ele era um egoísta. É como os homens são. Pois ele não estava doente. O Dr. Holmes disse que ele não tinha nada de sério. Ela espalmou a mão à sua frente. Olha! Sua aliança escorregou – ela tinha ficado tão magra. Quem sofria era ela – mas não tinha ninguém para quem contar.

Longe estavam a Itália e as casas brancas e o quarto onde suas irmãs ficavam sentadas fazendo chapéus, e as ruas cheias de gente, todas as noites, passeando, rindo alto, não vivas apenas pela metade como as pessoas daqui, enfiadas em cadeiras de Bath, olhando para umas flores minguadas e horríveis, espetadas em vasos!

"Pois você devia ver os jardins de Milão", disse ela, em voz alta. Mas para quem?

Não havia ninguém. Suas palavras se extinguiam. Assim se extingue um foguete. Suas centelhas, tendo riscado seu caminho na noite, a ela se rendem, a escuridão se impõe, espraia-se sobre os contornos das casas e das torres; ermas encostas se atenuam e desmoronam. Mas ainda que tenham desaparecido, a noite está cheia delas; privadas de cor, despidas de janelas, elas existem mais solidamente, revelam o que a franca luz do dia não consegue transmitir – a perturbação e a suspensão das coisas aglomeradas ali na escuridão; grudadas umas às outras na escuridão; usurpadas do relevo que traz a aurora quando, banhando as paredes de branco e cinza, sarapintando cada vidraça, levantando a névoa dos campos, revelando as vacas castanho-avermelhadas pastando tranquilamente, tudo se torna uma vez mais enfeitado para o benefício dos olhos; existe de novo. Estou sozinha; estou sozinha! exclamou ela, junto ao chafariz, no Regent's Park (contemplando o indiano e sua capelinha), como talvez à meia-noite, quando todas as fronteiras se desfazem, o país volta à sua forma antiga, tal como os romanos o viram, todo enevoado, quando desembarcaram, e as colinas não tinham nome e os rios serpenteavam eles não sabiam para onde – assim era a escuridão dela; quando, de repente, como se uma plataforma tivesse surgido e ela estivesse em cima dela, ela contou que era a esposa dele, tendo se casado em Milão anos atrás, a esposa dele, e não diria nunca, nunca, que ele estava louco! Virando, a plataforma desabou; para o fundo, para o fundo ela foi. Pois ele tinha ido embora, ela pensou – embora, como ameaçara, para se matar – para se atirar embaixo de uma carroça! Mas não; ali estava ele; ainda sentado sozinho no banco, com seu casaco surrado, as pernas cruzadas, o olhar fixo, falando alto.

Os homens não devem derrubar árvores. Existe um Deus. (Ele anotava essas revelações no verso de envelopes.) Mudem o mundo. Ninguém mata por ódio. Faça com que o saibam (ele anotou). Ele esperava. Ele escutava. Um pardal, empoleirado na grade da cerca em frente, chilreou Septimus, Septimus, quatro ou cinco vezes seguidas e prosseguiu, prolongando suas notas, para cantar, com frescor e estridência, em palavras gregas, como não existe nenhum crime e, reforçado por outro pardal, cantaram com vozes prolongadas e estridentes, em palavras gregas, desde árvores no prado da vida até o outro lado de um rio onde os mortos vagueiam, que não existe nenhuma morte.

Ali estava a sua mão; ali, os mortos. Coisas brancas estavam se juntando atrás das grades do outro lado. Mas ele não ousava olhar. Evans estava atrás das grades da cerca!

"O que você está dizendo?", disse Rezia de repente, sentando-se ao lado dele.

Interrompido outra vez! Ela estava sempre interrompendo.

Longe das pessoas – deviam ir para longe das pessoas, ele disse (saltando do banco), ir rápido para lá, onde havia cadeiras, embaixo de uma árvore, e a longa lomba do Parque caía como uma peça de pano verde, com uma bambolina de fumaça azul e rosa bem no alto, e havia, ao longe, uma barreira de casas irregulares turvadas pela fumaça, o tráfego zumbia num círculo, e à direita, animais cor de canela esticavam pescoços compridos por sobre as cercas do zoológico, urrando, uivando. Ali eles se sentaram debaixo de uma árvore.

"Olha", ela implorou, apontando para um pequeno grupo de garotos carregando varetas de críquete, e um deles arrastava os pés, girava sobre os calcanhares e arrastava os pés, como se estivesse atuando como palhaço num espetáculo de variedades.

"Olha", implorou, pois o Dr. Holmes lhe tinha dito que o fizesse observar coisas reais, ir a um teatro de variedades, jogar críquete – esse era o jogo certo, dissera o Dr. Holmes, um belo jogo ao ar livre, o jogo certo para o seu marido.

"Olha", ela repetiu.

Olha, ordenava-lhe o invisível, a voz que agora se comunicava com ele, que era o maior dentre os homens, Septimus, há pouco levado da vida para a morte, o Senhor que viera para renovar a sociedade, que se estendia como uma colcha, um manto de neve molestado apenas pelo sol, para sempre inextinguível, sofrendo para sempre, o bode expiatório, o eterno sofredor, mas ele não desejava isso, lamentou-se, afastando dele, com um gesto da mão, esse eterno sofrimento, essa eterna solidão.

"Olha", ela repetiu, pois ele não devia falar em voz alta para si mesmo, fora de casa.

"Oh, olha", implorou-lhe. Mas o que havia ali para olhar? Uns carneiros. Era só.

O caminho para a estação de metrô do Regent's Park – poderiam eles dizer-lhe qual o caminho para a estação de metrô do Regent's Park? – queria saber Maisie Johnson. Ela chegara de Edimburgo havia apenas dois dias.

"Por aqui não – por ali!", exclamou Rezia, gesticulando para desviá-la, de modo que não visse Septimus.

Pareciam ambos estranhos, pensou Maisie Johnson. Tudo parecia muito estranho. Em Londres pela primeira vez, tendo vindo para assumir um cargo na loja do tio na Leadenhall Street, e caminhando agora de manhã pelo Regent's Park, esse casal sentado nas cadeiras era para ela um grande choque; a moça parecia estrangeira, o homem tinha um ar estranho; de tal forma que, bem velhinha, remexendo suas memórias, ainda iria se lembrar de como tinha caminhado pelo Regent's Park numa bela manhã de verão cinquenta anos atrás. Pois tinha só dezenove anos e tinha arranjado, finalmente, um jeito de vir para Londres; e como era estranho, agora, esse casal ao qual tinha perguntado o caminho, e a moça tinha se assustado e sacudido a mão, e o homem – ele parecia terrivelmente esquisito; brigando, talvez; separando-se para sempre, talvez; algo se passava, ela sabia; e agora todas essas pessoas (pois ela voltou para a Broad Walk), as fontes de pedra, as bem-cuidadas flores, os homens e as mulheres de idade, enfermos a maioria deles, em cadeiras de Bath – tudo parecia, depois de Edimburgo, tão estranho. E Maisie Johnson, enquanto se juntava a essa companhia beijada pela brisa, se arrastando mansamente, fitando o vazio – com esquilos pendurando-se nas árvores e alisando o pelo, borbotões de pardais esvoaçando em busca de migalhas, cachorros ocupados com as grades das cercas, ocupados uns com os outros, enquanto eles eram inundados pela brisa morna e emprestavam ao olhar fixo e indiferente com o qual recebiam a vida um quê de fantástico e de plácido – Maisie Johnson sentiu que certamente devia chorar Oh! (pois aquele jovem cavalheiro sentado no banco tinha sido para ela um grande choque. Algo se passava, ela sabia.)

Horror! horror! ela queria gritar. (Ela tinha abandonado sua gente; eles tinham-lhe advertido do que aconteceria.)

Por que não tinha ficado na sua terra? lamentou-se, girando a maçaneta do portão de ferro gradeado.

Essa moça, pensou a Sra. Dempster (que guardava cascas de pão para os esquilos e frequentemente comia seu lanche no Regent's Park), ainda não sabe nada da vida; e realmente parecia-lhe preferível ser um tanto corpulenta, um tanto vagarosa, um tanto modesta em relação às próprias expectativas. Percy bebia. Bom, preferível ter um filho homem, pensou a Sra. Dempster. Tinha passado um mau bocado por causa disso, e não podia deixar de sorrir à vista de uma moça como essa. Você se casará, pois é bastante bonita, pensou a Sra. Dempster. Case-se, pensou, e aí você ficará sabendo. Oh, as cozinheiras, e tudo mais. Todo homem tem as suas manias. Mas não sei se teria escolhido isso se tivesse adivinhado, pensou a Sra. Dempster, e mal conseguia conter o desejo de dizer umas palavras a Maisie Johnson; sentir na bochecha enrugada de seu velho e surrado rosto o beijo da piedade. Pois tinha sido uma vida dura, pensou a Sra. Dempster. O que ela não lhe tinha sacrificado? As rosas; a forma; os seus pés também. (Ela recolheu os nodosos tocos para debaixo da saia.)

Rosas, pensou ela, sarcasticamente. Tudo besteira, queridinha. Pois, realmente, tendo que comer, beber e acasalar, faça bom ou mau tempo, a vida não tinha sido um mar de rosas e, além disso, deixe-me contar-lhe, Carrie Dempster não trocaria a sua sorte pela de qualquer outra mulher em Kentish Town! Mas, piedade, implorava. Piedade, pela perda das rosas. Piedade, era o que pedia de Maisie Johnson, parada junto aos canteiros de jacintos.

Ah, mas esse aeroplano! Não tinha a Sra. Dempster sempre desejado conhecer lugares estrangeiros? Ela tinha um sobrinho, um missionário. Disparava e arremetia. Ela sempre entrava no mar em Margate, sem perder a terra de vista, mas não tinha nenhuma paciência com mulheres que tinham medo d'água. Descia e se precipitava. O coração saltava-lhe pela boca. Subia novamente. Tem um belo rapaz a bordo, apostava a Sra. Dempster, e para longe ele ia, cada vez para mais longe, veloz e evanescente, para longe, para cada vez mais longe, o aeroplano disparava; lançando-se sobre Greenwich e todos os mastros; sobre a pequena ilha de igrejas cinzentas, sobre St Paul e as demais, até onde, em ambos os lados de Londres, se estendiam campos e bosques de um marrom escuro, nos quais destemidos tordos, num mergulho fulminante e com visão instantânea, arrebatavam caracóis, batendo-os contra a pedra, uma, duas, três vezes.

Longe, para cada vez mais longe, o aeroplano disparava, até não passar de uma brilhante faísca; um anseio; uma concentração; um símbolo (era o que parecia ao Sr. Bentley, que aparava vigorosamente a sua faixa de grama em Greenwich) da alma de um homem; de sua determinação, pensou o Sr. Bentley, contornando o cedro, a sair para fora do corpo, a ir para além de sua casa, por meio do pensamento, de Einstein, da especulação, da matemática, da teoria mendeliana – para longe o aeroplano disparava.

Então, enquanto um homem sem qualquer distinção, de aspecto desleixado, carregando uma sacola de couro, estava parado nos degraus da Catedral de St Paul, e hesitava, pois que bálsamo havia lá dentro, que calorosa acolhida, quantas tumbas com flâmulas tremulando sobre elas, insígnias de vitórias não sobre exércitos, mas sobre, pensou ele, esse maldito espírito de busca da verdade que me deixa, neste momento, sem emprego, e além disso, a Catedral nos oferece companhia, pensou, nos convida a sermos membros de uma sociedade; grandes homens fazem parte dela; mártires morreram por ela; por que não entrar, pensou ele, colocar essa sacola cheia de panfletos diante de um altar, de uma cruz, o símbolo de algo que se elevou para além do buscar e do inquirir e do alinhavar palavras e tornou-se inteiramente espírito, descorporificado, espectral – por que não entrar? pensou e, enquanto hesitava, o aeroplano passou voando sobre Ludgate Circus.

Estava estranho; estava quieto. Não se ouvia um som acima da corrente de tráfego. Sem piloto, é o que parecia; movido por seu livre arbítrio. E agora, virando para cima, sempre para cima, em linha reta para cima, como algo que se elevasse em êxtase, por puro deleite, soltando por trás uma fumaça branca que, fazendo voltas sobre si mesma, escrevia um T, um O, um F.

"O que estarão olhando?", perguntou Clarissa Dalloway à criada que lhe abriu a porta.

O vestíbulo da casa estava frio como uma cripta. A Sra. Dalloway levou a mão aos olhos e, enquanto a criada fechava a porta, e ela ouvia o farfalhar das saias de Lucy, sentiu-se como uma freira que voltou do mundo e se vê envolvida pelos véus familiares e pelas cantilenas de antigas orações. A cozinheira assobiava na cozinha. Ouvia o clac-clac da máquina de escrever. Era a sua vida e, inclinando a cabeça sobre a mesa do vestíbulo, entregou-se ao influxo de energia, sentiu-se abençoada e purificada, dizendo para si mesma, enquanto pegava o bloco com a anotação de um recado telefônico, como momentos como este são botões na árvore da vida, flores da escuridão é o que são, pensou ela (como se alguma adorável rosa tivesse acabado de se abrir só para o seu olhar); nunca acreditou em Deus por um momento que fosse; com mais razão, pensou, pegando o bloco, deve-se retribuir, no dia a dia, aos criados, sim, aos cães e aos canários, sobretudo a Richard, seu marido, que era o fundamento de tudo isso – dos sons alegres, das lâmpadas verdes, da cozinheira mesmo assobiando, pois a Sra. Walker era irlandesa e assobiava o dia todo – deve-se retribuir por esse secreto reservatório de maravilhosos momentos, pensou, erguendo o bloco, enquanto Lucy esperava em pé, ao seu lado, tentando explicar que

"O Sr. Dalloway, senhora..."

Clarissa leu o recado deixado no bloco: "Lady Bruton quer saber se o Sr. Dalloway almoçará com ela hoje".

"O Sr. Dalloway, senhora, me disse para dizer-lhe que vai almoçar fora."

"Santo Deus!", disse Clarissa, e Lucy compartilhou, tal como ela pretendia, o seu desapontamento (mas não a pontada no coração); sentiu o conluio entre elas; entendeu a deixa; pensou no modo como os ricos amam; com calma, pintou de dourado o próprio futuro; e, pegando a sombrinha da Sra. Dalloway, empunhou-a como uma arma sagrada de que uma Deusa, após ter se saído honrosamente no campo de batalha, se desfaz, e depositou-a no porta-guarda-chuva.

"Não mais temas", disse Clarissa. Não mais temas o calor do sol; pois o choque do convite de Lady Bruton a Richard para almoçar sem ela fez tremer o momento pelo qual passava, tal como uma planta no leito do rio treme ao sentir o choque de um remo que passa: assim ela se abalou: assim ela tremeu.

Millicent Bruton, cujos almoços tinham a fama de serem extraordinariamente divertidos, não a convidara. Nenhum ciúme vulgar a faria se separar de Richard. Mas ela temia o próprio tempo, e lia no rosto de Lady Bruton, como se fosse um relógio de sol talhado em pedra fria, o encolhimento da vida; como, a cada ano que passava, sua quota perdia uma fatia; como a margem que restava quase não conseguia mais prolongar, absorver, as cores, os sais, os tônus da existência, como nos anos de juventude, quando ela preenchia o espaço no qual entrava, e frequentemente sentia, parada, hesitando por um instante, à entrada do salão, uma estranha suspensão, do mesmo modo que um nadador, antes de mergulhar, fica parado, enquanto, embaixo dele, o mar escurece e brilha, e as ondas, que ameaçam rebentar, mas que apenas fendem delicadamente sua superfície, e, assim que se reviram, envolvem e encobrem e incrustam as algas com pérolas.

Ela pôs o bloco de notas na mesa do vestíbulo. Começou a subir as escadas devagar, segurando-se no corrimão, como se tivesse saído de uma festa, na qual ora um amigo, ora outro, lhe tivesse devolvido reflexos de seu rosto, de sua voz; como se tivesse fechado a porta e saído para a rua e ficado só, uma figura solitária contra o terror da noite, ou melhor, contra o olhar arregalado desta prosaica manhã de junho; suave, para alguns, com o brilho de pétalas de rosa, ela o sabia, ela o sentia, ao se deter, no alto da escadaria, junto à janela aberta que deixava irromper o estalar de persianas, o ladrar de cães, deixava irromper, pensou, sentindo-se subitamente franzida, envelhecida, murcha de seios, o engrenar, o explodir, o florescer do dia, do lado de fora das portas, do lado de fora da janela, do lado de fora do seu corpo e da sua mente, que agora falhavam, pois Lady Bruton cujos almoços tinham a fama de serem extraordinariamente divertidos não a tinha convidado.

Como uma freira que se recolhe, ou uma criança que explora uma torre, ela foi para o andar de cima, parou diante da janela, aproximou-se do banheiro. Havia o linóleo verde e uma torneira pingando. Havia um vazio no âmago da vida; um sótão. As mulheres têm que se despir de seus ricos adereços. Ao meio-dia têm que se desvestir. Espetou o alfinete na almofadinha e pôs o chapéu amarelo de plumas sobre a cama. Os lençóis estavam imaculados, firmemente esticados numa larga faixa branca de lado a lado. Estreita, cada vez mais estreita, ficava sua cama. A vela estava pela metade, e ela mergulhara na leitura das *Memórias* do Barão Marbot. Lera, até tarde da noite, sobre a retirada de Moscou. Pois as sessões do Parlamento duravam tanto que Richard insistia, desde a sua doença, que ela devia dormir sem ser perturbada. E, na verdade, preferia ler sobre a retirada de Moscou. Ele sabia disso. Assim, o quarto era um sótão; a cama, estreita; e deitada ali, lendo, pois o sono era-lhe difícil, não conseguia se livrar de uma virgindade que sobrevivera ao parto e que grudava nela como um lençol. Encantadora na juventude, de repente chegou um momento — no rio, sob os bosques, em Clieveden, por exemplo — em que, por alguma contração desse espírito frio, ela o decepcionara. E, depois, em Constantinopla, e uma vez mais, e mais outra. Ela podia perceber o que lhe faltava. Não era beleza; não era inteligência. Era alguma coisa central e penetrante; alguma coisa calorosa que rompia superfícies e fazia reverberar o frio contato entre homem e mulher, ou entre mulheres. Pois *isso* ela podia obscuramente perceber. Era algo de que se ressentia, ela tinha um escrúpulo adquirido Deus sabe onde, ou então, era o que achava, lhe fora dado pela Natureza (que é, invariavelmente, sábia); mas não conseguia, às vezes, resistir a se render ao encanto, não de uma garota, mas de uma mulher, de uma mulher que lhe confessasse, como era frequente que o fizessem a ela, algum deslize, alguma loucura. E fosse por compaixão, ou pela beleza delas, ou por ser ela mais velha, ou por algum acaso — como um leve perfume, ou um violino na casa vizinha (quão estranho é o poder dos sons em certos momentos), ela, sem dúvida alguma, realmente sentia, então, o que os homens sentiam. Por um instante apenas, mas era o suficiente. Era uma revelação súbita, um clarão, como um rubor que tentamos reprimir e depois, à medida que se difunde, rendemo-nos à sua expansão, e nos lançamos à última margem e ali trememos e sentimos o mundo chegar mais perto, túmido de algum significado espantoso, de alguma força de arrebatamento, que rasga sua delicada pele e jorra e escorre, com um alívio extraordinário, sobre os cortes e as feridas! Então, por um instante, ela sentira uma iluminação; um fósforo queimando dentro de uma flor de açafrão; um significado interior quase pronunciado. Mas o próximo recuava; o duro abrandava. Acabou – o instante. Com esses instantes (com as mulheres também) contrastavam (enquanto largava o chapéu) a cama e o Barão Marbot e a vela pela metade. Deitada, desperta, ouviu o assoalho estalar; a casa iluminada ficou escura de repente, e, se levantasse a cabeça, conseguiria ouvir apenas o clique da maçaneta largada tão delicadamente quanto possível por Richard, que, apenas de meias, esgueirou-se pela escada, deixando, depois, como de costume, cair a garrafa de água quente, e praguejando! Como ela dera risadas!

Mas essa questão do amor (pensou, largando o casaco), isso de apaixonar-se por mulheres. Sally Seton, por exemplo; sua relação, nos velhos tempos, com Sally Seton. Isso não tinha sido amor, afinal?

Ela estava sentada no chão – era a sua primeira imagem de Sally– estava sentada no chão com os braços em volta dos joelhos, fumando um cigarro. Onde teria sido? Na casa dos Manning? Dos Kinlock-Jones? Em alguma festa (onde, não estava certa), pois tinha uma clara lembrança de ter dito ao jovem que a acompanhava: "Quem é *aquela*?" E ele lhe dissera, e contou que os pais de Sally não se davam bem (como isso a tinha chocado – que os pais de alguém pudessem brigar!). Mas não conseguira, a noite inteira, tirar os olhos de Sally. Era uma beleza extraordinária, do tipo que ela mais admirava, morena, olhos grandes, com aquela qualidade que, por não a possuir, sempre invejou – uma espécie de despudor, como se pudesse dizer qualquer coisa, fazer qualquer coisa; uma qualidade mais frequente em estrangeiras do que em inglesas. Sally sempre dizia ter sangue francês nas veias, um ascendente seu tinha estado com Maria Antonieta, teve a cabeça cortada, deixou um anel de rubi. Foi talvez naquele verão, numa noite após o jantar, que ela chegou, de maneira bastante inesperada, para passar um tempo em Bourton, sem um pêni no bolso, e aborrecendo a tal ponto a pobre tia Helena que ela nunca a perdoou. Tinha havido alguma rixa em casa. Estava literalmente sem um pêni na noite em que chegou na casa deles – tinha penhorado um broche para viajar. Saiu de casa num impulso. Ficavam sentadas, conversando, até altas horas da noite. Foi Sally quem a fez sentir, pela primeira vez, quão protegida era a vida em Bourton. Ela não sabia nada sobre sexo – nada sobre problemas sociais. Tinha visto, certa vez, um velho que caíra morto num campo – tinha visto vacas logo após darem cria. Mas tia Helena nunca gostava que se discutisse qualquer tipo de assunto (quando Sally lhe deu William Morris para ler, teve que ser encapado com papel de embrulho). Ficavam ali sentadas, horas e horas, conversando no seu quarto, no último andar, conversando sobre a vida, sobre como iam reformar o mundo. Pretendiam fundar uma sociedade para abolir a propriedade privada, e realmente chegaram a escrever uma carta, mas que nunca foi enviada. As ideias eram de Sally, claro, mas logo também ela ficava entusiasmada – lia Platão na cama antes do café da manhã; lia Morris; lia Shelley, um livro por hora.

O poder de Sally era impressionante, seu talento, sua personalidade. Havia o seu jeito com as flores, por exemplo. Em Bourton, sempre tiveram vasinhos sem muita graça espalhados pela mesa. Sally saiu, colheu malvas, dálias – todo tipo de flores que nunca, antes, tinham sido vistas juntas – cortou-lhes os cálices, pondo-os a nadar na água, em tigelas. O efeito foi extraordinário – para quem entrava para o jantar, à hora do pôr do sol. (Naturalmente, tia Helena achava cruel tratar as flores assim.) E a vez que ela esqueceu a esponja e saiu correndo nua pelo corredor. Aquela velha criada rabugenta, Ellen Atkins, pôs-se a resmungar: "imaginem se algum dos cavalheiros a tivesse visto?" Ela realmente chocava as pessoas. Era uma descuidada, dizia papai.

O estranho, quando olhava para trás, era a pureza, a integridade de seu sentimento por Sally. Não era como o sentimento que se tem por um homem. Era completamente desinteressado e, além disso, tinha uma qualidade que só podia existir entre mulheres, entre mulheres recém-chegadas à fase adulta. De sua parte, era protetor; surgia de uma sensação de que eram unha e carne, do pressentimento de que alguma coisa estava destinada a separá-las (falavam do casamento sempre como uma catástrofe), o que levava a essa galanteria, a esse sentimento protetor que era muito mais dela do que de Sally. Pois naqueles dias, ela era de uma temeridade absoluta; fazia as coisas mais absurdas por pura bravata; dava voltas de bicicleta rente ao parapeito do terraço; fumava charutos. Louca, é o que ela era – muito louca. Mas o encanto era irresistível, ao menos para ela, tanto que ainda guardava a lembrança de estar no seu quarto, no último andar, segurando o jarro de água quente nas mãos e dizendo em voz alta: "Ela está sob o mesmo teto... Ela está sob o mesmo teto!"

Não, as palavras não significavam absolutamente nada para ela, agora. Não podia obter sequer um eco de sua antiga emoção. Mas podia lembrar ter sentido um arrepio de excitação, e ter se penteado numa espécie de êxtase (agora, enquanto tirava os grampos, colocava-os na penteadeira e começava a pentear-se, o antigo sentimento começava a vir-lhe de volta), com as gralhas exibindo-se para cima e para baixo na luz rosa do entardecer, e ter se vestido, e descido as escadas, e ter sentido, enquanto atravessava o corredor: "se tinha chegado a hora de morrer, esta seria a mais feliz das horas". Esse era o seu sentimento – o sentimento de Otelo, e ela o sentiu, estava convencida, tão intensamente quanto o que Shakespeare pretendeu que Otelo sentisse, tudo porque estava descendo para o jantar, num vestido branco, para encontrar Sally Seton!

Ela estava vestindo uma gaze rosa – seria possível? Ela *parecia*, de qualquer modo, pura luz, resplandecente, como um pássaro ou um balão que tivesse entrado voando, grudado, por um instante, a um galho de amoreira. Mas nada é tão estranho quando se está apaixonada (e que outra coisa seria isso senão estar apaixonada?) quanto a completa indiferença das outras pessoas. Tia Helena simplesmente saiu para caminhar, após o jantar; papai lia o jornal. É possível que Peter Walsh estivesse lá, e a velha Srta. Cummings; Joseph Breitkopf certamente estava, pois vinha todo verão, o pobre velho, ficando semanas e semanas, e pretendia ensinar-lhe alemão, mas, na verdade, tocava piano e cantava Brahms, sem nenhuma voz.

Tudo isso era apenas um pano de fundo para Sally. Ficava junto à lareira falando, naquela linda voz que fazia tudo o que ela dizia soar como uma carícia, com papai, que começava a se sentir atraído por ela, um tanto a contragosto (nunca se recobrou do fato de ter-lhe emprestado um de seus livros apenas para encontrá-lo encharcado no terraço), quando de repente disse: "Que vergonha ficarmos sentados dentro de casa!", e saíram todos para o terraço e começaram a andar de um lado para o outro. Peter Walsh e Joseph Breitkopf continuaram falando sobre Wagner. Ela e Sally deixaram-se ficar para trás. Deu-se, então, quando passavam por um vaso de pedra cheio de flores, o momento mais extraordinário de toda a sua vida. Sally parou; arrancou uma flor; beijou-lhe os lábios. O mundo inteiro podia ter virado de ponta-cabeça! Os outros desapareceram; ali estava ela, a sós com Sally. E sentiu que lhe tinha sido dado um presente, embrulhado, e lhe tinha sido dito que era só para guardar, não para olhar – um diamante, algo infinitamente precioso, num embrulho, que, enquanto caminhavam (de um lado para o outro, de um lado para o outro), ela desembrulhou, ou então foi a radiação que transluziu, a revelação, a sensação religiosa! – quando o velho Joseph e Peter voltaram-se para elas:

"Fitando as estrelas?", disse Peter.

Foi como dar com o rosto numa parede de granito no escuro! Foi chocante; foi horrível!

Não por ela. Apenas sentia a forma como Sally já estava sendo massacrada, maltratada; sentia a hostilidade dele; seu ciúme; sua determinação a se intrometer no companheirismo que havia entre elas. Tudo isso ela viu como se vê uma paisagem no reluzir de um relâmpago – e Sally (nunca a admirou tanto!) impondo seu jogo, galantemente, invencível. Ela deu uma risada. Fez o velho Joseph dizer-lhe os nomes das estrelas, o que ele sempre gostava de fazer, com a maior seriedade. Ela ficou ali parada: ela escutava. Ela ouvia os nomes das estrelas.

"Ah, esse horror!", disse para si mesma, como se o tempo todo tivesse sabido que alguma coisa iria interromper, amargar o seu instante de felicidade.

Mas, apesar de tudo, muito deveu a ele mais tarde. Sempre que pensava nele, pensava nas brigas que, por alguma razão, eles tinham – talvez porque desejasse tanto sua opinião favorável. Ela lhe devia palavras: "sentimental", "civilizado"; elas inauguravam cada dia de sua vida como se ele a protegesse. Um livro era sentimental; uma atitude perante a vida era sentimental. "Sentimental" é o que talvez ela fosse para estar pensando no passado. O que pensaria ele, estava curiosa por saber, quando estivesse de volta?

Que ela tinha ficado mais velha? Chegaria a dizê-lo, quando estivesse de volta, ou ela o imaginaria pensando que ela tinha ficado mais velha? Era verdade. Ela tinha ficado, desde a sua doença, quase inteiramente embranquecida.

Ao pôr o broche sobre a mesa, teve um espasmo súbito, como se, enquanto divagava, as gélidas garras tivessem aproveitado a oportunidade para se enterrar nela. Não era velha ainda. Acabava de entrar no seu quinquagésimo segundo ano. Meses e meses dele ainda estavam ainda intocados. Junho, julho, agosto! Cada um deles continuava praticamente inteiro e, como se para apanhar a gota que caía, Clarissa (atravessando o quarto para ir até a penteadeira) mergulhou no âmago mesmo daquele instante, transfixando-o, ali – o instante desta manhã de junho na qual havia a pressão de todas as outras manhãs, vendo o espelho, a penteadeira, e todos os frascos como que pela primeira vez, concentrando toda a sua pessoa num único ponto (enquanto olhava para o espelho), vendo o delicado e róseo rosto da mulher que iria, naquela mesma noite, dar uma festa; de Clarissa Dalloway; dela própria.

Quantos milhões de vezes tinha visto o seu rosto, e sempre com a mesma e imperceptível contração! Fazia biquinho com os lábios quando olhava no espelho. Era para dar ao rosto um aspecto afilado. Aquela era ela – afilada; flecha em riste; definida. Aquele era o seu eu quando algum esforço, alguma exigência para que fosse ela mesma juntava as partes, que só ela sabia o quanto eram diferentes, o quanto eram incompatíveis e que apenas para o mundo se recompunham assim, num único centro, num único diamante, numa única mulher que se sentava em seu salão de festas e tornava-se um ponto de encontro, uma irradiação, não havia dúvida, para algumas vidas apagadas, talvez um refúgio para o qual acorriam os solitários; tinha ajudado algumas pessoas jovens, que lhe tinham sido gratas; tinha tentado ser sempre a mesma, nunca dando qualquer indicação das suas outras facetas – defeitos, ciúmes, vaidades, suspeições, como essa de Lady Bruton não a ter convidado para o seu almoço; o que é, pensou (penteando finalmente o cabelo), de uma baixeza sem tamanho! Agora, onde estava o vestido?

Seus vestidos de noite estavam ali, suspensos no armário. Clarissa, mergulhando a mão na maciez, delicadamente separou o vestido verde e levou-o até a janela. Ela o tinha rasgado. Alguém tinha pisado na cauda. Sentira, na festa da Embaixada, o puxão, em cima, nas pregas. À luz artificial, o verde brilhava, mas perdia a cor, agora, à luz do sol. Ela iria remendá-lo. As criadas tinham muito o que fazer. Iria vesti-lo nesta noite. Pegaria as suas linhas, as suas tesouras, o seu – o que mesmo? – o seu dedal, claro, e desceria para o salão, pois ela também tinha que escrever e ver se as coisas estavam, em geral, mais ou menos em ordem.

Estranho, pensou, parando no alto da escadaria, e recompondo aquela peça de diamante, aquela pessoa una, estranho como uma dona de casa conhece o momento exato, o exato temperamento de sua casa! Sons surdos subiam em espirais pelo vão da escadaria; o chiado de um esfregão; batidinhas secas; pancadas bruscas; um som mais alto quando a porta da frente se abria; uma voz repassando um aviso no porão; o tilintar da prata numa bandeja; prata limpa para a festa. Tudo era para a festa.

(E Lucy, entrando no salão de festas, com a bandeja na mão, pôs os enormes castiçais em cima da pedra da lareira, o estojo de prata no centro, virou o golfinho de cristal na direção do relógio. Eles viriam; estariam ali; falariam da maneira afetada que ela sabia imitar, damas e cavalheiros. Entre todos, a mais encantadora era a sua patroa, a sua senhora – senhora da prataria, do linho, da porcelana, pois o sol, a prataria, as portas tiradas do lugar, os homens da Rumpelmayer's, davam-lhe uma sensação, enquanto deixava o corta-papel sobre a mesa marchetada, de tarefa cumprida. Olhem! dizia ela, enquanto se espiava no espelho, dirigindo-se a seus antigos amigos da padaria em Caterham, onde tivera o seu primeiro emprego. Ela era Lady Angela servindo a Princesa Mary, quando a Sra. Dalloway entrou no salão.)

"Oh, Lucy", disse, "a prataria parece realmente magnífica!"

"E vocês", disse, endireitando o golfinho de cristal, "vocês gostaram da peça ontem à noite?" "Oh, eles tiveram que sair antes do fim!", disse. "Tinham que estar de volta à casa às dez horas!", disse. "Assim, não sabem o que aconteceu", disse. "Foi realmente uma pena", disse ela (pois os criados podiam chegar mais tarde, se lhe pedissem). "Foi mesmo uma lástima", disse ela, enquanto pegava a velha e desgastada almofada no centro do sofá e depositava-a nos braços de Lucy, empurrando-a de leve e exclamando:

"Leve embora! Dê à Sra. Walker com os meus cumprimentos! Leve embora!", exclamou.

E Lucy parou à porta do salão, segurando a almofada, e disse, muito timidamente, enrubescendo um pouco: Não podia ajudar a cerzir aquele vestido?

Mas, disse a Sra. Dalloway, ela já tinha muita coisa a seu cargo, muita coisa que lhe cabia para se ocupar com mais essa coisa.

"Mas, obrigada, oh, obrigada", disse a Sra. Dalloway, e obrigada, obrigada, continuou dizendo (sentada no sofá, o vestido sobre os joelhos, com suas tesouras, suas linhas), obrigada, obrigada, continuou dizendo, por gratidão para com seus criados em geral, por ajudarem-na a ser assim, a ser o que ela desejava, gentil, de coração generoso. Os criados gostavam dela. E, depois, este seu vestido – onde estava o rasgão? e agora a agulha a ser enfiada. Este era um dos seus vestidos preferidos, um dos vestidos de Sally Parker, praticamente o último feito por ela, uma pena, pois Sally agora estava aposentada, e morando em Ealing, e se algum dia tiver tempo, pensou Clarissa (mas nunca mais iria ter tempo), irei visitá-la em Ealing. Pois ela era uma figura e tanto, pensou Clarissa, uma verdadeira artista. Tinha ideias um tanto fora do esquadro; mas seus vestidos nunca eram excêntricos. Podia-se vesti-los em Hatfield; no Palácio de Buckingham. Ela os tinha vestido em Hatfield; no Palácio de Buckingham.

A tranquilidade tomou conta dela, a calma, o contentamento, enquanto a agulha, suavemente transportando a linha até atingir seu manso repouso, juntava as pregas verdes e as fixava, muito frouxamente, à cintura. Assim as ondas, num dia de verão, se recobram, se desequilibram, e caem; se recobram e caem; e o mundo inteiro parece dizer "isso é tudo", com mais e mais força, até que o coração dentro do corpo que se deita ao sol na praia também diz: Isso é tudo. Não mais temas, diz o coração, entregando sua carga a algum mar, que suspira coletivamente por todos os pesares, e se renova, recomeça, se recobra, se deixa cair. E apenas o corpo ouve a abelha que passa; a onda que quebra; o cão que late, e late e late, muito longe.

"Deus do céu, a campainha da porta da frente!", exclamou Clarissa, parando a agulha. Em estado de alerta, pôs-se à escuta.

"A Sra. Dalloway irá me receber", disse o senhor de idade no vestíbulo. "Oh, sim, a *mim* ela irá receber", repetiu, afastando Lucy muito benevolentemente, e subindo as escadas com toda a rapidez. "Sim, sim, sim", murmurava, enquanto corria escada acima. "Ela irá me receber. Depois de cinco anos na Índia, Clarissa irá me receber."

"Quem pode... o que pode...?", perguntou a Sra. Dalloway (pensando que era ultrajante ser interrompida às onze horas da manhã do dia em que iria dar uma festa), ao ouvir passos na escada. Ouviu uma mão na porta. Tentou esconder o vestido, como uma virgem protegendo sua castidade, preservando sua intimidade. Agora o trinco de bronze baixou. Agora a porta se abriu, e ele entrou – por um segundo não conseguiu se lembrar como se chamava! tão surpresa estava de vê-lo, tão feliz, tão assustada, tão desconcertada ao ver Peter Walsh chegar inesperadamente para visitá-la durante a manhã! (Não tinha lido a sua carta.)

"E como está você?", disse Peter Walsh, visivelmente tremendo; tomando-lhe ambas as mãos; beijando-lhe ambas as mãos. Ficou mais velha, pensou, sentando-se. Não tocarei nesse assunto, pensou, pois ela ficou mais velha. Ela está me olhando, pensou, subitamente tomado de certo constrangimento, embora lhe tivesse beijado as mãos. Pondo a mão no bolso, tirou um enorme canivete, expondo a lâmina até a metade.

Exatamente o mesmo, pensou Clarissa; o mesmo e estranho olhar; o mesmo terno xadrez; um pouco desfigurado o rosto, um pouco mais fino, mais murcho, talvez, mas ele parece muitíssimo bem, e igualzinho.

"Que bom vê-lo de novo!", exclamou. Tinha o canivete na mão. É bem o seu estilo, pensou.

Tinha chegado à cidade apenas ontem à noite, disse ele; tinha que viajar para o campo em seguida; e como estava tudo, como estava todo mundo? Richard? Elizabeth?

"E o que significa isso?", disse, apontando o canivete para o vestido verde.

Ele está muito bem vestido, pensou Clarissa; mas a *mim*, ele sempre critica.

Aqui está ela consertando o vestido; consertando o vestido como sempre, pensou; tem estado sentada aqui por todo esse tempo que estive na Índia; consertando o vestido; passando o tempo; indo a festas; correndo entre o Parlamento e a casa e tudo o mais, pensou ele, tornando-se cada vez mais irritado, cada vez mais agitado, pois não há nada de pior no mundo para as mulheres do que o casamento, pensou ele; e a política, e ter um marido do Partido Conservador, como o admirável Richard.

Assim são as coisas, assim são as coisas, pensou, fechando o canivete com um clique.

"Richard está muito bem. Richard está na reunião de uma Comissão", disse Clarissa.

E abriu a tesoura, e disse: ele se importava se ela apenas terminasse o que estava fazendo no vestido, pois teriam uma festa naquela noite?

"Para a qual não o convidarei", disse. "Meu querido Peter!", disse.

Mas era delicioso ouvi-la dizer aquilo – meu querido Peter! Na verdade, tudo era tão delicioso – a prataria, as cadeiras; tudo tão delicioso!

Por que ela não o convidaria para a festa? perguntou ele.

Agora, naturalmente, pensou Clarissa, ele é encantador! absolutamente encantador! Agora lembro como nunca conseguia tomar uma decisão – e por que acabei decidindo não me casar com ele, perguntou-se, naquele terrível verão?

"Mas é tão extraordinário que você tenha vindo esta manhã!", exclamou, repousando as mãos, uma sobre a outra, no vestido.

"Você se lembra", disse ela, "como as persianas costumavam bater em Bourton?"

"É verdade", disse ele; e lembrava-se de como tomava o café da manhã, muito constrangidamente, sozinho com o pai dela; que morrera; e ele não escrevera para Clarissa. Mas ele nunca se dera bem com o velho Parry, aquele velhote ranzinza, frouxo, o pai de Clarissa, Justin Parry.

"Quisera ter me dado melhor com o seu pai", disse ele.

"Mas ele nunca gostava de ninguém que... de nossos amigos", disse Clarissa; e podia ter mordido a língua por ter, com isso, feito Peter se lembrar de que quisera se casar com ela.

Claro que eu queria, pensou Peter; isso quase me partiu o coração também, pensou ele; e foi assaltado por sua própria dor, que se ergueu como uma lua vista de um terraço, sinistramente bela, com a luz do dia submerso. Fui mais infeliz do que tenho sido desde então, pensou. E como se estivesse, de fato, sentado lá no terraço, aproximou-se um pouco de Clarissa; estendeu a mão; ergueu-a; deixou-a cair. Lá, acima deles, pendia aquela lua. Ela também parecia estar sentada com ele no terraço, sob a luz do luar.

"É de Herbert agora", disse ela. "Nunca mais vou lá agora", disse.

Então, tal como acontece num terraço, sob a luz do luar, quando uma das pessoas começa a se sentir constrangida por já estar enfadada, e apesar disso, enquanto a outra fica sentada em silêncio, muito quieta, tristemente olhando para a lua, sem vontade de falar, balança o pé, limpa a garganta, observa algum arabesco num pé de mesa, mexe numa folha, mas não diz nada: era exatamente o que se passava agora com Peter. Pois, por que voltar assim ao passado? pensou ele. Por que fazê-lo pensar nisso outra vez? Por que fazê-lo sofrer, quando ela o tinha torturado tão infernalmente? Por quê?

"Lembra-se do lago?", disse ela, numa voz abrupta, sob a pressão de uma emoção que lhe apertava o coração, paralisava-lhe os músculos da garganta, fazendo os lábios contraírem-se num espasmo enquanto pronunciava a palavra "lago". Pois ela era uma criança jogando migalhas de pão para os patos e, ao mesmo tempo, uma mulher feita, caminhando em direção aos pais à beira do lago, segurando nos braços a sua vida, a qual, à medida que se aproximava deles, aumentava mais e mais, até se tornar uma vida inteira, uma vida completa, que ela depositou ao lado deles, dizendo: "Isto foi o que fiz dela! Isto!" E o que ela tinha feito dela? O que, na verdade? perguntava-se, nesta manhã, sentada ali, com Peter, cerzindo.

Observou Peter Walsh; seu olhar, atravessando todo aquele tempo e toda aquela emoção, foi, hesitantemente, parar nele; nele se fixou, em lágrimas; e se levantou e voou, do mesmo modo que um pássaro toca um ramo e se levanta e voa. Muito simplesmente enxugou os olhos.

"Sim", disse Peter. "Sim, sim, sim", disse ele, como se ela tivesse trazido à superfície algo que, ao emergir, claramente o magoava. Chega! Chega! ele queria gritar. Pois ele não era velho; sua vida não tinha acabado; longe disso. Mal passava dos cinquenta. Devo dizer-lhe, pensou, ou não? Gostaria de passar tudo a limpo. Mas ela é fria demais, pensou; cerzindo, com a sua tesoura; Daisy pareceria vulgar ao lado de Clarissa. E ela me julgaria um fracasso, que é o que sou, na acepção deles, pensou ele; na acepção dos Dalloway. Ah, sim, não tinha nenhuma dúvida sobre isso; ele era um fracasso, comparado com tudo isto – a mesa marchetada, o corta-papel engastado, o golfinho e os castiçais, os estofados das poltronas e as antigas e valiosas gravuras inglesas coloridas – ele era um fracasso! Detesto a pretensão da coisa toda, pensou; obra de Richard, não de Clarissa; mas ela se casara com ele. (Nisso, Lucy entrou na sala, carregando a prataria, mais prataria, mas que simpática, esbelta, graciosa parecia ela, pensou, enquanto ela se inclinava para largar a prataria.) E isso devia se passar o tempo todo! pensou; semana após semana; a vida de Clarissa; enquanto eu... pensou; e imediatamente tudo pareceu irradiar-se a partir dele; excursões; cavalgadas; brigas; aventuras; partidas de bridge; casos amorosos; trabalho; trabalho; trabalho! e puxou o canivete inteiramente aberto – seu velho canivete de cabo de osso que Clarissa podia jurar que ele tinha conservado durante esses trinta anos – e o empunhou com toda a força.

Que hábito extraordinário era esse, pensou Clarissa; sempre brincando com um canivete. Sempre também fazendo com que a gente se sentisse uma frívola; uma cabeça-oca; uma simples e tola tagarela, como era seu costume. Mas eu também, pensou, e, pegando a sua agulha, convocou, como uma Rainha cujos guardas tivessem adormecido, deixando-a desprotegida (ela tinha sido realmente apanhada de surpresa por essa visita – ela a tinha perturbado), de maneira que qualquer um podia chegar e vê-la, estendida no chão, com os espinheiros caídos sobre ela, convocou em seu auxílio as coisas que ela fazia; as coisas de que gostava; seu marido; Elizabeth; em suma, seu eu, que Peter agora mal conhecia, para que tudo se reunisse em volta dela e derrotasse o inimigo.

"Bom, e o que se passou com você?", disse ela. Assim como, antes de uma batalha começar, os cavalos escarvam o chão; empinam a cabeça; a luz brilha nos seus flancos; seus pescoços se curvam; assim, Peter Walsh e Clarissa, sentados lado a lado no sofá azul, desafiavam um ao outro. As forças dele se aprontavam e se punham em movimento. Ele juntava, de diferentes pontos, todo tipo de coisas; louvores; sua carreira em Oxford; seu casamento, sobre o qual ela não sabia absolutamente nada; o quanto tinha amado; e, no cômputo geral, o quanto tinha cumprido a sua tarefa.

"Milhões de coisas!", exclamou, e pressionado pela reunião de forças que estavam agora arremetendo de um lado e de outro e que lhe davam a sensação assustadora e, ao mesmo tempo, extremamente exultante de estar sendo transportado a toda velocidade pelos ares sobre os ombros de pessoas que não conseguia mais ver, levou às mãos à fronte.

Clarissa endireitou-se no sofá; respirou fundo.

"Estou apaixonado", disse ele, não para ela, entretanto, mas para alguém que levitava na escuridão, de tal forma que não podíamos tocá-la, mas tínhamos que depositar a nossa guirlanda sobre a grama, na escuridão.

"Apaixonado", repetiu, falando agora muito secamente para Clarissa Dalloway; "apaixonado por uma garota na Índia". Depusera sua guirlanda. Clarissa podia fazer o que quisesse com ela.

"Apaixonado!", disse ela. Deixar-se tragar, em sua idade, com sua gravatinha borboleta, por esse monstro! E o pescoço dele está descarnado; tem as mãos roxas; e é seis meses mais velho do que eu! os olhos dela voltaram-se novamente para si mesma; mas mesmo assim, ela sentia no seu íntimo, ele está apaixonado. Ele tem isso, ela sentia; ele está apaixonado.

Mas o indomável egoísmo que atropela sem recurso as legiões que se lhe opõem, o rio que diz em frente, em frente, em frente; ainda que admita que nossas vidas possam não ter nenhuma finalidade de qualquer tipo, ainda assim em frente, em frente; o indomável egoísmo infundia-lhe um colorido às faces; fazia com que parecesse muito jovem; muito rosada; os olhos muito brilhantes, sentada ali, com o vestido sobre os joelhos, e a agulha presa à ponta da linha verde, tremendo um pouco. Ele estava apaixonado! Não por ela. Por alguma mulher mais jovem, naturalmente.

"E quem é ela?", perguntou.

Agora, essa estátua precisa ser tirada de seu pedestal e acomodada entre eles.

"Uma mulher casada, infelizmente", disse ele; "a esposa de um major do exército indiano."

E com uma suavidade irônica e curiosa, sorriu, enquanto a depunha, dessa forma ridícula, diante de Clarissa.

(Apesar de tudo, ele está apaixonado, pensou Clarissa.)

"Ela tem", ele continuou, muito ponderadamente, "dois filhos pequenos; um menino e uma menina; e vim para consultar meus advogados sobre o divórcio."

Aí estão! pensou. Faça o que quiser com eles, Clarissa! Aí estão! E parecia-lhe, a cada segundo, que a esposa do major do exército indiano (sua Daisy) e seus dois filhos pequenos se tornavam cada vez mais adoráveis à medida que Clarissa os contemplava; como se ele tivesse posto fogo numa bolotinha cinzenta num prato e dali tivesse se erguido uma linda árvore, sob o ar fresco e salino da intimidade entre eles (pois, sob alguns aspectos, ninguém o compreendia, ninguém sentia junto com ele, como Clarissa) – a rara intimidade entre eles.

Ela o adulara; ela o ludibriara, pensou Clarissa; traçando um esboço da mulher, a esposa do major do exército indiano, com três golpes de canivete. Que desperdício! Que bobagem! A vida toda, Peter tinha se deixado ludibriar desse jeito; primeiro, ao ser mandado embora de Oxford; depois, ao se casar com a garota, no navio, a caminho da Índia; agora, a esposa de um major do exército indiano – graças a Deus, ela tinha se negado a casar com ele! Apesar de tudo, ele estava apaixonado; seu velho amigo, seu querido Peter, ele estava apaixonado.

"Mas o que você vai fazer?", perguntou-lhe. Ah, os advogados e procuradores, os Drs. Hooper e Grateley de Lincoln's Inn, eles iam cuidar disso, ele disse. E, incrivelmente, aparava as unhas com o canivete.

Pelo amor de Deus, deixe o canivete de lado! exclamou para si mesma, com uma irritação irreprimível; era o seu tolo anticonvencionalismo (a sua fraqueza); a ausência da mínima sombra da ideia do que a outra pessoa estava sentindo que a incomodava, que sempre a tinha incomodado; e agora, na sua idade, que coisa boba!

Sei tudo isso, pensou Peter; sei com quem me defronto, pensou, passando o dedo pela lâmina do canivete, Clarissa e Dalloway e todo o resto; mas mostrarei a Clarissa – e então para sua completa surpresa, subitamente arrojado por essas incontroláveis forças arremessadas pelo ar, ele rompeu em prantos; chorou; chorou sem nenhuma vergonha, sentado no sofá, as lágrimas correndo-lhe pelo rosto.

E Clarissa inclinara-se, tomara-lhe a mão, puxara-o para si, beijara-o – na verdade, sentira o rosto dele no seu antes que pudesse dominar o alvoroço de plumas prateadas flamejando no peito como arbustos dos pampas sob uma ventania tropical, que, ao acalmar, deixou-a segurando-lhe a mão, tocando-lhe o joelho, e, sentindo-se, ali recostada, extraordinariamente à vontade com ele e de coração leve, passou-lhe, num clarão, pela mente: Se tivesse me casado com ele, este contentamento teria sido meu o dia todo!

Estava tudo acabado para ela. O lençol estava estendido e a cama era estreita. Subira à torre sozinha e os deixara colhendo amoras sob o sol. A porta tinha se fechado, e de lá, por entre a poeira de gesso caído e os restos de ninhos dos pássaros, como a vista parecia distante, e como os sons chegavam tênues e gelados (outrora em Leith Hill, recordava-se), e Richard, Richard! gritou ela, como quem, adormecido, durante a noite, sobressalta-se e estende a mão, no escuro, em busca de auxílio. Almoçando com Lady Bruton, voltou-lhe à mente. Ele me abandonou; estou sozinha para sempre, pensou, cruzando as mãos sobre os joelhos.

Peter Walsh levantara-se e atravessara a sala e ficara de costas para ela, abrindo e sacudindo um lenço bandana. Senhoril e murcho e desolado, era o que parecia, as magras omoplatas fazendo o casaco erguer-se levemente; assoando ruidosamente o nariz. Leve-me com você, pensou Clarissa impulsivamente, como se ele estivesse de partida para uma grande viagem naquele instante; e então, no momento seguinte, era como se os cinco atos de uma peça que tinha sido muito interessante e comovente tivessem agora acabado e neles ela tivesse vivido toda uma vida e tivesse fugido, tivesse vivido com Peter, e agora tinha acabado.

Agora estava na hora de se mexer e, como uma mulher que junta suas coisas, seu casaco, suas luvas, seu binóculo, e levanta-se para sair do teatro e ganhar a rua, ela se levantou do sofá e foi em direção a Peter.

E era terrivelmente estranho como ela ainda tinha o poder, pensou ele, enquanto ela se aproximava, joias tilintando, roupas ruflando, ainda tinha o poder, enquanto atravessava a sala, de fazer com que a lua, que ele detestava, se erguesse sobre a sacada, em Bourton, no céu do verão.

"Conte-me", disse ele, tomando-a pelos ombros. "Você é feliz, Clarissa? Será que Richard..."

A porta se abriu.

"Essa é a minha Elizabeth", disse Clarissa, com emoção, de maneira histriônica, talvez.

"Como vai o senhor?", disse Elizabeth, dando um passo à frente.

O som do Big Ben batendo a meia-hora ressoou entre eles com extraordinário vigor, como se um jovem, forte, indiferente, desatencioso, estivesse movimentando halteres à direita e à esquerda.

"Olá, Elizabeth!", exclamou Peter, colocando o lenço no bolso, indo rapidamente em sua direção e dizendo "Adeus, Clarissa", sem olhar para ela, deixando a sala rapidamente, e correndo escada abaixo e abrindo a porta do vestíbulo.

"Peter! Peter!", gritou Clarissa, seguindo-o até o patamar. "Minha festa hoje à noite! Lembre-se da minha festa hoje à noite!", gritou, tendo que levantar a voz contra o barulho da rua e, vencida pelo tráfego e pelo som de todos os relógios batendo, sua voz, gritando "Lembre-se da minha festa hoje à noite!", soava, enquanto Peter Walsh batia a porta, frágil e tênue e muito remota.

Lembre-se da minha festa, lembre-se da minha festa, dizia Peter Walsh, enquanto ganhava a rua, falando para si mesmo ritmadamente, em compasso com o fluxo do som, o som direto e inequívoco do Big Ben batendo a meia-hora. (Os círculos de chumbo dissolviam-se no ar.) Ah, essas festas, pensou; as festas de Clarissa. Por que dá essas festas? pensou. Não que a reprovasse ou a essa efígie de homem de fraque com um cravo na lapela que vinha em sua direção. Apenas uma pessoa no mundo podia estar no estado em que ele estava, apaixonado. E ali estava ele, este afortunado homem, ele próprio, refletido na vitrine da loja de um fabricante de carros, na Victoria Street. Toda a Índia ficara para trás; planícies, montanhas; epidemias de cólera; um distrito duas vezes maior que a Irlanda; decisões a que chegara sozinho – ele, Peter Walsh; que estava agora, realmente, pela primeira vez na vida, apaixonado. Clarissa tinha se tornado áspera, pensou; e, ainda por cima, um tanto sentimental, suspeitava ele, observando os grandes carros a motor capazes de fazer... quantas milhas mesmo com quantos galões? Pois ele tinha jeito para a mecânica; tinha inventado um arado em seu distrito na Índia, encomendado carrinhos de mão da Inglaterra, mas os cules negavam-se a usá-los, coisas todas sobre as quais Clarissa não sabia absolutamente nada.

A maneira como dissera "Essa é a minha Elizabeth!" – aquilo o incomodara. Por que não simplesmente "Essa é Elizabeth"?

Era pouco sincero. E Elizabeth tampouco gostara daquilo. (Os últimos tremores da grande e ressonante voz ainda abalavam o ar em volta dele; a batida da meia-hora; cedo ainda; apenas onze e meia ainda.) Pois ele entendia os jovens; gostava deles. Sempre houve uma certa frieza em Clarissa, pensou. Sempre tivera, mesmo quando moça, uma espécie de timidez que na meia idade torna-se convencionalismo, e depois é o fim de tudo, o fim de tudo, pensou ele, lançando um olhar um tanto desolado que ia até o fundo do vidro, e se perguntando se ter ido visitá-la àquela hora não a tinha aborrecido; tomado de vergonha, subitamente, por ter se mostrado um tolo; por ter chorado; por ter se emocionado; por lhe ter dito tudo, como de costume, como de costume.

Assim como uma nuvem cruza o sol, o silêncio cai sobre Londres; e cai sobre a mente. O esforço se interrompe. O tempo tremula no mastro. Aí paramos; aí nos mantemos. Rígido, o esqueleto do hábito sustenta sozinho o corpo humano. No qual não há nada, disse Peter Walsh para si mesmo; sentindo-se oco, totalmente vazio por dentro. Clarissa me rejeitou, pensou ele. Ficou ali parado, pensando: Clarissa me rejeitou.

Ah, falou a igreja de St Margaret, como uma anfitriã que entra na sala exatamente ao soar das horas e encontra seus convidados já ali. Não estou atrasada. Não, são precisamente onze e meia, disse ela. Entretanto, embora ela esteja perfeitamente certa, sua voz, por ser a voz da anfitriã, reluta em impor a sua individualidade. Alguma mágoa pelo passado a refreia; alguma preocupação pelo presente. São onze e meia, diz ela, e o som da St Margaret insinua-se no recesso do coração e se esconde sob anéis e mais anéis de som, como algo vivo que deseja confiar-se, difundir-se, para ficar, com um frêmito de prazer, em paz – como a própria Clarissa, descendo as escadas, ao soar da hora, toda de branco, pensou Peter Walsh. É a própria Clarissa, pensou, com uma profunda emoção, e uma lembrança dela extraordinariamente clara, embora intrigante, como se esse sino tivesse chegado à sala anos atrás, onde estavam sentados, em algum momento de grande intimidade, e tivesse passado de um para o outro e tivesse ido embora, carregando o instante, como uma abelha carrega o mel. Mas qual sala? Qual momento? E por que tinha se sentido tão profundamente feliz quando o relógio estava batendo? Depois, enquanto o som da St Margaret se enfraquecia, pensou: Ela tem estado doente, e o som expressava langor e sofrimento. Era o coração dela, lembrou-se; e a súbita estridência da batida final tocava pela morte que surpreendia em meio à vida, Clarissa caindo onde estava, na sua sala de estar. Não! Não! exclamou. Ela não está morta! Eu não estou velho, exclamou, e encaminhou-se para a Whitehall, como se ali escoasse, vindo em sua direção, vigoroso, infindo, o seu futuro.

Não estava velho, ou acomodado, ou murcho, de maneira alguma. Quanto a se preocupar com o que dissessem dele – os Dalloway, os Whitbread, e os de seu círculo, ele não dava a mínima importância – a mínima importância (embora fosse verdade que ele teria de verificar, uma hora ou outra, se Richard não podia ajudá-lo a encontrar algum emprego). Caminhando a passos largos, olhar fixo à frente, encarou a estátua do Duque de Cambridge. Tinha sido mandado embora de Oxford – certo. Tinha sido um socialista; de alguma forma, um fracassado – certo. Contudo, o futuro da civilização está, pensou, nas mãos de jovens assim; de jovens como ele tinha sido, trinta anos atrás; com a paixão que tinham por princípios abstratos; que faziam com que lhes fossem enviados livros que percorriam toda a distância que vai de Londres a um pico no Himalaia; jovens que liam ciência; que liam filosofia. O futuro está nas mãos de jovens assim, pensou.

Um crepitar como o de folhas num bosque chegava-lhe de trás, junto com um som regularmente surdo, sussurrante, que, ao atingi-lo, enquanto subia a Whitehall, ritmava-lhe os pensamentos, em perfeita sincronia, sem nenhuma intervenção de sua parte. Garotos em uniforme, armas nos ombros, marchavam com os olhos postos à frente, marchavam com os braços duros, estampando nas faces uma expressão que era como as letras de uma inscrição ao redor do pedestal de uma estátua, enaltecendo o dever, a gratidão, a fidelidade, o amor para com a Inglaterra.

É, pensou Peter Walsh, começando a entrar em compasso com eles, um excelente treinamento. Mas não pareciam robustos. Eram, na maior parte, franzinos, garotos de dezesseis anos, que amanhã poderiam estar atrás de balcões, vendendo tigelas de sopa ou barras de sabão. Agora, traziam estampada no corpo, sem a intromissão do prazer sensual ou das preocupações diárias, a solenidade da coroa que tinham carregado desde o Finsbury Pavement até a tumba vazia. Tinham prestado o seu juramento. O tráfego demonstrava respeito; os furgões tiveram que parar.

Não consigo acompanhá-los, pensou Peter Walsh, enquanto marchavam Whitehall acima, e, sem dúvida, para a frente eles marchavam, deixando-o para trás, deixando todo mundo para trás, em seu passo firme, como se uma única vontade pusesse em movimento pernas e braços de maneira uniforme, e a vida, com as suas variedades, as suas irreticências, tivesse sido estendida sob um calçamento povoado de monumentos e coroas e anestesiada até se converter, pela disciplina, num rígido cadáver, ainda que de olhos arregalados. Tínhamos que mostrar respeito; podíamos rir disso; mas tínhamos que mostrar respeito, pensou. Ali vão eles, pensou Peter Walsh, parando à beira da calçada; e todas as exaltadas estátuas, Nelson, Gordon, Havelock, as negras, as espetaculares imagens dos grandes soldados, olhares postos à frente, como se também eles tivessem feito a mesma renúncia (Peter Walsh sentia que também ele a tinha feito, a grande renúncia), esmagados sob as mesmas tentações, e adquirido, com o tempo, um olhar de mármore. Mas esse olhar, Peter Walsh não queria para si próprio, de forma alguma; embora o respeitasse em outros. Podia respeitá-lo em garotos. Eles não conhecem as perturbações da carne ainda, pensou, enquanto os garotos em marcha desapareciam na direção da Strand – tudo por que passei, pensou, atravessando a rua, e parando junto à estátua de Gordon, do Gordon que, quando garoto, ele tinha idolatrado; Gordon, ali posto, solitário, com uma perna erguida e os braços cruzados – pobre Gordon, pensou.

E justamente porque ninguém sabia ainda que ele estava em Londres, exceto Clarissa, e a terra, após a viagem, ainda lhe parecia uma ilha, a estranheza de se encontrar, sozinho, vivo, incógnito, às onze e meia, na Trafalgar Square, tomou conta dele. O que é isso? Onde estou? E por que, afinal, fazemos isso? pensou, o divórcio parecendo uma grande bobagem. E abatida, sua mente tornava-se rasa como um pântano, e foi atropelado por três grandes emoções; a do entendimento; a de uma grande filantropia; e, finalmente, como se fosse o resultado das outras, a de um irreprimível, estranho prazer; como se, no interior de seu cérebro, por uma outra mão, cordões fossem puxados, persianas, levantadas, e ele, mesmo não tendo nada a ver com isso, se visse à entrada de intermináveis avenidas, pelas quais, se quisesse, poderia vaguear. Havia anos não se sentia tão jovem.

Ele tinha escapado! estava inteiramente livre – tal como ocorre quando se perde um hábito, e a mente, como uma chama desprotegida, se curva e se recurva e parece prestes a saltar de seu receptáculo. Não me sinto tão jovem há anos! pensou Peter, deixando (apenas por uma hora, mais ou menos, claro) de ser precisamente o que era, e sentindo-se como uma criança que foge de casa e vê, enquanto corre, sua velha babá acenando, mas da janela errada. Mas ela é extraordinariamente atraente, pensou, quando, ao atravessar a Trafalgar Square, na direção da Haymarket, viu aproximar-se uma jovem que, ao passar pela estátua de Gordon, parecia, pensou Peter Walsh (suscetível como era), livrar-se de um véu após o outro, até se transformar na mulher que sempre tivera em mente; jovem, mas imponente; alegre, mas discreta; morena, mas encantadora.

Endireitando-se e furtivamente manuseando o canivete no bolso, pôs-se a seguir essa mulher, essa excitação, que parecia, mesmo de costas, lançar sobre ele uma luz que os unia, que o destacava do resto, como se o burburinho arbitrário do trânsito tivesse murmurado, através de mãos em concha, o seu nome, não Peter, mas o seu nome secreto, com o qual ele denominava a si mesmo em seus pensamentos. "Você", ela dizia, apenas "você", dizendo-o com as suas luvas brancas e os seus ombros. Então, a leve e longa capa, que o vento balançava, enquanto ela passava pela frente da relojoaria Dent, na Cockspur Street, enfunou com uma delicadeza envolvente, uma ternura melancólica, como se de braços que se abrissem para acolher os fatigados...

Mas ela não é casada; ela é jovem; muito jovem, pensou Peter, o cravo vermelho que ela portava, e que ele vislumbrara enquanto ela atravessava a Trafalgar Square, inflamando novamente os olhos dele e tornando rubros os lábios dela. Mas ela aguardava no meio-fio. Havia nela uma certa dignidade. Não era da sociedade, como Clarissa; nem rica, como Clarissa. Seria, perguntou-se, enquanto ela voltava a caminhar, respeitável? Espirituosa, com uma vibrátil língua de lagarto, pensou (pois devemos usar a imaginação, nos permitir alguma distração), uma verve controlada e paciente, uma verve certeira; sem alarde.

Ela se moveu; atravessou a rua; ele a seguiu. Constrangê-la era a última coisa que queria. Mas se ela parasse ele diria "Podíamos tomar um sorvete", ele diria, e ela responderia muito simplesmente: "Ah, sim".

Mas outras pessoas se puseram entre eles na rua, bloqueando-o, encobrindo-a. Ele a buscava; ela se deslocava. Havia um colorido no seu rosto; zombaria nos olhos; ele era um aventureiro, temerário, pensou, rápido, intrépido, era, de fato (tendo desembarcado, como ele o fizera, na última noite, vindo da Índia), um corsário romântico, avesso a todas essas terríveis convenções, avesso aos roupões amarelos, cachimbos, caniços de pesca expostos nas vitrines; e à respeitabilidade e a recepções vespertinas e a senhores de idade alinhados, portando peitilhos brancos sob o colete. Ele era um corsário. Para diante ela ia, atravessando a Piccadilly, e seguindo para a Regent Street, à frente dele, sua capa, suas luvas, seus ombros juntando-se às franjas e às rendas e aos boás de plumas das vitrines para criar o espírito de requinte e extravagância que saltava, diminuído, das lojas para as calçadas, tal como a luz de uma lâmpada que, à noite, desaparece, bruxuleante, sobre as sebes no escuro.

Sorridente e deliciosa, ela atravessara a Oxford Street e a Great Portland Street e dobrara numa das ruazinhas transversais, e agora, e agora, o grande momento estava se aproximando, pois agora ela diminuiu o passo, abriu a bolsa, e com um olhar na sua direção, mas não para ele, um olhar de despedida, pesou a situação toda e a pôs de lado, triunfalmente, para sempre, encontrara a sua chave, abrira a porta, e se fora! A voz de Clarissa dizendo: Lembre-se de minha festa, Lembre-se de minha festa, ressoava-lhe nos ouvidos. A casa era uma dessas casas vermelhas, comuns, com floreiras suspensas, de uma impropriedade difícil de ser definida. Tinha acabado.

Bom, tive a minha diversão; tive a minha diversão, pensou, erguendo o olhar para as floreiras suspensas, cheias de pálidos gerânios. E estava reduzida a pó a sua diversão, pois fora um tanto fabricada, como ele sabia muito bem; inventada, essa aventura com a moça; fabricada, como se fabrica boa parte da vida, pensou, fabricando-se a si próprio; fabricando-se a moça; criando-se uma distração invulgar, e alguma outra coisa. Mas era estranho, e muito verdadeiro; tudo isso nunca poderia ser partilhado – reduziu-se a pó.

Deu meia-volta; subiu a rua, pensando em encontrar um lugar para se sentar até a hora da reunião com os Drs. Hooper e Grateley, em Lincoln's Inn. Aonde iria? Não importa. Subir a rua, então, em direção ao Regent's Park. Suas botas martelavam "não importa" na calçada; pois era cedo, muito cedo ainda.

E fazia uma esplêndida manhã, além disso. Como o batimento de um coração em perfeito estado, a vida pulsava ali mesmo, ao longo das ruas. Sem nenhuma falha – sem nenhuma hesitação. Movendo-se veloz e sinuosamente, com precisão, pontual, sem ruído, rigorosamente no momento certo, o carro a motor parou à porta. A moça, em meias de seda, coberta de plumas, evanescente, mas sem qualquer atração particular para ele (pois tivera sua pequena aventura), desceu. Mordomos admiráveis, cachorros fulvos da raça chow-chow, vestíbulos recobertos com losangos em preto e branco, no qual brancas cortinas tremulavam ao vento: Peter espiou pela porta aberta e aprovou. Um feito extraordinário à sua própria maneira, afinal, Londres;

a alta estação; a civilização. Vindo, como vinha, de uma respeitável família anglo-indiana, que, pelas três últimas gerações, pelo menos, administrara os negócios de um continente (é estranho, pensou, o meu sentimento a respeito, detestando a Índia, e o império, e o exército, como ele detestava), havia momentos em que a civilização, ainda que desse tipo, parecia-lhe, como uma posse pessoal, preciosa; momentos de orgulho pela Inglaterra; pelos mordomos; pelos cachorros chow-chow; pelas moças em sua segurança. Por ridículo que fosse, era algo concreto, pensou. E os médicos e os homens de negócio e as mulheres capazes, todos cumprindo a sua tarefa, pontuais, alertas, robustos, pareciam-lhe absolutamente admiráveis, bons camaradas, aos quais se podia confiar a vida, companheiros na arte de viver, com os quais se podia contar. De um modo ou de outro, o espetáculo era realmente muito aceitável; e ele ia se sentar à sombra e fumar.

Ali estava o Regent's Park. Sim. Quando criança, costumava caminhar no Regent's Park – estranho, pensou, como a lembrança da infância continua a me perseguir – consequência de ter visto Clarissa, talvez; pois as mulheres vivem muito mais no passado do que nós, pensou. Elas se apegam a lugares; e ao pai – uma mulher sempre se orgulha do pai. Bourton era um lugar ameno, muito ameno, mas nunca consegui me dar bem com o velho, pensou. Houve uma grande cena, uma noite – uma discussão sobre alguma coisa, exatamente o quê, não conseguia se lembrar. Política, talvez.

Sim, lembrava-se do Regent's Park; a aleia longa e reta; o quiosque, à esquerda, onde se compravam balões; uma estátua estranha, com uma inscrição nalgum lugar. Procurou um banco vazio. Não queria ser perturbado (sonolento como estava) por pessoas perguntando-lhe as horas. Uma babá idosa, grisalha, com um bebê dormindo no carrinho – era o melhor que podia querer; sentar-se na outra ponta do banco, perto daquela babá.

É uma moça de aspecto estranho, pensou, lembrando-se subitamente de Elizabeth entrando na sala e ficando perto da mãe. Tinha crescido; bastante adulta, mas não exatamente bonita; simpática, isso sim; e não deve ter mais de dezoito anos. Provavelmente não se dá muito bem com Clarissa. "Esta é a minha Elizabeth" – esse tipo de coisa – por que não simplesmente "Esta é Elizabeth"? – tentando, como a maioria das mães, fazer as coisas parecerem o que não são. Confia demais no seu poder de sedução, pensou. Ela exagera.

A rica e benfazeja fumaça do charuto descia, em frescas espirais, pela garganta; ele a expelia, em anéis que por um instante afrontavam bravamente o ar; azuis, circulares (tentarei ter uma conversa a sós com Elizabeth esta noite, pensou) e depois ondulavam, tomando a forma de ampulheta, estreitando-se até desaparecerem; que estranhas formas elas adquiriam, pensou. Subitamente fechou os olhos, levantou a mão com certo esforço, e jogou fora a ponta do charuto. Com suavidade, uma escova enorme varria-lhe a mente, de ponta a ponta, levando embora os galhos das árvores, as vozes das crianças, o ruído de pés se arrastando, e as pessoas passando, e o burburinho do trânsito, do trânsito que aumentava e diminuía. Ele mergulhava nas plumas e nas penas do sono, mergulhava mais e mais profundamente, até ficar inteiramente encoberto.

A babá grisalha retomou o seu tricô, enquanto, ao lado, no banco aquecido, Peter Walsh começava a ressonar. Em seu vestido cinza, movimentando, infatigável mas silenciosamente, as mãos, ela parecia a defensora dos direitos dos adormecidos, como uma daquelas presenças espectrais que se erguem, ao crepúsculo, nos bosques, feitas de céu e de ramos. O caminhante solitário, desbravador de trilhas, pisoteador de samambaias e devastador de enormes pés de cicuta, ao olhar para o alto, vê, de repente, a gigantesca figura no fim do caminho.

Por convicção, um ateu, talvez, ele é surpreendido por momentos de extraordinário êxtase. Não existe nada fora de nós a não ser um estado de espírito, pensa ele; um desejo por consolo, por alívio, por algo além desses pobres pigmeus, dessas mulheres e desses homens fracos, horrorosos, covardes. Mas se ele pode concebê-la, então, de algum modo, ela existe, pensa ele, e continuando a caminhar pela senda, com os olhos postos no céu e nos ramos, ele rapidamente lhes atribui características femininas; vê, com espanto, o quanto se tornam graves; com que majestade, ao serem sacudidos pela brisa, distribuem, com uma sombria ondulação das folhas, caridade, compreensão, absolvição e, depois, lançando-se subitamente para o alto, juntam à piedade de seu aspecto uma desenfreada bebedeira.

Tais são as visões que oferecem grandes cornucópias repletas de frutas ao caminhante solitário, ou sussurram-lhe ao ouvido como sereias que se vão, cabriolando sobre as verdes ondas do mar, ou lhe são arremessadas à face como molhos de rosas, ou vêm à tona como lívidas faces que pescadores, afrontando as vagas, tentam abraçar.

Tais são as visões que incessantemente flutuam acima da coisa real, que marcham ao lado dela, que põem suas faces à sua frente; com frequência apoderando-se do caminhante solitário e tirando-lhe o sentimento da terra, o desejo de voltar, e dando-lhe, em troca, uma prolongada paz, como se (assim pensa ele, enquanto penetra na trilha da floresta) toda essa febre de viver fosse a própria simplicidade; e miríades de coisas se fundissem numa só; e essa figura, feita, como é, de céu e de ramos, tivesse se erguido do conturbado mar (ele é um homem de idade, passou dos cinquenta agora) tal como uma figura pode ser guindada da profundeza das ondas para espargir, com suas generosas mãos, compaixão, compreensão, absolvição. Assim, pensa ele, que eu jamais volte para a luz da lâmpada; para a sala de estar; que jamais acabe meu livro; que jamais limpe meu cachimbo; que jamais tenha de chamar a Srta. Turner para fazer a limpeza; melhor deixarem-me caminhar diretamente na direção dessa grande figura que, com um movimento da cabeça, me fará subir por suas flâmulas, melhor deixarem-me desfazer-me em nada, com o resto das coisas.

Tais são as visões. O caminhante solitário logo deixa o bosque para trás; e ali, vindo à porta, com olhos abrigados, possivelmente para cuidar da sua volta, com as mãos levantadas, o avental branco sacudido pelo vento, está uma mulher idosa que parece (tão poderosa é essa fragilidade) procurar, pelo deserto, por um filho perdido; buscar por um viajante destruído; que parece ser a figura da mãe cujos filhos morreram nas batalhas do mundo. Assim, enquanto o caminhante solitário desce pela rua do povoado onde as mulheres tricotam e os homens cavam no jardim, o fim de tarde parece agourento; as figuras imóveis; como se algum destino augusto, deles sabido, sem medo esperado, estivesse prestes a varrê-los até a completa aniquilação.

Dentro de casa, coisas comuns, o armário da cozinha, a mesa, o parapeito da janela com seus gerânios, de repente a silhueta da dona da casa, abaixando-se para retirar a toalha, são banhadas por uma luz suave, um adorável emblema que apenas a lembrança da frieza de certos contatos humanos impede-nos de abraçar. Ela pega a geleia de laranja; guarda-a no armário.

"Nada mais por esta noite, senhor?"

Mas a quem o caminhante solitário deve responder?

Assim a babá idosa tricotava, espiando o bebê que dormia no Regent's Park. Assim Peter Walsh ressonava.

Acordou-se muito bruscamente, dizendo para si mesmo: "A morte da alma."

"Senhor, Senhor!", disse alto para si mesmo, espreguiçando-se e abrindo os olhos. "A morte da alma." As palavras estavam ligadas a alguma cena, a algum quarto, a algum passado com os quais ele estivera sonhando. Tudo ficava mais claro; a cena, o quarto, o passado com os quais estivera sonhando.

Foi em Bourton, naquele verão, no começo dos anos noventa, quando esteve perdidamente apaixonado por Clarissa. Havia muita gente, em volta da mesa, após o chá, rindo e falando, a sala banhada por uma luz amarela, e saturada pela fumaça dos cigarros. Falavam de um homem que casara com a empregada, um dos fidalgos dos arredores, cujo nome esquecera. Casara com a empregada e a levara para visitar Bourton – uma horrível visita tinha sido aquela. Ela estava exageradamente vestida, "como uma cacatua", dissera Clarissa, imitando-a, e falava sem parar. Falava, e falava, e falava. Clarissa imitava-a. Então alguém perguntou (foi Sally Seton): fazia realmente alguma diferença, no nosso sentimento, saber que antes de casar ela tivera uma criança? (Naqueles dias, num grupo formado por ambos os sexos, era uma coisa ousada de ser dita.) Podia, agora, ver Clarissa ficando toda vermelha; tornando-se um tanto tensa; e dizendo: "Ah, nunca mais conseguirei falar com ela!" Com isso, todos ao redor da mesa pareciam ter ficado sem saber o que fazer. Foi muito desagradável.

Não a culpara por melindrar-se com aquilo, pois naqueles dias uma moça criada da maneira como ela tinha sido não sabia nada, mas foi o seu jeito que o incomodou; medrosa; dura; um tanto arrogante; sem imaginação; pudica. "A morte da alma." Ele dissera aquilo instintivamente, classificando o momento como costumava fazer – a morte da alma dela.

Ninguém sabia o que fazer; todos pareciam, enquanto ela falava, ter concordado para, depois, se posicionar de maneira diferente. Ainda podia ver Sally Seton, como uma criança flagrada numa travessura, inclinando-se para a frente, o rosto muito vermelho, querendo falar, mas com medo, e Clarissa realmente intimidava as pessoas. (Era a melhor amiga de Clarissa, estava sempre por ali, nada parecida com ela, uma criatura atraente, bonita, morena, com a fama, naqueles dias, de uma grande ousadia, e ele costumava oferecer-lhe charutos, que ela fumava no quarto. Ela estivera noiva de alguém ou brigara com a família, e o velho Parry odiava igualmente os dois, o que criava um forte vínculo entre eles.) Depois, Clarissa, ainda com um ar de quem estava ofendida com todos, levantou-se, deu alguma desculpa, e saiu da sala, sozinha. Enquanto abria a porta, entrou aquele cachorro grande e peludo que gostava de perseguir ovelhas. Ela atirou-se sobre ele, enlevada. Era como se dissesse a Peter: – o alvo disso, ele sabia, era ele e mais ninguém – "Sei que você considerou absurda, há pouco, minha atitude para com aquela mulher; mas veja como posso ser extraordinariamente afetuosa; veja como quero bem ao meu Rob!"

Eles sempre tiveram essa estranha capacidade de se comunicarem sem palavras. Ela sabia, na hora, que ele a estava criticando. E aí fazia alguma coisa bastante óbvia para se defender, como todo esse espalhafato com o cachorro – mas ele nunca se deixara enganar, para ele Clarissa era transparente. Não que ele dissesse alguma coisa, é claro; apenas se deixava ficar ali, caladamente sentado. Era assim que, em geral, suas brigas começavam.

Ela fechou a porta. Ele logo ficou extremamente deprimido. Tudo parecia inútil – sempre se apaixonando; sempre brigando; sempre fazendo as pazes, e ele vagou sozinho, pelos alpendres, pelos estábulos, observando os cavalos. (A propriedade era bastante modesta; os Parry nunca tinham sido muito abastados; mas sempre houvera cavalariços e tratadores ao redor – Clarissa adorava cavalgar – e um velho cocheiro – como se chamava mesmo? – uma velha ama, a velha Moody, a velha Goody, usavam um nome assim para se referir a ela, à qual se era levado a visitar num pequeno quarto, com montes de fotografias, com montes de gaiolas.)

Foi uma noite horrível! Ele foi ficando cada vez mais tristonho, e não só por causa daquilo; por causa de tudo. E não podia vê-la; dar-lhe explicações; pôr tudo a limpo. Sempre havia gente por perto – ela agia como se nada tivesse acontecido. Era o seu lado mau – essa frieza, essa dureza, alguma coisa muito profunda nela, que ele tinha percebido outra vez nesta manhã; uma impenetrabilidade. Mas só Deus sabe como ele gostava dela. Sim, ela tinha o estranho poder de tocar os nervos da gente, como se fossem cordas de violino.

Com a estúpida ideia de se fazer notado, ele se deixara atrasar um pouco para o jantar, indo se sentar ao lado da velha Srta. Parry, a tia Helena (irmã do Sr. Parry), que deveria presidi-lo. Ali estava ela, sentada, com seu xale branco, de caxemira, a cabeça contra a janela – uma enorme e imponente senhora, mas que era simpática com ele, pois ele descobrira para ela (que era uma grande amante da botânica e saía, em excursão, em grossas botas, com uma caixa preta de coleta a tiracolo) um tipo raro de flor. Ele ficou ali sentado, ao lado dela, sem conseguir falar. Tudo parecia passar correndo por ele; ele se limitou a ficar ali sentado, comendo. E, então, com o jantar já a meio caminho, obrigou-se a olhar para Clarissa pela primeira vez. Ela estava falando com um jovem à direita dela. Ele teve uma súbita revelação. "Ela se casará com esse homem", disse para si mesmo. Ele nem sequer sabia o nome dele.

Pois, naturalmente, foi naquela tarde, naquela mesma tarde, que Dalloway chegara; e Clarissa chamou-o de "Wickham"; foi o começo de tudo. Alguém o tinha trazido; e Clarissa compreendeu mal o nome dele. Apresentava-o a todo mundo como Wickham. Até que, finalmente, ele disse "Meu nome é Dalloway!" – foi a primeira impressão que teve de Richard, um jovem loiro, um tanto desajeitado, reclinado numa preguiçosa, e disparando "Meu nome é Dalloway!" Sally apegou-se àquilo; depois disso ela sempre o designava por "Meu nome é Dalloway!"

Era facilmente suscetível, naquela época, a ter revelações. Essa – de que ela se casaria com Dalloway – tinha sido, naquele momento, ofuscante, fulminante. Havia, na maneira como ela o tratava, certo – como dizê-lo? – certo acolhimento que o punha à vontade; algo de maternal; algo de gentil. Eles estavam falando de política. Tentara, durante todo o jantar, ouvir o que diziam.

Lembrava-se de que ficara, depois, junto à cadeira da velha Srta. Parry, na sala de estar. Clarissa se aproximou, com suas maneiras perfeitas, como uma verdadeira anfitriã, querendo apresentá-lo a alguém – falava como se não se conhecessem, o que o deixou enfurecido. Apesar disso, já nesse tempo, admirava-a por isso. Admirava-lhe a coragem; o instinto social; admirava-lhe a capacidade de lidar com as coisas. "A perfeita anfitriã", dissera-lhe, diante do que ela ficara toda melindrada. Mas era mesmo essa a sua intenção. Teria feito qualquer coisa, após tê-la visto com Dalloway, para magoá-la. Com isso, ela se afastou. E ficou com a sensação de que estavam todos reunidos em uma conspiração contra ele, rindo e conversando às suas costas. Ali estava ele, junto à cadeira da Srta. Parry, como se talhado em madeira, falando sobre flores silvestres. Nunca, nunca mesmo, sofrera tão infernalmente! Devia ter se esquecido até de fingir que escutava; finalmente, despertou de seu devaneio; e viu que a Srta. Parry parecia muito transtornada, muito indignada, com seus salientes olhos grudados nalgum ponto fixo. Ele esteve a ponto de gritar que não podia prestar atenção porque se encontrava no Inferno! As pessoas haviam começado a sair da sala. Ouvira-as falar em pegar os casacos; em como a água estava fria, e assim por diante. Iam andar de barco no lago, à luz da lua – uma das ideias malucas de Sally. Podia ouvi-la descrevendo o luar. E saíram todos. Foi deixado praticamente só.

"Não quer ir com eles?", perguntou – adivinhando – a tia Helena, a velha Srta. Parry! E ele se virou, e ali estava Clarissa de novo. Voltara para buscá-lo. Deixou-se vencer por sua generosidade – sua bondade.

"Venha junto", disse ela. "Eles estão esperando."

Nunca se sentira tão feliz em toda a sua vida! Sem uma palavra, tinham feito as pazes. Caminharam até o lago. Teve vinte minutos de perfeita felicidade. Sua voz, seu riso, seu vestido (algo esvoaçante, branco, carmesim), sua verve, seu espírito de aventura; ela fez todos saltarem do barco para explorarem a ilha; espantou uma galinha; deu risadas; cantou. E durante todo o tempo, sabia-o perfeitamente, Dalloway estava se apaixonando por ela; ela estava se apaixonando por Dalloway; mas isso parecia não ter importância. Nada tinha importância. Sentaram-se no chão e conversaram – ele e Clarissa. Entravam e saíam um da mente do outro, sem nenhum esforço. E, então, num segundo, tinha acabado. Disse para si mesmo enquanto entravam no barco: "Ela se casará com esse homem", sem emoção, sem qualquer ressentimento; mas era uma coisa óbvia. Dalloway se casaria com Clarissa.

Na volta, Dalloway se encarregou dos remos. Ele não dizia nada. Mas, de alguma maneira, era óbvio, enquanto eles o observavam deixando o barco, subindo na bicicleta para percorrer vinte milhas através do bosque, serpenteando pela trilha, acenando e desaparecendo da vista, que ele, na verdade, sentia, instintivamente, terrivelmente, fortemente, tudo aquilo; a noite; o romance; Clarissa. Ele merecia tê-la.

No que lhe dizia respeito, ele era irracional. Suas exigências para com Clarissa (conseguia, agora, perceber) eram irracionais. Exigia coisas impossíveis. Fazia cenas terríveis. Ela ainda o teria aceito, talvez, se ele tivesse sido menos irracional. Sally achava isso. Ela lhe escreveu, durante todo aquele verão, longas cartas; como elas falavam dele, como ela o elogiava, como Clarissa rompeu em lágrimas! Foi um verão extraordinário – todas as cartas, todas as cenas, todos os telegramas – chegar de manhã cedo em Bourton, ficar esperando os criados despertarem; os terríveis *tête-à-têtes* com o velho Sr. Parry durante o café da manhã; a tia Helena, imponente mas simpática; Sally arrastando-o para longas conversas na horta; Clarissa de cama, com dores de cabeça.

A cena final, a terrível cena que, achava ele, tivera uma importância maior do que qualquer outra coisa em toda a sua vida (podia ser um exagero – mas era isso o que realmente sentia agora) se deu às três da tarde de um dia muito quente. Foi causada por uma coisa de nada – Sally dizendo, durante o almoço, algo a respeito de Dalloway, e designando-o por "Meu nome é Dalloway"; após o que Clarissa tornou-se subitamente rígida e toda vermelha, de um jeito todo seu, e disparou rispidamente: "Já tivemos o bastante dessa brincadeira boba". Isso foi tudo; mas para ele fora precisamente como se ela tivesse dito: "Estou apenas me divertindo com você; tenho um acordo com Richard Dalloway". Foi assim que ele interpretou. Não dormira por muitas noites. "De qualquer jeito, tinha que acabar", disse para si mesmo. Enviou-lhe um bilhete por meio de Sally, pedindo-lhe para encontrá-lo junto à fonte, às três horas. "Algo importante aconteceu", rabiscou no final.

A fonte ficava no meio de um pequeno bosque, longe da casa, com arbustos e árvores por toda a volta. Ali vinha ela, até antes da hora, e eles ficaram ali parados, a fonte entre eles, com o repuxo (estava quebrado) respingando água sem parar. Como certas imagens se fixam na mente! Por exemplo, o verde-vivo do musgo.

Ela não se movia. "Diga-me a verdade, diga-me a verdade", ele não parava de dizer. Tinha a impressão de que a cabeça ia explodir. Ela parecia contraída, petrificada. Não se movia.

"Diga-me a verdade", repetia ele, quando subitamente despontou a cabeça do velho Breitkopf, com o *Times* na mão; fitou-os; manifestou espanto; e foi embora. Nenhum dos dois se moveu. "Diga-me a verdade", repetia ele. Tinha a sensação de estar batendo contra algo duro – fisicamente; ela não cedia. Era como aço, como rocha, rígida até a medula. E quando ela disse: "Não adianta. Não adianta. Isso é o fim", após ele ter falado – como lhe parecera – por horas, com as lágrimas correndo-lhe pelas faces, era como se ela o tivesse esbofeteado. Ela deu meia-volta, deixou-o, foi-se embora.

"Clarissa!", gritou ele. "Clarissa!" Mas ela nunca voltou. Estava acabado. Ele partiu naquela noite. Nunca mais a viu.

Foi horrível, exclamou ele, horrível, horrível!

Ainda assim, o sol aquecia. Ainda assim, superavam-se os golpes. Ainda assim, a vida tinha o dom de fazer um dia se seguir ao outro. Ainda assim, pensou ele, bocejando e começando a perceber as coisas em volta – o Regent's Park mudara muito pouco desde o seu tempo de criança, exceto pelos esquilos – ainda assim, podia haver compensações – como quando a pequena Elise Mitchell, que estivera juntando pedrinhas para a coleção que ela e o irmão mantinham em cima da lareira do quarto das crianças, deixara cair pesadamente um punhado delas no joelho da ama e saíra correndo para vir a se chocar, novamente com toda a força, contra as pernas de uma senhora. Peter Walsh deu muitas risadas.

Mas Lucrezia Warren Smith dizia para si mesma: É terrível; por que tenho de sofrer? perguntava, enquanto descia a alameda. Não; não posso aguentar mais, dizia ela, após ter deixado Septimus, que não era mais Septimus, naquele banco, dizendo coisas duras, cruéis, terríveis, falando sozinho, falando com um homem morto; quando a menina chocou-se com toda a força contra ela, caiu estatelada no chão, e rompeu em lágrimas.

Isso até era reconfortante. Levantou-a, sacudiu a poeira do vestidinho, beijou-a.

Mas ela, ela nada fizera de errado; amara Septimus; fora feliz; tivera uma linda casa, na qual suas irmãs ainda moravam, fazendo chapéus. Por que *ela* tinha de sofrer?

A menina voltou correndo direto para a ama, que, observada por Rezia, pôs o tricô de lado e a repreendeu, consolou-a, tomou-a no colo, enquanto o homem com jeito de bondoso, para acalmá-la, dava-lhe o relógio de bolso para ela abrir-lhe a tampa com um sopro – mas por que *ela* tinha que ficar desprotegida? Por que não fora deixada em Milão? Por que essa tortura? Por quê?

Levemente embaralhados pelas lágrimas, a alameda, a ama, o homem de cinza, o carrinho de bebê subiam e desciam diante de seus olhos. Ser empurrada para lá e para cá por esse perverso torturador, essa era a sua sina. Mas por quê? Ela era como um pássaro, abrigado sob a tênue concavidade de uma folha, que pisca os olhos frente à luz do sol quando a folha se mexe; que se sobressalta frente ao estalido de um graveto seco. Estava desprotegida; estava cercada pelas enormes árvores, pelas vastas nuvens de um mundo indiferente, desprotegida; torturada; e por que deveria ela sofrer? Por quê?

Franziu as sobrancelhas; bateu com os pés no chão. Tinha que voltar para junto de Septimus, pois estava quase na hora de irem ver Sir William Bradshaw. Ela tinha que voltar e dizer isso para ele, voltar para junto dele, sentado ali na cadeira verde sob a árvore, falando sozinho, ou com aquele homem morto, Evans, que ela vira apenas uma vez, por um instante, na confecção de chapéus. Ele parecera um homem bom, tranquilo; um grande amigo de Septimus, e morrera na Guerra. Mas essas coisas acontecem com todo mundo. Todo mundo tem amigos que morreram na Guerra. Todo mundo deixa alguma coisa para trás quando se casa. Ela deixara a casa. Viera morar aqui, nessa cidade horrível. Mas Septimus ficava pensando em coisas horríveis, como ela também poderia fazer, se quisesse. Ele fora se tornando cada vez mais estranho. Dizia que havia gente falando por detrás das paredes do dormitório. A Sra. Filmer achava aquilo esquisito. Também via coisas – tinha visto a cabeça de uma velha no meio de uma samambaia. Mas podia se mostrar feliz quando queria. Foram ao Hampton Court no andar de cima de um ônibus e se sentiram perfeitamente felizes. Todas aquelas florzinhas vermelhas e amarelas emergiam da grama, como lâmpadas flutuantes, ele disse, e falou e tagarelou e deu risadas, inventando histórias. De repente, quando estavam na beira do rio, disse: "Agora vamos nos matar", e olhou para o rio com um olhar que ela via no seu rosto quando passava um trem, ou um ônibus – um olhar como se alguma coisa o fascinasse; e sentiu que ele se afastava dela e pegou-o pelo braço. Mas no caminho de volta para casa, ele estava perfeitamente tranquilo – perfeitamente razoável. Discutiu com ela a ideia de se matarem; e explicou como as pessoas eram diabólicas; como ele podia vê-las inventando mentiras enquanto passavam na rua. Conhecia todos os seus pensamentos, ele disse; ele sabia de tudo. Sabia qual era o sentido do mundo, disse.

Depois, chegando em casa, ele mal podia andar. Estendeu-se no sofá e quis que ela lhe segurasse a mão para não cair mais, gritava, cada vez mais, nas chamas! e via rostos que, saindo das paredes, riam dele, que lhe diziam nomes horríveis e chocantes, e mãos que, do biombo, apontavam para ele. Mas eles estavam completamente a sós. Mas ele começou a falar alto, respondendo às pessoas, discutindo, rindo, chorando, ficando todo agitado e fazendo-a anotar coisas no papel. Puros absurdos é o que eram; sobre a morte; sobre a Srta. Isabel Pole. Não aguentava mais. Ela iria voltar.

Estava perto dele agora, podia vê-lo fitando o céu, resmungando, crispando as mãos. Mas o Dr. Holmes disse que ele não tinha nada de sério. O que acontecera, então – por que, então, desmaiara; por que, então, quando ela se sentou ao seu lado, ele se sobressaltou, fitou-a com ar sério, afastou-se, e apontou para a mão dela, tomou-a nas suas, observou-a aterrorizado?

Era porque ela tinha tirado a aliança? "Minhas mãos se afinaram tanto", disse. "Guardei-a na bolsa", disse-lhe.

Ele largou a mão dela. O casamento deles tinha acabado, pensou, com dor, com alívio. A amarra tinha sido cortada; ele subia; estava livre, pois tinha sido decretado que ele, Septimus, o senhor dos homens, devia ser livre; só (já que sua esposa jogara fora a aliança; já que ela o abandonara), ele, Septimus, estava só, escolhido, diante da massa dos homens, para ouvir a verdade, para tomar conhecimento do significado que, agora, finalmente, após todos os esforços da civilização – os gregos, os romanos, Shakespeare, Darwin, e agora ele próprio – ia ser integralmente confiado a... "A quem?", perguntou em voz alta. "Ao Primeiro-Ministro", replicaram as vozes que sussurravam por sobre a sua cabeça. O segredo supremo deve ser integralmente revelado ao Gabinete de Ministros; primeiro, que as árvores são vivas; depois, que não existe nenhum crime; depois, amor, amor universal, murmurou, ofegante, trêmulo, dolorosamente extraindo essas profundas verdades que exigiam, tão recônditas eram elas, tão difíceis, um imenso esforço para dar-lhes expressão, mas o mundo devia, para sempre, ser totalmente transformado por elas.

Nenhum crime; amor; repetia, tateando em busca da folha de anotações e do lápis, quando um skye terrier farejou as suas calças e ele teve um sobressalto, numa dor feita de medo. O *terrier* estava virando homem! Não suportava ficar vendo aquilo acontecer! Era horrível, terrível, ver um cachorro virar homem! O cachorro foi logo embora, troteando.

Os céus eram divinamente misericordiosos, infinitamente bondosos. Poupavam-no, perdoavam-lhe as fraquezas. Mas qual era a explicação científica (pois se deve ser científico, acima de tudo)? Por que ele podia enxergar através dos corpos, enxergar o futuro, quando os cachorros se tornarão homens? Era possivelmente a onda de calor, agindo sobre um cérebro que se tornara sensível por éons de evolução. Cientificamente falando, a carne evaporara-se do mundo. Seu corpo tinha sido macerado até restarem apenas as fibras nervosas. Estendia-se como um véu sobre uma rocha.

Recostou-se na cadeira, exausto, mas alerta. Ficou em repouso, esperando, antes de recomeçar, com esforço, com dor, a tarefa de servir de intérprete à humanidade. Encontrava-se num ponto extremamente elevado, a cavaleiro do mundo. A terra vibrava debaixo dele. Flores rubras brotavam-lhe pela carne; suas folhas secas estalavam junto à sua cabeça. Uma música começou a retinir contra as rochas aqui em cima. É a buzina de um carro na rua, murmurou ele; mas aqui em cima ela ricocheteava de rocha em rocha, repartia-se, reunia-se em choques de som que se elevavam em suaves colunas (que a música podia ser visível constituía uma descoberta) e tornava-se um hino, um hino enlaçado agora pelo som da flauta de um pastorzinho (É um velho tocando sua flautinha de lata à porta do bar, murmurou ele), que, enquanto ele se mantinha parado, saía em borbulhas de sua flauta e, depois, à medida que subia mais e mais, expirava sua insólita queixa enquanto o tráfego passava por debaixo. A elegia desse menino é tocada em meio ao tráfego, pensou Septimus. Agora ele se retira em direção à neve lá em cima, e rosas penduram-se em volta dele – as rubras e densas rosas que brotam da parede do meu quarto, lembrou a si próprio. A música parou. Ele ganhou a sua moeda, concluiu ele, e se foi em direção ao próximo bar.

Mas quanto a ele, continuava no alto de sua rocha, como um marinheiro náufrago na sua. Inclinei-me à beira do barco e caí, pensou ele. Fui para o fundo do mar. Fiquei morto e, no entanto, agora estou vivo, mas me deixem em paz, implorou (estava outra vez falando para si mesmo – era horrível, horrível!); e assim como, antes do despertar, as vozes dos pássaros e o ruído das rodas se casam e se conversam numa estranha harmonia, tornando-se cada vez mais fortes, e o adormecido sente-se puxado para as praias da vida, assim ele se sentia puxado em direção à vida, com o sol tornando-se cada vez mais quente, com gritos soando cada vez mais fortes, com algo de tremendo prestes a acontecer.

Ele só tinha que abrir os olhos; mas eles tinham um peso; um medo. Forçou-os; insistiu; olhou; viu o Regent's Park à sua frente. Longas serpentinas de luz dançavam aos seus pés. As árvores ondulavam, acenavam. Nós damos as boas-vindas, o mundo parecia dizer; nós aceitamos; nós criamos. Beleza, o mundo parecia dizer. E como se para prová-lo (cientificamente), para onde quer que olhasse, para as casas, para as grades da cerca, para os antílopes esticando o pescoço por sobre as paliçadas, a beleza surgia instantaneamente. Observar uma folha tremulando à passagem de uma lufada de ar era uma rara alegria. No alto do céu andorinhas riscavam o ar, serpenteavam, arremessavam-se para cima e para baixo, rodopiavam e rodopiavam, mas sempre com perfeito controle como se presas por elásticos; e as moscas subindo e descendo; e o sol mirando ora esta folha, ora aquela, brincalhão, ofuscando-a com delicado ouro, no mais puro estado de bom humor; e, uma vez ou outra, algum eco (possivelmente da buzina de um carro) ressoando divinamente nos talos da grama – tudo isso, tranquilo e comedido como era, feito de coisas ordinárias como era, constituía a verdade agora; a beleza, isso constituía a verdade agora. A beleza estava por toda parte.

"Não há mais tempo, está na hora", disse Rezia.

A palavra "tempo" partiu a sua casca; derramou seus tesouros sobre ele; e de seus lábios tombaram como conchas, como aparas de uma plaina, sem que ele as tenha formado, duras, alvas, imperecíveis palavras, que alçaram voo para tomarem seus lugares numa ode ao Tempo; numa imortal ode ao Tempo. Ele cantou. Evans respondia de detrás da árvore. Os mortos estavam na Tessália, Evans cantava entre as orquídeas. Esperaram ali até que a Guerra tivesse acabado, e agora os mortos, o próprio Evans...

"Por amor de Deus, não venham!", gritou Septimus. Pois não suportava contemplar os mortos.

Mas os ramos se separaram. Um homem de cinza estava realmente vindo na direção deles. Era Evans! Mas não estava enlameado; não tinha nenhum ferimento; não tinha mudado. Preciso contar ao mundo inteiro, gritou Septimus, erguendo a mão (enquanto o homem morto, em seu terno cinza, chegava mais perto), erguendo a mão como uma colossal figura que tivesse, por séculos, sozinho no deserto, lamentado o destino do homem, as mãos pressionadas contra a fronte, sulcos de desespero no rosto, e agora vê, na fímbria do deserto, uma luz que se amplia e atinge a figura em preto metálico (e Septimus fez menção de levantar-se da cadeira), e com legiões de homens prostrados às suas costas, ele, o carpidor gigante, recebe no rosto, por um instante, toda a...

"Mas me sinto tão infeliz, Septimus", disse Rezia, tentando fazê-lo sentar-se.

Os milhões se lamentavam; por séculos, tinham penado. Ele se voltaria, ele lhes falaria, em um instante, em apenas mais um instante, desse alívio, dessa alegria, dessa espantosa revelação...

"Está na hora, Septimus", repetiu Rezia. "Que horas são?"

Ele falava, se agitava, aquele homem deve tê-lo notado. Estava olhando para eles.

"Vou lhe dizer as horas", disse Septimus, muito devagar, muito sonolentamente, sorrindo com ar misterioso. Enquanto ele se sentava, sorrindo para o homem morto, de terno cinza, soaram as horas – quinze para as doze.

E isso é ser jovem, pensou Peter Walsh, ao passar por eles. Ter uma cena horrível – a pobre moça parecia completamente desesperada – no meio da manhã. Mas o que se passava, perguntou-se, o que esse moço de sobretudo estivera lhe dizendo para ela ter ficado assim; em que confusão haviam se envolvido para que ambos parecessem assim tão desesperados numa linda manhã de verão? O divertido de voltar para a Inglaterra, depois de cinco anos, era como isso fazia com que as coisas, pelo menos nos primeiros dias, se destacassem de um jeito que era como se nunca as tivéssemos visto antes; namorados discutindo à sombra de uma árvore; a vida familiar dos parques. Nunca Londres lhe parecera tão encantadora – a suavidade das distâncias; a riqueza; o verdor; a civilização, depois da Índia, pensou, enquanto caminhava pela grama.

Essa suscetibilidade a impressões tinha sido a sua desgraça, sem dúvida. Mesmo nessa idade, ele tinha, como um menino ou até mesmo uma menina, essas mudanças de humor; dias melhores, dias piores, por uma razão qualquer, felicidade por causa de um belo rosto, desolação total à vista de uma megera. Depois da Índia, a gente se apaixona, é claro, por toda mulher que encontra. Elas passavam um frescor; até as mais pobres seguramente se vestiam melhor do que há cinco anos; e, a seus olhos, as modas nunca haviam sido tão favoráveis; os longos casacos pretos; a esbelteza; a elegância; e, depois, o costume delicioso e aparentemente universal da pintura. Todas as mulheres, até as mais respeitáveis, tinham botões de rosa de estufa nas faces; lábios talhados a cinzel; cacheados de tinta nanquim; havia composição, arte, em todo lugar; tinha havido, sem dúvida, algum tipo de mudança. Que pensavam os jovens a respeito disso? perguntou-se Peter Walsh.

Esses cinco anos – 1918 a 1923 – tinham sido, de alguma forma, suspeitava ele, muito importantes. As pessoas pareciam diferentes. Os jornais pareciam diferentes. Agora, por exemplo, havia um homem escrevendo muito abertamente sobre privadas em um dos semanários respeitáveis. Era algo que, há dez anos, não era possível – escrever muito abertamente sobre privadas em um semanário respeitável. E, depois, isso de puxar um batom ou uma esponja de pó de arroz e se maquiar em público. No navio em que voltara, havia uma porção de moços e moças – lembrava-se particularmente de Betty e de Bertie – flertando abertamente; a velha mãe sentada e observando-os com seu tricô, impassível como uma estátua. A moça parava e empoava o nariz, na frente de todo o mundo. E não estavam comprometidos; apenas se divertindo; ninguém tinha nada a perder. Fria como gelo – essa Betty Não-Sei-O-Quê; mas realmente boa pessoa. Daria uma ótima esposa aos trinta – se casaria quando lhe aprouvesse; se casaria com um ricaço qualquer e moraria numa enorme casa nos arredores de Manchester.

Quem, há pouco, fizera isso? perguntou-se Peter Walsh, dobrando na Broad Walk, se casara com um ricaço e morava nos arredores de Manchester? Alguém que, não faz muito, lhe escrevera uma longa, efusiva carta, sobre "hidrângeas azuis". O fato de ter visto hidrângeas fizera-a lembrar-se dele e dos velhos tempos – Sally Seton, claro! Fora Sally Seton – a última pessoa no mundo de quem se esperaria que fosse se casar com um ricaço e morar numa ampla casa nos arredores de Manchester, a louca, a ousada, a romântica Sally!

Mas de toda a antiga turma dos amigos de Clarissa – os Whitbread, os Kinderley, os Cunningham, os Kinloch-Jones – Sally era provavelmente a melhor. Pelo menos tentava ver as coisas pelo lado certo. Pelo menos conseguia ver Hugh Whitbread – o admirável Hugh – pelo que realmente era, enquanto Clarissa e o resto prostravam-se aos seus pés.

"Os Whitbread?", podia ouvi-la dizendo. "Quem são os Whitbread? Vendedores de carvão. Respeitáveis negociantes."

Hugh, por alguma razão, ela detestava. Não pensava em outra coisa que não fosse sua própria aparência, dizia ela. Deveria ter nascido duque. Com certeza esposaria uma das princesas da Casa Real. E, naturalmente, Hugh tinha um respeito pela aristocracia britânica que era mais extraordinário, mais natural, mais sublime do que o de qualquer outro ser humano que ele já encontrara. Até Clarissa tinha que concordar com isso. Ah, mas ele era tão querido, tão pouco egoísta, deixara a caça para agradar à velha mãe... lembrava-se dos aniversários das tias, e tudo o mais.

Sally, justiça lhe seja feita, não se deixava enganar por nada disso. Uma das coisas de que melhor se recordava era de uma discussão, numa manhã de domingo, em Bourton, sobre os direitos das mulheres (essa questão antediluviana), quando Sally, de repente, perdeu a calma, inflamou-se, e disse a Hugh que ele representava tudo o que havia de mais detestável na vida da classe média britânica. Disse-lhe que o considerava responsável pela situação "daquelas pobres moças da Piccadilly" – Hugh, o perfeito cavalheiro, pobre Hugh! jamais um homem se mostrou tão horrorizado! Ela fez isso de propósito, disse depois (pois costumavam se reunir na horta para trocar impressões). "Ele não lia nada, não pensava nada, não sentia nada", podia ainda ouvi-la dizer naquela mesma e enfática voz que tinha um peso bem maior do que ela supunha. Os moços de cavalariça tinham mais vida que Hugh, disse ela. Era o perfeito exemplar da espécie saída das escolas de elite, disse. Nenhum outro país, fora a Inglaterra, poderia tê-lo produzido. Ela foi, por alguma razão, realmente impiedosa; guardava algum ressentimento para com ele. Algo acontecera – ele esquecera o quê – no salão de fumar. Ele a tinha ofendido – a tinha beijado? Incrível! Naturalmente, ninguém acreditava em nenhuma palavra que fosse desfavorável a Hugh. Quem seria capaz? Beijar Sally no salão de fumar! Se tivesse sido alguma Honorável Edith ou Lady Violet, talvez; mas não aquela pobretona da Sally, sem nada de seu, e um pai ou uma mãe que passavam a vida fazendo apostas em Monte Carlo. Dentre todas as pessoas que algum dia conhecera, Hugh era o mais esnobe – o mais obsequioso – não, ele não se dobrava, a bem dizer. Era muito orgulhoso para isso. Um criadinho de luxo era a comparação óbvia – alguém que ia atrás, carregando as malas; podia-se confiar nele para enviar telegramas – indispensável para senhoras do lar. E encontrara o seu emprego – havia esposado sua Honorável Evelyn; conseguira um carguinho na Corte, cuidava das adegas do Rei, lustrava as fivelas do sapato imperial, andava para cima e para baixo em calções justos e punhos de renda. Como a vida é impiedosa! Um carguinho na Corte!

 Casara-se com essa senhora, a Honorável Evelyn, e moravam nos arredores, era o que pensava (observando as pomposas casas que davam para o Parque), pois almoçara ali, uma vez, numa casa que tinha, como tudo o que pertencia a Hugh, alguma coisa que nenhuma outra podia ter – armários para roupa branca, talvez. Tinha-se de ir vê-los, tinha-se de gastar um tempo enorme sempre admirando seja lá o que fosse – armários para roupa branca, fronhas, móveis antigos de carvalho, quadros que Hugh tinha arrematado por uma bagatela. Mas a Sra. Hugh acabava, às vezes, por entregar o jogo. Era uma dessas mulherzinhas obscuras, com cara de fuinha, que admiram homens grandes. Era quase desprezível. Mas, de repente, dizia algo bastante inesperado – algo perspicaz. Talvez conservasse vestígios das maneiras refinadas. O carvão dos aquecedores era um tanto forte para ela – tornava a atmosfera carregada. E assim viviam ali, com seus armários para roupa branca e seus velhos mestres da pintura e suas fronhas debruadas com renda legítima, com um estipêndio anual, presumidamente, de cinco ou dez mil libras, enquanto ele, que era dois anos mais velho que Hugh, corria atrás de um emprego.

Aos cinquenta e três anos, tinha que chegar e pedir que lhe conseguissem uma colocação no gabinete de algum ministro, que lhe arrumassem um emprego como ajudante de mestre-escola, dando lições de latim a um grupo de garotinhos, ou algum trabalho de escritório, ao arbítrio de um mandarim qualquer, algo que lhe rendesse quinhentas libras por ano; pois se casasse com Daisy, mesmo contando com a pensão, nunca conseguiriam viver com menos que isso. Whitbread, presumivelmente, poderia consegui-lo; ou Dalloway. Não se importava de pedi-lo a Dalloway. Era realmente um bom sujeito; um tanto limitado; um tanto obtuso; sim; mas realmente um bom sujeito. Quando se dedicava a alguma coisa, fosse qual fosse, ele o fazia de maneira prática, sensata; sem qualquer toque de imaginação, sem uma faísca de brilhantismo, mas com o inexplicável bom-mocismo da sua espécie. Deveria ter sido um fidalgo, confortavelmente instalado em sua mansão senhorial – perdia o seu tempo na política. Dava-se melhor em campo aberto, com cavalos e cães – como ele foi ótimo, por exemplo, quando aquele cão enorme e peludo de Clarissa ficou preso numa armadilha e quebrou a pata, e Clarissa desmaiou e Dalloway tomou conta de tudo; fez as ataduras, colocou as talas; disse a Clarissa que não se comportasse como tola. Era para essas coisas, talvez, que ela gostava dele – era do que ela precisava. "Agora, minha querida, não seja tola. Segure isso... busque aquilo", o tempo todo falando com o cachorro como se fosse um ser humano.

 Mas como podia ela engolir toda aquela discurseira sobre poesia? Como podia deixar que ele ficasse discorrendo longamente sobre Shakespeare? Séria e solenemente, Richard Dalloway se erguera nas patas traseiras e dissera que nenhum homem decente deveria ler os sonetos de Shakespeare porque era como ficar ouvindo pelo buraco da fechadura (além disso, a relação não era do tipo que ele aprovasse). Nenhum homem decente deveria deixar a esposa visitar uma mulher que se casara com o viúvo da irmã. Incrível! A única coisa que se podia fazer era bombardeá-lo com amêndoas açucaradas – isso foi durante o jantar. Mas Clarissa engolia tudo; achava que era tão sincero da parte dele; tão independente; só Deus sabe se ela não o considerava a mente mais original que já havia encontrado!

Esse era um dos vínculos entre Sally e ele. Havia um jardim por onde costumavam passear, um local murado, com roseiras e enormes couves-flores – ainda se lembrava de Sally colhendo uma rosa, parando para exprimir sua admiração diante da beleza das folhas de repolho ao luar (era extraordinário como tudo lhe voltava vividamente, coisas sobre as quais não pensara durante anos), enquanto lhe implorava, meio de brincadeira, claro, para que arrebatasse Clarissa, para que a salvasse dos Hugh e dos Dalloway e de todos os outros "perfeitos cavalheiros" que "lhe asfixiariam a alma" (ela escrevia montões de poemas naquele tempo), fariam dela uma simples dona de casa, estimulariam seu mundanismo. Mas era preciso fazer justiça a Clarissa. De qualquer maneira, ela não ia se casar com Hugh. Tinha uma ideia perfeitamente clara do que queria. Suas emoções situavam-se, todas, à flor da pele. No fundo, era muito sensata – era muito melhor que Sally, por exemplo, quando se tratava de avaliar o caráter de alguém, e, em tudo, puramente feminina; com esse extraordinário dom, esse dom feminino, de criar um mundo só dela onde quer que estivesse. Ela entrava numa sala; postava-se, como ele muitas vezes vira, à passagem de uma porta, com uma porção de gente ao redor. Mas era a lembrança de Clarissa que se guardava. Não que ela fosse impressionante; bonita, certamente não; não havia nela nada de original; nunca dizia nada especialmente inteligente; mas ali estava ela; ali estava ela.

Não, não, não! Não estava mais apaixonado por ela! Apenas se sentia, após tê-la visto naquela manhã, entre suas tesouras e suas linhas, preparando-se para a festa, incapaz de não pensar nela; ela não parava de voltar-lhe à mente, como um viajante adormecido que ficasse o tempo todo caindo em cima dele no banco de um trem; o que não significava estar apaixonado, claro; mas pensar nela, criticá-la, começar novamente, após trinta anos, a tentar explicá-la. A coisa óbvia a dizer sobre ela é que era mundana; dava demasiada importância à posição e às convenções sociais e ao dar-se bem com as pessoas – o que, em certo sentido, era verdade; ela lhe confessara. (Sempre se podia levá-la a reconhecê-lo, se fosse o caso; era franca.) O que ela diria é que odiava os frouxos, os fósseis, os fracassados, como ele próprio, presumivelmente; achava que as pessoas não tinham o direito de se portarem de maneira relaxada, com as mãos nos bolsos; deviam fazer alguma coisa, ser alguma coisa; e essas magníficas e elegantes damas, essas duquesas, essas veneráveis e velhas condessas que se viam em seu salão de festas, embora indescritivelmente distantes, como ele achava, de qualquer coisa que tivesse algum valor, representavam, para ela, algo de real. Lady Bexborough, disse ela uma vez, sabia manter-se aprumada (a própria Clarissa também; nunca se deixava relaxar, em qualquer sentido da palavra; era reta como um dardo, um tanto rígida, na verdade). Dizia que elas tinham aquela espécie de coragem que, quanto mais velha ficava, mais ela respeitava. Havia, nisso tudo, muito de Dalloway, claro; muito da mentalidade do espírito público, do Império Britânico, da reforma fiscal, da classe governante, que, como tende a acontecer, a tinha impregnado. Com uma inteligência que era o dobro da dele, era obrigada a ver as coisas através dos olhos dele – uma das tragédias da vida de casada. Dona de um pensamento próprio, tinha que estar sempre citando Richard – como se não se fosse possível saber exatamente, apenas pela leitura matinal do *Morning Post*, o que Richard pensava! Essas festas, por exemplo, eram todas por causa dele, ou por causa da ideia que ela fazia dele (para fazer justiça a Richard, ele teria sido mais feliz cuidando de terras em Norfolk). Ela fazia de seu salão de festas uma espécie de ponto de encontro; tinha talento para isso. Tinham sido inúmeras as vezes em que a vira tomar conta de algum rapaz ainda verde para retorcê-lo, revolvê-lo, despertá-lo; para dar-lhe um ponto de partida. Hordas de pessoas estúpidas aglomeravam-se à volta dela, claro. Mas surgiam pessoas diferentes e inesperadas; um artista, às vezes; às vezes, um escritor; corpo estranho naquele ambiente. E por trás de tudo isso havia toda aquela rede, feita das visitas, da distribuição de cartões, da atenção para com as pessoas; dos buquês de flores, dos pequenos presentes; Fulano ou Fulana ia para a França – tinha que ter uma almofada inflável; um verdadeiro sorvedouro de energia; toda aquela interminável movimentação em que mulheres como ela se envolviam; mas fazia isso genuinamente, por uma espécie de instinto natural.

Estranhamente, era umas das pessoas mais absolutamente céticas que já encontrara e, possivelmente (era uma teoria que inventara para tentar compreendê-la, tão transparente sob certos aspectos, tão inescrutável sob outros), dizia para si mesma: Como somos uma raça condenada, acorrentada a uma nave a pique (suas leituras preferidas, quando garota, eram Huxley e Tyndall, que prezavam essas metáforas náuticas), como toda a coisa é uma piada de mau gosto, façamos, de qualquer modo, a nossa parte; mitiguemos os sofrimentos de nossos companheiros de cárcere (Huxley novamente); decoremos a masmorra com flores e almofadas infláveis; sejamos tão decentes quanto possível. Aqueles rufiões, os Deuses, não podem fazer tudo a seu bel prazer – era da opinião de que os Deuses, que não perdiam nenhuma oportunidade para ferir, frustrar e arruinar vidas humanas, ficavam seriamente desconcertados se, apesar de tudo, a vítima se comportasse como uma grande dama. Essa fase teve início logo após a morte de Sylvia – aquela terrível tragédia. Ver a própria irmã vitimada pela queda de uma árvore (tudo por culpa de Justin Parry – tudo por um descuido seu) diante de seus próprios olhos, uma garota, além disso, com uma vida pela frente, a mais talentosa delas, Clarissa sempre dizia, era o suficiente para tornar qualquer um amargo. Mais tarde, talvez tivesse deixado de ser tão taxativa; talvez tivesse passado a achar que não havia deuses de espécie alguma; que não havia a quem culpar; desenvolvendo, assim, esse credo ateísta de praticar o bem pelo bem.

E, naturalmente, ela gostava demais da vida. Tirar prazer das coisas estava em sua natureza (embora, só Deus sabia, ela tivesse suas reservas; ele sentia, muitas vezes, que mesmo ele, após todos esses anos, não podia fazer de Clarissa mais que um simples esboço). De qualquer modo, não havia nela nenhuma amargura;

nada daquele senso de virtude moral que é tão repulsivo nas mulheres boazinhas. Tirava prazer de tudo, praticamente. Quando se ia passear com ela pelo Hyde Park, ora era um canteiro de tulipas, ora uma criança num carrinho, ora algum pequeno e absurdo drama que ela inventava no ardor do momento. (Muito provavelmente, teria ido falar com aquele casal de namorados, se tivesse achado que se sentiam infelizes.) Tinha um senso dramático realmente incomum, mas precisava de pessoas, sempre de pessoas, para trazê-lo à tona, com o inevitável resultado de que desperdiçava o seu tempo almoçando, jantando, dando incessantemente aquelas suas festas, falando bobagens, dizendo coisas que não queria, desgastando sua afiada inteligência, perdendo sua capacidade de discriminação. Ficava ali, sentada à cabeceira da mesa, fazendo o maior esforço possível com algum velho idiota que podia ser útil a Dalloway – conheciam os maiores chatos da Europa, ou Elizabeth chegava e tudo se voltava para *ela*. Estava na escola secundária, naquela fase indefinida da vida, da última vez que os visitara, uma garota de rosto pálido, olhos arredondados, sem nada da mãe, uma silenciosa e impassível criatura, que aceitava tudo como muito natural, deixava que a mãe ficasse em cima dela o tempo todo, dizendo depois "Posso ir agora?", como uma criança de quatro anos; estava saindo – explicava Clarissa, com aquele misto de prazer e orgulho que até Dalloway parecia despertar nela – para jogar *hockey*. E agora Elizabeth tinha sido, supostamente, "apresentada" à sociedade; devia considerá-lo uma múmia, rir-se dos amigos da mãe. Ah, bem, não importa. A vantagem de envelhecer, pensou Peter Walsh, saindo do Regent's Park, e segurando o chapéu na mão, era simplesmente esta; que as paixões continuam fortes como nunca, mas adquiriu-se – finalmente! – a capacidade que confere o supremo sabor à existência, a capacidade de se apropriar da experiência, de examiná-la, lentamente, às claras.

Era uma confissão terrível de ser feita (pôs o chapéu novamente), mas nesta idade, cinquenta e três anos, quase não se precisava mais das pessoas. A própria vida, cada momento dela, cada gota, este instante, agora, ao sol, no Regent's Park, era o bastante. Demasiado, na verdade. Uma vida inteira era demasiadamente curta para extrair, agora que se adquirira essa capacidade, todo o sabor; para extrair cada grama de prazer, cada nuance de sentido; que eram, ambos, muito mais sólidos do que antes, muito mais pessoais. Era impossível que, alguma vez, tivesse que sofrer novamente, como Clarissa o fizera sofrer. Por horas seguidas (queira Deus que seja possível dizer essas coisas sem ser ouvido por ninguém!), por horas e dias, não pensou, uma só vez, em Daisy.

Seria possível, então, lembrando o tormento, a tortura, a extraordinária paixão daquela época, que estivesse apaixonado por ela? Era uma coisa inteiramente diferente, uma coisa muito mais agradável, a verdade era, naturalmente, que agora *ela* estava apaixonada por *ele*. E essa era, talvez, a razão pela qual, quando o navio realmente zarpou, sentiu um alívio extraordinário, desejando nada mais do que ficar sozinho; desgostou-se ao encontrar todas as suas pequenas atenções – charutos, bilhetes, uma manta para a viagem – no seu camarote. Qualquer um, se fosse franco, diria o mesmo; não se precisa mais das pessoas após os cinquenta; não se precisa continuar dizendo às mulheres que elas são bonitas; é o que os cinquentões, em sua maioria, diriam, pensou Peter Walsh, se fossem sinceros.

Mas, depois, esses surpreendentes acessos de emoção – ter-se derramado em lágrimas esta manhã, o que significava, então, tudo isso? O que Clarissa podia ter pensado dele? Julgava-o um tolo, presumivelmente, e não pela primeira vez. Era ciúme o que estava no fundo disso tudo – o ciúme que sobrevive a todas as outras paixões humanas, pensou Peter Walsh, conservando o canivete ao alcance da mão. Estivera se encontrando com o Major Orde, disse Daisy na última carta; disse-o de propósito, ele sabia; disse-o para provocar-lhe ciúmes; podia vê-la franzindo a testa enquanto escrevia, pensando no que poderia dizer para magoá-lo; mas isso não fazia nenhuma diferença; ele estava furioso! Todo esse alvoroço de voltar para a Inglaterra e consultar advogados não era para casar-se com ela, mas para impedi-la de casar-se com algum outro. Era isso que o torturava, era isso que o assaltava quando via Clarissa tão calma, tão fria, tão absorta em seu vestido ou seja lá no que fosse; tomando consciência daquilo do qual ela poderia tê-lo poupado, daquilo ao qual ela o tinha reduzido – um tolo envelhecido, lamuriento e choroso. Mas as mulheres, pensou, fechando o canivete, não sabem o que é a paixão. Não sabem o que ela significa para os homens. Clarissa era fria como uma ponta de gelo. Ela ficou lá sentada, ao seu lado, no sofá, deixou-o tomar-lhe a mão, deu-lhe um beijo... Aqui estava ele, no cruzamento.

Foi interrompido por um som; um som frágil, trêmulo, uma voz borbulhando sem direção, sem vigor, sem princípio nem fim, escorrendo, débil e pungentemente e desprovida de qualquer significado humano, num

i am fá am sou
fu suí tu im u...

a voz do que não tinha idade nem sexo, a voz de uma vertente antiga jorrando da terra; que brotava, exatamente do outro lado da estação de metrô do Regent's Park, de uma forma alongada e tremulante, como um cano de chaminé, como uma bomba enferrujada, como uma árvore fustigada pelo vento, eternamente desprovida de folhas, que deixa o vento subir e descer pelos seus ramos cantando

i am fá am sou
fu suí tu im u...

e treme e range e geme na brisa eterna.

Ao longo das eras, desde quando o calçamento era grama, desde quando era um pantanal, ao longo da era do dente-de-sabre e do mamute, ao longo da era das auroras silenciosas, a devastada mulher (pois vestia uma saia), com a mão direita estendida, a esquerda grudada ao corpo, continuava cantando o amor – o amor que durava havia um milhão de anos ela cantava, o amor que triunfa, e milhões de anos atrás, seu amante, cantarolava ela, que estivera morto por todos esses séculos, passeara com ela, em maio; mas no curso das eras, longas como dias de verão, e flamejantes, lembrava-se ela, sem nada mais que rubros ásteres, ele fora embora; a enorme foice da morte devastara aquelas tremendas colinas, e quando, finalmente, repousou a encanecida e imensamente envelhecida cabeça sobre a terra, agora convertida em simples cinza de gelo, implorou aos deuses que depositassem junto a ela um buquê de urzes púrpuras, ali, em sua elevada campa, que os últimos raios de sol acariciavam; pois então o espetáculo do universo teria chegado ao fim.

Enquanto a canção antiga borbulhava do outro lado da estação de metrô do Regent's Park, a terra ainda parecia verde e florida; ainda, embora saída de boca tão rude, um simples buraco na terra, lamacento também, atapetado de fiapos de raízes e ervas emaranhadas, a velha canção, borbulhante, balbuciante, infiltrando-se pelas enredadas raízes de infinitas eras, e por esqueletos e tesouros, ainda se espraiava em regatos pelo calçamento e ao longo de toda a Marylebone Road, e descia em direção à Euston, fertilizando, deixando, no seu rastro, uma mancha úmida.

Recordando ainda que, uma vez, nalgum primevo mês de maio, passeara com o amante, essa bomba enferrujada, essa velha devastada, com uma das mãos estendida à espera de alguns cobres, a outra grudada ao corpo, ainda estaria ali dentro de dez milhões de anos, recordando como, uma vez, passeara em maio, onde agora corre o mar, com quem não importava – era um homem, ah, sim, um homem que a tinha amado. Mas o passar das eras havia turvado a claridade daquele antigo dia de maio; as flores vestidas de cintilantes pétalas estavam agora tingidas pelo cinza-prata da geada; e já não via, quando ela lhe implorou (como fazia agora, muito claramente) "olha atentamente dentro dos meus com teus doces olhos", já não via olhos castanhos, suíças negras ou um rosto queimado pelo sol, mas apenas uma forma vaga, a sombra de uma forma, para a qual, com a gárrula vivacidade dos muito velhos, ela ainda gorjeava "dá-me a tua mão e deixa-me apertá-la docemente" (Peter Walsh não pôde deixar, enquanto tomava o táxi, de dar uma moeda à pobre criatura), "e se por acaso vissem, que lhes importava?", perguntou ela; e apertou o punho contra o corpo, e sorriu, guardando o xelim no bolso, e todos os olhares inquisitivos e bisbilhoteiros pareciam ter se apagado, e as sucessivas gerações de transeuntes – a calçada estava apinhada de apressados burgueses – desvaneciam-se, como folhas, para serem pisoteadas, para serem banhadas, empapadas, transformando-se em húmus pela ação daquela eterna vertente...

*i am fá am sou
fu suí tu im u...*

"Pobre velha", disse Rezia Warren Smith, esperando a sua vez de atravessar.

Oh, pobre e desgraçada velha!

Imagina se fosse uma noite chuvosa? E imagina se o pai da pessoa ou alguém que a tivesse conhecido em melhores dias por acaso passasse por ali e a visse jogada na sarjeta? E onde dormia à noite?

Alegre, quase festivo, o invencível fiozinho de som espiralava no ar, como a fumaça da chaminé de uma casinha no campo que enrolasse límpidas faias num tufo de fumaça azulada e escapasse por entre as folhas do topo. "E se por acaso vissem, que lhes importava?"

Por se sentir tão infeliz, havia semanas que Rezia vinha emprestando significados a coisas que aconteciam, quase achando, às vezes, que deveria parar as pessoas na rua, se parecessem boas, simpáticas, apenas para lhes dizer "sinto-me infeliz"; e essa velha cantando na rua "e se por acaso vissem, que lhes importava?" fez com que subitamente tivesse absoluta certeza de que tudo ia dar certo. Estavam indo consultar Sir William Bradshaw; achava que o seu nome soava bonito; ele iria curar Septimus de uma vez. E, depois, havia uma carroça de cervejeiro, e os cavalos cinzentos tinham pedaços de palha espetados na cola; havia cartazes de propaganda de jornais. Era um sonho tolo, muito tolo, sentir-se infeliz.

Assim, eles, o Sr. e a Sra. Septimus Warren Smith, atravessaram a rua, e havia, afinal, uma coisa qualquer que chamasse a atenção sobre eles, uma coisa qualquer que fizesse um transeunte suspeitar de que aqui ia um jovem que levava com ele a maior mensagem do mundo e que era, além disso, o homem mais feliz do mundo, e o mais infeliz? Talvez eles caminhassem mais devagar do que as outras pessoas, e houvesse algo de hesitante, de pesado, no andar do homem, mas nada poderia ser mais natural para um empregado de escritório que há anos não ia, num dia de semana, numa hora como essa, ao West End, do que continuar observando o céu, observando isso, aquilo ou aquilo outro, como se a Portland Place fosse uma sala na qual entrara quando a família estava longe, os candelabros envoltos em pano de holanda, enquanto a governanta, afastando um canto das persianas, deixava entrar longos feixes de luz salpicados de poeira que iam repousar em insólitas e abandonadas poltronas, e dizia aos visitantes quão maravilhoso era esse lugar; quão maravilhoso, mas ao mesmo tempo, pensa ele, enquanto observa as cadeiras e as mesas, quão estranho.

Pela aparência, podia ser um empregado de escritório, mas dos de melhor nível; pois calçava sapatos marrons; as mãos eram cultivadas; o mesmo se podia dizer da sua figura – uma figura angulosa, de nariz grande, inteligente, sensível; mas não os lábios, certamente, pois eram moles; e os olhos (como costumam ser os olhos), apenas olhos; castanhos esverdeados, grandes; era, assim, no conjunto, um caso-limite, nem uma coisa nem outra, podia acabar com uma casa em Purley e um carro a motor, ou continuar a vida toda alugando apartamentos em ruas retiradas; um desses homens com pouca instrução, autodidatas, cuja educação é inteiramente adquirida através de livros tomados de empréstimo em bibliotecas públicas, lidos à noite, após um dia de trabalho, a conselho de autores célebres, consultados por carta.

Quanto às outras experiências, as solitárias, aquelas que as pessoas vivem sozinhas, em seus quartos, em seus escritórios, andando pelos campos ou pelas ruas de Londres, ele as tivera; saíra de casa, menino ainda, por causa da mãe; ela mentia; porque descera para o chá, pela quinquagésima vez, sem ter lavado as mãos; porque não via futuro para um poeta em Stroud; e assim, tendo a irmã, mais nova que ele, por confidente, fora embora para Londres, deixando atrás um bilhete absurdo, como os escritos por grandes homens e lidos, depois, pelo mundo, quando a história de suas lutas se tornou famosa.

Londres sorvera milhões de homens jovens tendo Smith por sobrenome; e não se deixava impressionar por nomes de batismo fantásticos como Septimus, com o qual os pais pensavam distingui-los. Morando perto da Euston Road, havia certas experiências, novamente experiências, como a da mudança, em dois anos, de um rosto cheio, corado, inocente, para um rosto fino, contraído, hostil. Mas, de tudo isso, o que poderia ter dito o mais atento dos amigos senão o que diz um jardineiro quando abre a porta da estufa numa certa manhã e encontra uma de suas plantas em flor: – Ela tinha florido; tinha florido por força da vaidade, da ambição, do idealismo, da paixão, da solidão, da coragem, da indolência, as habituais sementes que, reunidas todas numa confusa mistura (num quarto perto da Euston Road), fizeram dele um homem tímido, e gaguejante, fizeram dele um homem preocupado em se aperfeiçoar, fizeram com que se apaixonasse pela Srta. Isabel Pole, que ensinava Shakespeare na Waterloo Road.

Não era ele como Keats? perguntava ela; e pensava em como poderia fazê-lo tomar gosto por *Antônio e Cleópatra* e todas as outras peças; emprestava-lhe livros; escrevia-lhe fragmentos de cartas; e acendia nele um fogo tal como os que ardem apenas uma vez na vida, sem calor, que projetava uma chama bruxuleante, de um dourado rubro, infinitamente etérea e imaterial, sobre a Srta. Pole; sobre *Antônio e Cleópatra*; e sobre a Waterloo Road. Ele a achava bonita, julgava-a impecavelmente douta; sonhava com ela, escrevia-lhe poemas, os quais, desconhecendo o mote, ela corrigia com tinta vermelha; ele a vira, numa tarde de verão, passeando, numa praça, num vestido verde. "Tinha florido", poderia ter dito o jardineiro, se tivesse aberto a porta do quarto; quer dizer, se tivesse entrado, numa noite qualquer, mais ou menos nessa época, e o tivesse encontrado escrevendo; rasgando o que escrevera; terminando uma obra-prima às três da manhã e saindo para percorrer as ruas, e visitando as igrejas, e jejuando num dia, bebendo num outro, devorando Shakespeare, Darwin, *A História da Civilização*, e Bernard Shaw.

Algo estava no ar, sabia-o o Sr. Brewer; o Sr. Brewer, chefe de escritório de Sibley & Arrowsmith – Leilões, Perícias, Valores Imobiliários; algo estava no ar, pensou ele, e, como era paternal para com seus jovens empregados, e como tinha em alta conta as capacidades de Smith, e como profetizava que, em dez ou quinze anos, ele estaria sentado, como seu sucessor, na confortável cadeira de couro da sala do centro, em meio aos fichários de testamentos e sob a luz da claraboia, "desde que conservasse a saúde", disse o Sr. Brewer, e esse era o perigo – ele parecia débil; recomendou-lhe o futebol, convidava-o para cear e estava prestes a recomendá-lo para um aumento de salário, quando aconteceu algo que desfez muitos dos planos do Sr. Brewer, roubou-lhe os mais capazes dos jovens colaboradores, e, a tal grau eram abrangentes e insidiosos os braços da Guerra Europeia, que acabaram por atingir a residência do Sr. Brewer, em Muswell Hill, esmagando uma escultura em gesso de Ceres, abrindo um buraco nos canteiros de gerânios, e arruinando por completo os nervos da cozinheira.

Septimus foi um dos primeiros a se apresentar como voluntário. Foi para a França para salvar uma Inglaterra que consistia quase que inteiramente das peças de Shakespeare e da Srta. Isabel Pole passeando numa praça, num vestido verde. Deu-se, ali, nas trincheiras, instantaneamente, a mudança que o Sr. Brewer pretendia quando lhe recomendara o futebol; tornou-se viril; foi promovido; chamou a atenção – na verdade, ganhou-lhe a afeição – de seu superior, de nome Evans. Eram dois cachorros brincando no tapete, frente à lareira; um abocanhando e sacudindo um canudo de papel, rosnando, mordiscando, mordendo, de vez em quando, a orelha do mais velho; o outro deitando-se sonolento no chão, pestanejando à luz do fogo, levantando uma pata, rolando e rosnando alegremente. Eles tinham que estar sempre juntos, compartilhar, brigar, discutir. Mas quando Evans (Rezia, que o tinha visto uma vez, referia-se a ele como "um homem calado", um homem entroncado, ruivo, retraído na companhia de mulheres), quando Evans foi morto, bem pouco antes do Armistício, na Itália, Septimus, além de não demonstrar qualquer emoção ou de não reconhecer que aqui terminava uma amizade, congratulou-se por reagir tão contida e racionalmente. A Guerra tinha lhe dado uma lição. Foi sublime. Tinha passado pela experiência toda, amizade, Guerra Europeia, morte, tivera uma promoção, ainda não tinha trinta anos e estava destinado a sobreviver. Esteve bem no centro de tudo. As últimas granadas por pouco não o atingiram. Foi com indiferença que as viu explodirem. Quando veio a paz, estava em Milão, aquartelado numa pousada, com um pátio interno, flores em banheiras, pequenas mesas ao ar livre, as filhas do dono confeccionando chapéus, e com Lucrezia, a mais nova das duas, firmou compromisso de casamento, numa noite em que foi tomado de pânico – por não conseguir sentir nada.

Pois agora que tudo tinha acabado, com o armistício assinado, e os mortos sepultados, ele tinha, especialmente à noitinha, essas súbitas explosões de medo. Não conseguia sentir. Quando abria a porta da sala onde as moças italianas ficavam sentadas fazendo chapéus, ele podia vê-las; podia ouvi-las; passavam arames por contas coloridas que retiravam de um pires; faziam moldes de entretela de mil maneiras; a mesa estava atulhada de plumas, lantejoulas, linhas, fitas; tesouras chocavam-se contra a mesa; mas algo escapava-lhe; ele não conseguia sentir. Ainda assim, as tesouras que se chocavam, as moças que riam, os chapéus que estavam sendo confeccionados serviam-lhe de proteção; davam-lhe uma sensação de segurança; ele dispunha de um refúgio. Mas não podia ficar sentado ali a noite toda. Havia ocasiões em que despertava de madrugada. A cama estava caindo; ele estava caindo. Oh, quem dera as tesouras e a luz da lâmpada e os moldes de entretela! Pediu Lucrezia em casamento, a mais nova das duas, a divertida, a frívola, com aqueles dedinhos de artista que ela levantava, dizendo "Está tudo neles". Linhas, plumas, tudo ganhava vida diante deles.

"É o chapéu que conta mais", ela dizia quando saíam para passear juntos. Cada chapéu que passava, ela o examinava; e a capa e o vestido e a maneira como a mulher se portava. O vestir-se mal, o vestir-se com exagero, ela estigmatizava, não ruidosamente, mas com impacientes movimentos das mãos, como os de um pintor que descarta alguma contrafação flagrantemente óbvia e simplória; e depois, generosa, mas sempre criticamente, aprovava alguma balconista que tivesse arranjado graciosamente seu pedaço de pano, ou louvava, sem reparos, com entusiástico e profissional discernimento, uma dama francesa que descia da carruagem em seu longo, em seu casaco de chinchila, exibindo suas pérolas.

"Belíssimo!", murmurava ela, cutucando Septimus, para que ele visse. Mas a beleza ficava do lado de trás de um espelho. Nem mesmo o paladar (Rezia adorava sorvete, chocolate, doces) lhe dava qualquer prazer. Ele colocava a sua xícara na mesinha de mármore. Observava as pessoas lá fora; pareciam felizes, juntando-se no meio da rua, gritando, rindo, brigando por nada. Mas ele não tinha paladar, não conseguia sentir. Na casa de chá, entre as mesas e a tagarelice dos garçons, o temível medo tomava conta dele – ele não conseguia sentir. Podia raciocinar; podia ler, Dante, por exemplo, muito facilmente ("Septimus, você deve largar o livro", dizia Rezia, delicadamente fechando o *Inferno*), podia fechar a sua conta mensal; o cérebro estava perfeito; devia ser culpa do mundo, então – o fato de ele não conseguir sentir.

"Os ingleses são tão calados", dizia Rezia. Gostava disso, dizia ela. Respeitava esses homens ingleses, e desejava conhecer Londres, e os cavalos ingleses, e os ternos feitos sob medida, e se lembrava de ter ouvido, de uma tia que casara e morava no Soho, o quanto as lojas eram maravilhosas.

É bem possível, pensava Septimus, contemplando a Inglaterra da janela do trem, quando partiram de Newhaven; é bem possível que o próprio mundo não tenha sentido.

No escritório, promoveram-no a uma posição de considerável responsabilidade. Estavam orgulhosos dele; tinha sido condecorado. "O senhor cumpriu o seu dever; cabe a nós...", começou a dizer o Sr. Brewer; e não conseguiu terminar, tão grata lhe era a emoção. Foram morar num belo apartamento perto da Tottenham Court Road.

Aqui, abriu novamente o seu Shakespeare. Aquela coisa juvenil de se deixar embriagar pelas palavras – *Antônio e Cleópatra* – murchara completamente. Como Shakespeare desprezava a humanidade – o cobrir-se com panos, o fazer filhos, a sordidez da boca e do ventre! Era isso que agora se revelava a Septimus; a mensagem oculta sob a beleza das palavras. O sinal secreto que uma geração, disfarçadamente, passa à outra é o desprezo, o ódio, o desespero. Dante, a mesma coisa. Ésquilo (em tradução), a mesma coisa. Ali estava Rezia, sentada à mesa, decorando chapéus. Decorava chapéus para as amigas da Srta. Filmer; decorava chapéus sem parar. Parecia pálida, misteriosa, como um lírio, afundado, coberto d'água, pensou ele.

"Os ingleses são tão sérios", dizia ela, enlaçando Septimus com os braços, seu rosto contra o dele.

O amor entre homem e mulher era repulsivo para Shakespeare. A coisa da cópula era suja para ele, diante do fim. Mas, dizia Rezia, ela tinha que ter filhos. Fazia cinco anos que estavam casados.

Foram juntos à Tower; ao Museu Victoria e Albert; ficaram em meio à multidão para ver o Rei abrir o Parlamento. E havia as lojas – as chapelarias, as lojas de roupas, lojas com malas de couro na vitrine, que ela podia ficar admirando. Mas ela tinha de ter um menino.

Tinha de ter um filho como Septimus, dizia. Mas ninguém podia ser como Septimus; tão amável; tão sério; tão inteligente. Não podia também ela ler Shakespeare? Shakespeare era um autor difícil? perguntava ela.

Não se pode trazer filhos a um mundo como esse. Não se pode perpetuar o sofrimento, ou aumentar a raça desses animais luxuriosos, que não têm qualquer sentimento durável, mas apenas caprichos e vaidades que fazem com que se movam em círculos, ora num sentido, ora noutro.

    Sem se atrever a mover um dedo, ele a observava usando a tesoura, modelando, como se observa um pássaro saltitando, esvoaçando sobre a grama. Pois a verdade (que ela continue sem saber) é que os seres humanos não têm bondade, nem fé, nem caridade, nada para além daquilo que serve para aumentar o prazer momentâneo. Eles caçam em matilhas. Suas matilhas esquadrinham o deserto e desaparecem, aos gritos, na árida imensidão. Eles abandonam os caídos. Eles têm o rosto desfigurado por trejeitos. No escritório, havia Brewer, com seu bigode encerado, o prendedor de gravata em coral, peitilho branco, e gestos de simpatia (por dentro, uma pedra de gelo), com seus gerânios arruinados durante a Guerra, os nervos da cozinheira abalados; ou então a Amélia Não-Sei-O-Quê, servindo chá, pontualmente às cinco horas – uma pequena harpia, lúbrica, sarcástica, obscena; e os Toms e os Bertys, em seus peitilhos engomados a transpirar grossas gotas de vício. Eles nunca o tinham visto fazendo-lhes o desenho na caderneta, nus, em meio a suas palhaçadas. Na rua, furgões passavam roncando por ele; a brutalidade berrava nos cartazes de publicidade; havia homens encurralados em minas; mulheres que eram queimadas vivas; e, uma vez, na Tottenham Court Road, uma fileira de doidos estropiados, postos à rua para serem exercitados ou exibidos para deleite do populacho (entregue às gargalhadas), passou arrastando-se por ele, balançando a cabeça e mostrando os dentes, cada um deles infligindo-lhe – meio que se desculpando, mas com ar de triunfo – sua irremediável desgraça. E *ele*, iria ficar louco?

    Ao chá, Rezia contou-lhe que a filha da Sra. Filmer estava esperando um filho. *Ela* não podia envelhecer sem ter filhos! Sentia-se muito sozinha, muito infeliz! Chorou pela primeira vez desde que estavam casados. Longinquamente, ele a ouvia soluçando; ouvia o seu soluço precisamente, distintamente; comparou-o a um pistão martelando. Mas ele não sentia nada.

Sua mulher estava chorando, e ele não sentia nada; mas cada vez que ela soluçava dessa maneira profunda, silenciosa, desesperada, ele descia mais um degrau em direção ao poço.

Finalmente, com um gesto melodramático, que executou mecanicamente e com inteira consciência de que era pouco sincero, enfiou a cabeça nas mãos. Agora ele se rendia; agora outras pessoas devem vir em seu socorro. Devem mandar alguém. Ele desistia.

Nada conseguia animá-lo. Rezia colocou-o na cama. Mandou chamar um médico – o Dr. Holmes, médico da Sra. Filmer. O Dr. Holmes o examinou. Ele não tinha nada de sério, disse o Dr. Holmes. Oh, que alívio! Que homem bondoso, que homem bom! pensou Rezia. Quando se sentia assim, ele ia ao teatro de variedades, disse o Dr. Holmes. Tirava um dia de folga, com a mulher, e jogava golfe. Por que não experimentar duas drágeas de brometo, dissolvidas em um copo d'água, à noite? Essas casas antigas de Bloomsbury, disse o Dr. Holmes, dando um toque na parede, têm, muitas vezes, um madeiramento muito bom, que os senhorios têm a mania de cobrir com papel de parede. Ainda outro dia, visitando um paciente, um *Sir* qualquer, em Bedford Square...

Não havia, assim, qualquer desculpa; nada de sério, exceto o pecado pelo qual a natureza humana o condenara à morte; que ele não foi capaz de sentir. Ele não se importara quando Evans fora morto; aquilo tinha sido o pior; mas todos os outros crimes erguiam a cabeça e apontavam o dedo, com escárnio e sarcasmo, por sobre a grade dos pés da cama, nas primeiras horas da manhã, para o prostrado corpo que ali estava estendido, dando-se conta de sua degradação; por ter casado sem amar a mulher com quem se casara; por ter-lhe mentido; por tê-la seduzido; por ter ultrajado a Srta. Isabel Pole, e estava tão estigmatizado e marcado pelo vício que as mulheres tremiam de medo ao vê-lo na rua. O veredito da natureza humana para um coitado desses era a morte.

O Dr. Holmes veio novamente. Alto, aparência fresca, bonito, sacudindo a poeira dos sapatos, olhando-se no espelho, fez pouco caso de tudo – dores de cabeça, insônia, temores, sonhos – sintomas nervosos, nada mais que isso, disse ele. Se o Dr. Holmes descobrisse que baixara um mero quarto de quilo dos setenta e quatro vírgula seis que pesava, ele pedia à esposa que lhe servisse, ao café da manhã, mais um prato de mingau de aveia. (Rezia ia aprender a fazer mingau de aveia.) Mas, continuou ele, a saúde é algo que, em grande parte, depende de nosso próprio controle. Envolva-se nalguma atividade fora de casa; encontre algum passatempo. Ele abriu o seu Shakespeare – *Antônio e Cleópatra*; colocou-o de lado. Algum passatempo, disse o Dr. Holmes, pois não devia a sua própria e excelente saúde (e trabalhava tão duramente quanto qualquer outro homem em Londres) ao fato de que sempre lhe era possível deixar um pouco seus pacientes de lado e dedicar-se à sua paixão pelos móveis antigos? E que lindo pregador, se lhe fosse permitido dizê-lo, a Sra. Warren Smith estava usando no cabelo!

Quando o maldito imbecil veio novamente, Septimus recusou-se a vê-lo. É mesmo? perguntou o Dr. Holmes, sorrindo simpaticamente. Na verdade, teve que dar, naquela encantadora mulher, a Sra. Smith, um amistoso empurrão para conseguir chegar até o quarto do marido.

"Então, o senhor entrou em pânico", disse ele, amavelmente, sentando-se ao lado de seu paciente. Ele realmente falara em matar-se à mulher, uma garota e tanto, uma estrangeira, não é mesmo? Não tinha isso dado a ela uma ideia um tanto errada a respeito dos maridos ingleses? Não tínhamos, por acaso, um dever para com a própria esposa? Não seria melhor fazer alguma coisa, em vez de ficar deitado na cama? Pois tinha quarenta anos de experiência por detrás dele; e Septimus podia confiar na palavra do Dr. Holmes – ele não tinha nada de sério. E na próxima vez que viesse vê-lo, o Dr. Holmes esperava encontrar Smith fora da cama, não deixando que aquela encantadora senhorinha, sua esposa, ficasse preocupada com ele.

A natureza humana, em suma, estava no seu encalço – a repulsiva fera, com suas inflamadas ventas. Holmes estava no seu encalço. O Dr. Holmes vinha todo dia, quase sem falta. Assim que tropeçamos, escreveu Septimus no verso de um cartão postal, a natureza humana se põe em nosso encalço. Holmes se põe em nosso encalço. A única chance deles era fugir, sem que Holmes soubesse; para a Itália — para qualquer lugar, qualquer lugar, longe do Dr. Holmes.

Mas Rezia não conseguia compreendê-lo. O Dr. Holmes era um homem tão bondoso. Interessava-se tanto por Septimus. Só queria ajudá-lo, ele disse. Tinha quatro filhos pequenos e a tinha convidado para um chá, contou ela a Septimus.

Tinha, pois, sido abandonado. O mundo inteiro clamava: mate-se, mate-se, faça isso por nós. Mas por que deveria matar-se por eles? Comer era bom; o sol aquecia; e isso de se matar, como é que se faz, com uma faca de cozinha, horrorosamente, com um monte de sangue, ou cheirando gás? Estava demasiadamente fraco; mal podia levantar a mão. Além disso, agora que estava tão sozinho, condenado, abandonado, como acontece com os que estão prestes a morrer a sós, havia nisso uma volúpia, um isolamento pleno de sublimidade; uma liberdade que os apegados nunca poderão conhecer. Holmes vencera, claro; a fera de rubras ventas vencera. Mas nem mesmo Holmes podia colocar a mão nessa última relíquia perdida no fim do mundo, esse renegado, que contemplava as regiões habitadas que deixara para trás, que jazia, como um marinheiro naufragado, na praia do mundo.

Foi nesse instante (Rezia tinha saído às compras) que se deu a grande revelação. Uma voz falou de detrás do biombo. Evans falava. Os mortos estavam com ele.

"Evans, Evans!", gritou.

O Sr. Smith estava falando sozinho e em voz alta, gritou Agnes, a empregada, em direção à cozinha, para a Sra. Filmer. "Evans, Evans", dissera ele enquanto ela vinha com a bandeja. Ela dera um pulo, sim, ela dera um pulo. E correra escada abaixo.

E Rezia entrou com as suas flores, e atravessou a sala, e colocou as rosas num vaso, sobre o qual o sol batia diretamente, e continuou rindo, pulando pela sala.

Tivera que comprar as rosas, disse Rezia, de um pobre homem, na rua. Mas já estavam quase mortas, disse ela, arranjando as rosas.

Havia, então, um homem lá fora; Evans, presumivelmente; e as rosas, que Rezia disse que estavam meio mortas, tinham sido colhidas por ele nos campos da Grécia. Comunicação é saúde; comunicação é felicidade. Comunicação, murmurou ele.

"O que você está dizendo, Septimus?", perguntou Rezia, tomada de pavor, pois ele estava falando sozinho.

Mandou que Agnes fosse correndo chamar o Dr. Holmes. Seu marido, disse, estava louco. Mal a reconhecia.

"Sua fera! Sua fera!", gritou Septimus, ao ver a natureza humana, isto é, o Dr. Holmes, entrar no quarto.

"Agora, o que significa tudo isso?", disse o Dr. Holmes, da maneira mais amigável do mundo. "Falando coisas sem sentido para amedrontar a sua mulher?" Mas ele lhe daria algo para fazê-lo dormir. E se eram ricos, disse o Dr. Holmes, passeando o olhar, ironicamente, pelo quarto, que se sentissem livres para recorrer à Harley Street; se não confiavam nele..., disse o Dr. Holmes, com um jeito não tão amável.

Eram precisamente doze horas; doze horas, pelo Big Ben; cujo toque irradiava-se pela zona norte de Londres; fundia-se com o dos outros relógios, misturava-se, de forma tênue e etérea, com as nuvens e os tufos de fumaça, e morria lá no alto, entre as gaivotas – batia as doze horas enquanto Clarissa Dalloway estendia o vestido verde sobre a cama, e os Warren Smith desciam a Harley Street. Doze horas era o horário da consulta. Provavelmente, pensou Rezia, aquela era a casa de Sir William Bradshaw, com o carro cinza na frente. Os círculos de chumbo dissolviam-se no ar.

E, de fato, era – o carro de Sir William Bradshaw; rebaixado, potente, cinza, com as simples iniciais de seu nome engastadas no painel, como se as habituais pompas da heráldica não fossem combinar com esse homem, que era o protetor espiritual, o sacerdote da ciência; e, como o carro era cinza, para combinar com a sua sóbria suavidade, peles cinza e mantas cinza-prata se amontoavam no seu interior para manter aquecida a sua senhora, enquanto esperava. Pois era com frequência que Sir William Bradshaw viajava sessenta milhas ou mais até o campo para visitar os ricos, os aflitos que podiam pagar os elevados honorários que Sir William muito apropriadamente cobrava por seus serviços. Sua senhora esperava, por uma hora ou mais, com as mantas em volta dos joelhos, recostada, pensando às vezes no paciente, às vezes, compreensivelmente, na muralha de ouro que se elevava, minuto a minuto, enquanto ela esperava; a muralha de ouro que se elevava entre eles e todas as provações e ansiedades (ela as tinha bravamente suportado; eles tinham tido suas brigas), até que se sentia aninhada nas ondas de um calmo oceano, onde sopravam apenas olorosas brisas; respeitada, admirada, invejada, com quase nada mais a desejar, embora lamentasse sua corpulência; grandes recepções, com jantar, todas as quintas, para o corpo médico; um ocasional bazar beneficente a ser inaugurado; saudada pela Realeza; muito pouco tempo, era uma pena, com o marido, cujo trabalho só aumentava; um filho indo bem em Eton; gostaria de ter tido uma filha também; interesses, entretanto, ela tinha, e muitos; a assistência à infância; o tratamento dos epilépticos, e a fotografia, de maneira que, se houvesse uma igreja em ruínas, ou simplesmente uma igreja, ela subornava o sacristão, pegava a chave e, enquanto esperava, tirava fotografias, que quase não se distinguiam do trabalho de profissionais.

 Ele próprio, Sir William, não era mais um jovem. Trabalhara duramente; chegara à sua posição apenas por sua capacidade (filho de lojista que era); gostava da sua profissão; fazia uma bela figura nas cerimônias e falava bonito – coisas todas que, na altura em que fora sagrado cavaleiro, contribuíram para imprimir-lhe um ar grave, um ar de cansaço (de tão incessante que era o fluxo de pacientes, de tão onerosos que eram os privilégios e as responsabilidades de sua profissão), um cansaço que, juntamente com os cabelos grisalhos, aumentava a extraordinária distinção de sua presença e dava-lhe a reputação (da maior importância no trabalho de quem lida com casos de nervos) não simplesmente de uma capacidade brilhante e de uma precisão quase infalível no diagnóstico, mas de empatia; de tato; de compreensão da alma humana. Ele pôde perceber no instante em que eles entraram na sala (Warren Smith era o sobrenome deles); ele teve certeza assim que viu o homem; era um caso de extrema gravidade. Era um caso de colapso total – de total colapso físico e nervoso, com todo o sintoma de que estava num estágio avançado, ele percebeu em dois ou três minutos (enquanto anotava, numa ficha rosa, as respostas – discretamente murmuradas – às questões que fazia).

Há quanto tempo vinha sendo tratado pelo Dr. Holmes?

Seis semanas.

Receitou um pouco de brometo? Disse que ele não tinha nada de sério? Ah, sim (esses clínicos gerais! pensou Sir William. Passava a metade do tempo consertando as suas trapalhadas. Algumas eram irreparáveis).

"O senhor serviu com grande distinção na Guerra?"

O paciente repetiu a palavra "guerra" interrogativamente.

Ele estava atribuindo às palavras significados que tinham uma implicação simbólica. Um sintoma grave, a ser assinalado na ficha.

"A Guerra?", perguntou o paciente. A Guerra Europeia – aquela coisa de escolares brincando com pólvora? Ele tinha servido com distinção? Ele realmente esquecera. Fracassara até na Guerra.

"Sim, serviu com a maior distinção", Rezia assegurou ao doutor; "ele foi promovido."

"E eles têm o senhor na mais alta conta no escritório?", murmurou Sir William, lançando um olhar à carta do Sr. Brewer, recheada de palavras elogiosas. "De modo que o senhor não tem nada que o preocupe, nenhum problema financeiro, nada?"

Ele cometera um crime horrível e fora condenado à morte pela natureza humana.

"Eu... eu", começou, "eu cometi um crime..."

"Ele não fez nada de errado, nada", Rezia assegurou ao doutor. Se o Sr. Smith pudesse esperar, disse Sir William, ele gostaria de falar com a Sra. Smith na sala ao lado. O marido dela estava gravemente doente, disse Sir William. Ele ameaçou se matar?

Ah, sim, exclamou. Mas não falava a sério, disse. Claro que não. Era simplesmente uma questão de repouso, disse Sir William; de repouso, repouso, repouso; um longo repouso na cama. Havia uma aprazível casa de saúde na calma do campo onde o seu marido seria muito bem cuidado. Longe dela? perguntou. Infelizmente sim; as pessoas a quem mais queremos bem não nos são de serventia quando estamos doentes. Mas ele não estava louco, estava? Sir William disse que nunca se referia a isso como "loucura"; ele chamava de falta de senso de proporção. Mas o seu marido não gostava de médicos. Ele se negaria a ir para lá. Sumária e amavelmente, Sir William explicou-lhe qual era a situação. Ele tinha ameaçado se matar. Não havia alternativa. Era uma questão legal. Ele guardaria repouso no leito, numa bela casa de saúde no campo. As enfermeiras eram admiráveis. Sir William iria visitá-lo uma vez por semana. Se a Sra. Warren Smith estava mesmo certa de que não havia mais nada a perguntar – ele nunca apressava os pacientes – eles iriam ao encontro do seu marido. Ela não tinha mais nada a perguntar – não a Sir William.

Foram, assim, ao encontro do mais exaltado dos membros da humanidade; do criminoso que enfrentava os seus juízes; da vítima exposta nas alturas; do fugitivo; do marinheiro afogado; do poeta da ode imortal; do Senhor que fora da vida à morte; de Septimus Warren Smith, que estava sentado numa poltrona, à luz que entrava pela claraboia, olhando uma fotografia de Lady Bradshaw em vestido de Corte e murmurando mensagens sobre a beleza.

"Tivemos a nossa conversinha", disse Sir William.

"Ele diz que você está muito, muito doente", exclamou Rezia.

"Acertamos que o senhor deve ser internado numa casa de saúde", disse Sir William.

"Uma das casas de Holmes?", ironizou Septimus.

O sujeito dava uma impressão nada agradável. Pois havia em Sir William, cujo pai fora comerciante, um respeito pela boa educação e pelo bem-vestir que tornava o desleixo intolerável; além disso, havia, mais profundamente, em Sir William, que nunca tivera tempo para ler, um ressentimento, profundamente entranhado, contra pessoas cultivadas que vinham ao seu consultório e decretavam que os médicos, cuja profissão exigia o constante exercício das mais elevadas faculdades, não eram homens instruídos.

"Uma das *minhas* casas, Sr. Warren Smith", disse ele, "onde iremos ensiná-lo como repousar."

Mas havia só mais uma coisa.

Tinha toda a certeza de que quando estava bem, o Sr. Warren Smith seria o último homem no mundo a amedrontar a esposa. Mas ele havia falado em se matar.

"Todos temos nossos momentos de depressão", disse Sir William.

Assim que caímos, repetiu Septimus para si mesmo, a natureza humana se põe em nosso encalço. Holmes e Bradshaw se põem em nosso encalço. Eles esquadrinham o deserto. Eles voam, aos gritos, em direção à árida imensidão. Nossos membros são estirados em estrados de tortura, e nossos dedos são apertados por torniquetes. A natureza humana é impiedosa.

"Ele, às vezes, tem impulsos?", perguntou Sir William, com o lápis pousado sobre uma ficha cor-de-rosa.

Isso era apenas da sua conta, disse Septimus.

"Ninguém vive apenas para si próprio", disse Sir William, lançando um olhar para a fotografia da esposa em trajes de Corte.

"E o senhor tem uma brilhante carreira à sua frente", disse Sir William. A carta do Sr. Brewer estava em cima da mesa. "Uma carreira excepcionalmente brilhante."

E se ele confessasse? Se contasse tudo? Será que, então, o largariam, os seus torturadores?

"Eu... eu...", gaguejou.

Mas qual era o seu crime? Não conseguia se lembrar.

"Sim?", encorajou-o Sir William. (Mas estava ficando tarde.)

Amor, árvores, não existe nenhum crime – qual era a sua mensagem?

Não conseguia se lembrar.

"Eu... eu...", gaguejou Septimus.

"Tente pensar o menos possível em si mesmo", disse, amavelmente, Sir William. Na verdade, ele não estava em condições de ficar à solta.

Havia algo mais que desejassem lhe perguntar? Sir William faria todos os acertos (murmurou ele para Rezia) e a avisaria nessa mesma tarde, entre cinco e seis horas.

"Deixem tudo por minha conta", disse, dispensando-os.

Nunca, nunca Rezia sentira sofrimento igual em toda a sua vida! Pedira socorro e fora abandonada! Ele os tinha decepcionado! Sir William Bradshaw não era um homem bom.

Só a manutenção daquele carro devia custar-lhe uma fortuna, disse Septimus, quando saíram à rua.

Ela se agarrou em seus braços. Eles tinham sido abandonados.

Mas o que mais queria ela?

Ele dedicava quarenta e cinco minutos a cada paciente; e se nessa árdua ciência que lida com coisas sobre as quais, afinal, nada sabemos (o sistema nervoso, o cérebro humano), um médico vem a perder o senso de proporção, então, como médico, ele é um fracasso. Saúde é o que devemos ter; e saúde é proporção; de maneira que, quando um homem vem ao nosso consultório e diz que é Cristo (um delírio comum), e é portador de uma mensagem, como geralmente pretendem, e ameaça, como frequentemente fazem, matar-se, nós invocamos a proporção; prescrevemos repouso no leito; repouso a sós; silêncio e repouso; repouso sem amigos, sem livros, sem recados; um repouso de seis meses; até que um homem que chegou pesando quarenta e oito vírgula três quilos saia pesando setenta e seis.

A proporção, a divina proporção, a deusa de Sir William, ele a adquiriu percorrendo hospitais, pescando salmão, gerando um filho na Harley Street, por graça de Lady Bradshaw, que também pescava salmão, e tirava fotografias que mal se distinguiam do trabalho de profissionais. Ao idolatrar a proporção, Sir William não apenas prosperou ele próprio, mas fez a Inglaterra prosperar, isolou os seus lunáticos, coibiu a procriação, criminalizou o desespero, impediu que os desajustados propagassem suas ideias até que também eles partilhassem do seu senso de proporção – dele, se fossem homens, de Lady Bradshaw se fossem mulheres (ela bordava, tricotava, passava quatro noites por semana em casa com o filho), de maneira que não apenas era respeitado pelos colegas e temido pelos subordinados, mas os amigos e a família de seus pacientes nutriam por ele a mais profunda das gratidões por insistir que esses proféticos Cristos e Cristas, que profetizavam o fim do mundo, ou o advento de Deus, ficassem na cama e tomassem leite, tal como prescrevia Sir William; Sir William, com seus trinta anos de experiência com esse tipo de caso, e seu infalível instinto: aqui há loucura, ali há senso; na verdade, o seu senso de proporção.

Mas a Proporção tem uma irmã, menos sorridente, mais temível, uma Deusa, neste preciso instante, atarefada – no calor e nas areias da Índia, no lodo e no pântano da África, nos arrabaldes de Londres, em toda parte, em suma, onde o clima ou o demônio tenta os homens a abandonarem a verdadeira crença, que não é senão a que ela própria professa – uma Deusa, neste preciso instante, atarefada em pulverizar santuários, em despedaçar ídolos e assentar, em seu lugar, o seu próprio e severo semblante. Conversão é o seu nome, e ela se regala com a vontade dos fracos, gostando de impressionar, impor, adorando ver as suas próprias feições estampadas na face do povo. Põe-se a pregar, sobre um caixote, no Hyde Park Corner; cobre-se de branco e percorre, contritamente, sob o disfarce do amor fraternal, as fábricas e os parlamentos; oferece socorro, mas deseja poder; varre brutalmente de seu caminho os dissidentes e os insatisfeitos; confere a sua benção àqueles que, erguendo o olhar, recolhem, submissamente, dos dela, a luz dos seus próprios olhos. Essa dama

(Rezia Warren Smith adivinhava-o) também tinha sua morada no coração de Sir William, embora disfarçada, como quase sempre, sob alguma máscara aceitável; sob algum venerável nome; amor, dever, autossacrifício. Como ele trabalhava – como dava duro para levantar fundos, difundir as reformas, fundar instituições! Mas a Conversão, a fastidiosa Deusa, gosta mais de sangue do que de tijolos e se regala, mais sutilmente, com a vontade humana. Por exemplo, Lady Bradshaw. Fazia quinze anos que ela havia soçobrado. Nada que se pudesse apontar com precisão; não houvera nenhuma cena, nenhum clique; apenas a lenta submersão da vontade dela, totalmente à deriva, na dele. Doce era o seu sorriso, pronta a sua submissão; a ceia na Harley Street, perfazendo um total de oito ou nove pratos e alimentando dez ou quinze convidados das classes profissionais, era plácida e urbana. Apenas uma leve monotonia ou uma inquietação talvez, um trejeito nervoso, um tropeço, um tremor das mãos, um lapso, indicavam, à medida que a noite avançava, aquilo que era realmente doloroso acreditar – que a pobre senhora mentia. Outrora, havia muito tempo, ela pescara salmão livremente: agora, pronta a satisfazer o desejo de controle, de poder que fazia brilhar tão untuosamente os olhos do marido, ela se recolhia, se encolhia, se acanhava, se castrava, se retraía, espreitava; de maneira que sem saber precisamente o que tornava a noite desagradável e causava essa pressão no alto da cabeça (fato que poderia perfeitamente ser atribuído à conversa em torno de temas técnicos, ou ao cansaço de um grande médico cuja vida, como dizia Lady Bradshaw, "não lhe pertence, mas aos seus pacientes"), desagradável era o que ela de fato era: de maneira que os convidados, quando o relógio soava as dez horas, respiravam extasiados o ar da Harley Street; alívio que, entretanto, era negado aos seus pacientes.

Aí, nesse consultório cinzento, com seus quadros nas paredes e seus valiosos móveis, sob a claraboia de vidro polido, eles tomavam conhecimento da extensão de suas transgressões; espremidos em poltronas, observavam-no executar, em seu favor, um curioso exercício com os braços, que ele estendia e rapidamente recolhia, pousando-os junto aos quadris, para provar (se o paciente fosse obstinado) que Sir William era senhor de suas próprias ações, coisa que o paciente não era. Aí, alguns fracos desabavam; soluçavam, submetiam-se; outros, inspirados sabe Deus por qual imoderada loucura, diziam a Sir William, abertamente, que ele não passava de um miserável impostor; questionavam, ainda mais sacrilegamente, a própria vida. Por que viver? perguntavam-lhe. Sir William replicava que a vida era boa. Certamente, considerando-se Lady Bradshaw, com seu boá de plumas de avestruz pendurado sobre a lareira, e a polpuda renda de doze mil libras anuais por ele auferida. Mas para nós, eles protestavam, a vida não proporcionara essa abundância. Ele aquiescia. Faltava-lhes o senso da proporção. E não era possível, no final das contas, que não houvesse Deus algum? Ele dava de ombros. Em resumo, isso de viver ou não viver não é uma coisa da exclusiva conta de cada um? Mas nisso eles estavam enganados. Sir William tinha um amigo em Surrey, em cuja casa de saúde ensinavam aquilo que Sir William admitia ser uma difícil arte – o senso de proporção. Havia, além disso, a afeição familiar; a honra; a coragem; e uma brilhante carreira. Todas essas coisas tinham em Sir William um ardente defensor. Se elas falhassem, ele tinha que apoiar a polícia e o bem da sociedade, que, ele salientava muito calmamente, cuidariam, lá em Surrey, para que esses impulsos antissociais, produzidos por falta de sangue bom, mais que por qualquer outra coisa, fossem mantidos sob controle. E, então, sub-repticiamente, saía do esconderijo e subia ao trono aquela Deusa cujo apetite consistia em esmagar qualquer oposição e em estampar indelevelmente, nos santuários de outras, a sua própria imagem. Nus, indefesos, exaustos, os desamparados recebiam a marca da vontade de Sir William. Ele se lançava em cima da presa; ele devorava. Ele enclausurava as pessoas. Era essa combinação, feita de determinação e humanidade, que fazia com que Sir William fosse tão estimado pelas famílias de suas vítimas.

    Mas Rezia Smith disse em voz alta, descendo a Harley Street, que não gostava daquele homem.

Triturando e fatiando, dividindo e subdividindo, os relógios da Harley Street roíam este dia de junho, aconselhavam a submissão, chancelavam a autoridade, e destacavam em coro as supremas vantagens do senso de proporção, até que o montículo de tempo diminuíra tanto que um relógio comercial, afixado na fachada de uma loja da Oxford Street, anunciou, cordial e fraternalmente, como se constituísse um prazer para os sócios Rigby & Lowndes dar a informação graciosamente, que era uma e meia.

Erguendo-se os olhos, via-se que cada letra de seus nomes correspondia a uma das horas; subconscientemente, agradecia-se a Rigby & Lowndes por informarem uma hora que era ratificada por Greenwich; e essa gratidão (assim ruminava Hugh Whitbread, demorando-se diante da vitrine), naturalmente expressava-se, depois, na compra de meias ou sapatos da Rigby & Lowndes. Assim ruminava ele. Era o seu hábito. Não ia a fundo. Ficava na superfície; as línguas mortas, as vivas, a vida em Constantinopla, Paris, Roma; a equitação, a caça, o tênis tinham outrora lhe interessado. Asseveravam os maliciosos que agora ele montava guarda, em meias de seda e culotes, no Palácio de Buckingham, guardando ninguém sabia o quê. Mas ele se desempenhava com extrema eficiência. Vinha se mantendo à tona da nata da sociedade inglesa por cinquenta e cinco anos. Conhecera primeiros-ministros. Suas amizades eram reconhecidamente profundas. E, se era verdade que não participara de nenhum dos grandes movimentos da época, nem ocupara um alto posto, uma ou duas modestas reformas lhe eram devidas; uma melhoria nos albergues públicos era uma delas; a proteção às corujas em Norfolk era outra; as moças que trabalhavam como criadas tinham motivo para lhe serem gratas; e o seu nome aposto ao final de cartas ao *Times*, reivindicando fundos, apelando ao público em favor de medidas de proteção e conservação, em favor da remoção do lixo, da redução do uso do fumo, da eliminação da imoralidade nos parques, inspirava respeito.

Fazia, além disso, uma bela figura, parando por um instante (enquanto o som da batida da meia hora se dissolvia) para observar criticamente, professoralmente, meias e sapatos; impecável, imponente, como se observasse o mundo de uma posição de superioridade, e vestido para a ocasião; mas compreendia as obrigações que a estatura, a riqueza, a saúde acarretavam, e observava meticulosamente, mesmo quando não eram absolutamente necessárias, as pequenas gentilezas, as cerimônias antiquadas que imprimiam uma marca em seu estilo, algo a ser imitado, algo pelo qual ele seria lembrado, pois ele nunca almoçava, por exemplo, com Lady Bruton, a quem conhecia havia vinte anos, sem levar-lhe, nas mãos estendidas, um buquê de cravos e sem perguntar à Srta. Brush, secretária de Lady Bruton, por seu irmão na África do Sul, o que, por alguma razão, por mais desprovida que fosse de qualquer dos atributos da graça feminina, a melindrava tanto que ela dizia "Ele vai muito bem na África do Sul, obrigada", quando fazia uma meia dúzia de anos que ele ia muito mal em Portsmouth.

Lady Bruton, por sua vez, preferia Richard Dalloway, que chegara logo em seguida. Na verdade, os dois se encontraram à entrada da casa.

Lady Bruton preferia Richard Dalloway, naturalmente. Ele era feito de um matéria muito mais refinada. Mas ela não permitia que rebaixassem o seu pobre e querido Hugh. Nunca conseguiria esquecer a gentileza que ele fizera – ele fora realmente de uma gentileza notável – precisamente a propósito de que, ela esquecera. Mas ele fora de uma gentileza notável. De qualquer maneira, a diferença entre um e outro não é grande. Nunca vira o sentido de ficar dividindo as pessoas, como fazia Clarissa Dalloway – dividindo-as e agrupando-as novamente; não, em todo caso, quando se tem sessenta e dois anos. Recebeu os cravos de Hugh com o seu sorriso anguloso e severo. Não estava esperando mais ninguém, disse ela. Tinha-os feito virem até ali sob falsos pretextos, para ajudá-la a sair de uma dificuldade...

"Mas primeiro vamos comer", disse.

E, assim, teve início aí, através das portas de vaivém, um silencioso e inusitado movimento de entrada e saída de donzelas de avental e touca branca, não como acólitas da necessidade, mas como exímias oficiantes de um mistério ou de um grandioso passe de mágica praticado pelas donas de casa de Mayfair, entre uma e meia e duas horas da tarde, quando, a um gesto da mão, o trânsito para, e aí se instaura, em seu lugar, essa profunda ilusão, antes de tudo, relativamente à comida – de que não é comprada; e, depois, de que a mesa se põe sozinha, com cristais e prata, delicados guardanapos, molheiras com frutas vermelhas; finas películas de um molho escuro mascaram o rodovalho; galinhas decepadas nadam em terrinas; colorido, indômito, o fogo arde; e com o vinho e o café (que não eram comprados), jucundas visões se erguem diante de olhos extasiados; olhos delicadamente curiosos; olhos para os quais a vida parece musical, misteriosa; olhos agora acesos para observar amavelmente a beleza dos cravos vermelhos que Lady Bruton (cujos movimentos eram sempre angulosos) pusera ao lado de seu prato, de maneira que Hugh Whitbread, sentindo-se em paz com todo o universo e, ao mesmo tempo, inteiramente seguro de sua posição, disse, pousando o garfo:

"Não ficariam graciosos junto às suas rendas?"

A Srta. Brush não gostou nada dessa familiaridade. Julgou-o um sujeito pouco polido. Lady Bruton teve que rir da sua atitude.

Lady Bruton ergueu os cravos, segurando-os um tanto rigidamente, quase com o mesmo gesto com que o General, no quadro às suas costas, segurava o rolo de pergaminho; ela se manteve imóvel, absorta. O que ela era mesmo do General: bisneta, trineta? perguntou-se Richard Dalloway. Sir Roderick, Sir Miles, Sir Talbot – era isso. Era impressionante como, nessa família, era às mulheres que a semelhança se transmitia. Ela própria deveria ter sido um general de dragões. E Richard teria, de bom grado, servido sob as suas ordens; tinha o maior respeito por ela; ele alimentava essas visões românticas a respeito dessas velhas damas de alta linhagem que tinham uma posição firme, e teria gostado, à sua bem-humorada maneira, de trazer alguns desses fogosos jovens de suas relações para almoçar com ela; não tinha como pensar que uma pessoa da têmpera dela pudesse descender de plácidos adeptos da arte de tomar chá! Ele conhecia o lugar de onde ela vinha. Ele conhecia a família dela. Havia uma parreira, ainda fértil, à sombra da qual Lovelace ou Herrick – ela própria nunca havia lido uma única linha de poesia, mas essa era a história que contavam – havia se sentado. Melhor esperar para colocar-lhes a questão que a preocupava (a respeito da oportunidade de se fazer um apelo à opinião pública; e em caso positivo, de como fazê-lo e assim por diante), melhor esperar até que tivessem terminado o seu café, pensou Lady Bruton; e pôs, assim, os cravos ao lado do seu prato.

"Como está Clarissa?", perguntou de repente.

Clarissa sempre dizia que Lady Bruton não gostava dela. Na verdade, Lady Bruton tinha a reputação de estar mais interessada em política do que nas pessoas; de falar como um homem; de ter tido um papel em alguma famosa intriga dos anos oitenta, que só agora começava a ser mencionada em alguns livros de memórias. O certo é que existia uma saleta junto à sala de estar, e nessa saleta, uma mesa, e sobre essa mesa, uma fotografia do General Sir Talbot Moore, já falecido, que aí escrevera (numa noite dos anos oitenta), em presença de Lady Bruton, com seu conhecimento e talvez a seu conselho, um telegrama ordenando, num momento histórico, o avanço das tropas britânicas. (Ela conservava a caneta e contava a história.) Assim, quando dizia, no seu intempestivo estilo, "Como está Clarissa?", os maridos tinham dificuldade para convencer as esposas – e, na verdade, embora devotados, eles próprios tinham secretamente dúvidas a esse respeito – do interesse dela por mulheres que frequentemente constituíam um estorvo para os maridos, que não permitiam que eles aceitassem postos no exterior, e que tinham de ser levadas ao litoral, em meio às sessões do Parlamento, para se recuperarem de alguma gripe. Entretanto, a sua pergunta "Como está Clarissa?" era infalivelmente percebida pelas mulheres como um sinal vindo de uma pessoa que se importava com elas, de uma companheira quase silenciosa, cujas frases (talvez uma meia dúzia no curso de uma vida inteira) significavam o reconhecimento de algum companheirismo feminino que percorria subterraneamente esses almoços masculinos e ligava, em virtude de um vínculo singular, Lady Bruton e a Sra. Dalloway, as quais raramente se encontravam e, quando isso acontecia, se mostravam indiferentes e até mesmo hostis.

"Encontrei Clarissa no Parque esta manhã", disse, atirando-se à terrina, Hugh Whitbread, ansioso por prestar a si próprio esse pequeno tributo, pois bastava chegar a Londres para encontrar todo mundo de uma só vez; mas voraz, um dos homens mais vorazes que jamais conhecera, pensou Milly Brush, que examinava os homens com inflexível rigor, mas que, engrumada, bexiguenta e angulosa como era, e sem nenhuma graça feminina, era capaz de um devotamento eterno, em especial às pessoas de seu próprio sexo.

"Sabem quem está na cidade?", disse, ocorrendo-lhe de repente, Lady Bruton. "O nosso velho amigo, Peter Walsh."

Sorriram todos. Peter Walsh! E o Sr. Dalloway estava genuinamente feliz, pensou Milly Brush; e o Sr. Whitbread pensava apenas no seu pedaço de galinha.

Peter Walsh! Todos os três, Lady Bruton, Hugh Whitbread e Richard Dalloway, lembraram-se da mesma coisa – o de quão intensamente Peter estivera apaixonado; de como fora rejeitado; fora embora para a Índia; fora um fiasco; pusera tudo a perder; e Richard Dalloway também tinha uma enorme afeição pelo bom e velho camarada. Milly Brush enxergava isso; enxergava uma profundidade no castanho de seus olhos; via-o hesitar; refletir; coisa que a interessava, tal como o Sr. Dalloway sempre a interessava, pois o que estaria ele pensando, perguntava-se ela, a respeito de Peter Walsh?

Que Peter Walsh estivera apaixonado por Clarissa; que ele voltaria diretamente para casa após o almoço e encontraria Clarissa; que lhe diria, com todas as letras, que a amava. Sim, era o que diria.

Milly Brush talvez tenha chegado perto, outrora, de se apaixonar por esses silêncios; e o Sr. Dalloway era sempre tão confiável; e tão cavalheiro também. Agora, aos quarenta, Lady Bruton tinha apenas que balançar a cabeça ou voltá-la para o lado um pouco energicamente, e Milly Brush captava o sinal, por mais profundamente que estivesse mergulhada nessas reflexões de um espírito desprendido, de uma alma incorrupta a quem a vida não podia ludibriar, porque a vida não a tinha presenteado com nada que tivesse o mínimo valor; uns cacheados, um sorriso, uns lábios, um rosto, um nariz; nada de nada; Lady Bruton precisava apenas balançar a cabeça, e Perkins era instruída a apressar o café.

"Sim; Peter Walsh voltou", disse Lady Bruton. O que era vagamente lisonjeiro para eles todos. Arrasado, fracassado, ele voltara para as suas seguras praias. Mas ajudá-lo, refletiam, era impossível; havia algum tipo de falha em seu caráter. Hugh Whitbread disse que se podia naturalmente recomendar seu nome a fulano ou sicrano. Ele franziu lugubremente a testa, dando-se importância, ao pensamento das cartas que teria de escrever aos chefes das repartições governamentais a respeito de "meu velho amigo, Peter Walsh", etcétera e tal. Mas isso não levaria a nada – a nada de permanente, em virtude do seu caráter.

"Complicações com alguma mulher", disse Lady Bruton. Tinham todos adivinhado que era *isso* que estava na raiz do problema.

"Entretanto", disse Lady Bruton, ansiosa por mudar de assunto, "ouviremos a história toda do próprio Peter."

(O café estava custando a chegar.)

"O endereço?", murmurou Hugh Whitbread; e uma onda se propagou pela cinzenta maré de serviços que se formava ao redor de Lady Bruton dia após dia, recolhendo-a, interceptando-a, envolvendo-a num fino tecido que amortecia os choques, atenuava as interrupções, e estendia em torno da casa da Brook Street uma fina rede na qual as coisas se depositavam e eram recolhidas precisamente, instantaneamente, pela grisalha Perkins, que estivera com Lady Bruton nesses trinta anos e agora escrevia o endereço num pedaço de papel, passando-o ao Sr. Whitbread, que tirou sua carteira, ergueu as sobrancelhas e, escorregando-o entre documentos de enorme importância, disse que ia encarregar Evelyn de convidá-lo para um almoço.

(Estavam esperando para trazer o café assim que o Sr. Whitbread tivesse terminado.)

Hugh era muito lento, pensou Lady Bruton. Estava ficando gordo, ela observou. Richard, por sua vez, se mantinha sempre em forma. Ela estava ficando impaciente; o conjunto de seu ser estava se concentrando – decididamente, inegavelmente, imperativamente, pondo de lado toda essa inútil ladainha (Peter Walsh e seus casos) – no assunto que envolvia a sua atenção, e não apenas a atenção, mas sobretudo aquela fibra que era o centro de sua alma, aquilo que era a sua parte essencial e sem a qual Millicent Bruton não teria sido Millicent Bruton; o projeto para enviar jovens de ambos os sexos, filhos de pais respeitáveis, como emigrantes para o Canadá, fixando-os com uma razoável expectativa de sucesso. Ela exagerava. Tinha perdido, talvez, seu senso de proporção. A emigração não era, para outras pessoas, o remédio óbvio, a ideia sublime. Não constituía, para essas pessoas (não para Hugh, ou Richard, ou mesmo para a devotada Srta. Brush), a libertação do contido egoísmo que uma mulher forte e marcial, bem nutrida, bem-nascida, de impulsos diretos, de sentimentos descomplicados, de pouca capacidade introspectiva (simples e sem rodeios – por que não podiam ser todos simples e sem rodeios? perguntava-se) sente crescer dentro de si, uma vez passada a juventude, e que deve ser descarregado em algum objeto – podia ser a Emigração, podia ser a Emancipação; mas seja qual for, esse objeto em torno do qual a essência da sua alma é diariamente secretada torna-se inevitavelmente prismático, brilhante, metade espelho, metade pedra preciosa; ora cuidadosamente disfarçado, se for alvo de ridículo; ora orgulhosamente exibido. Em suma, a Emigração tornara-se, em grande parte, a própria Lady Burton.

Mas ela tinha que escrever. E uma carta ao *Times*, costumava dizer à Srta. Brush, custava-lhe mais do que organizar uma expedição à África do Sul (o que ela fizera durante a guerra). Após uma batalha matinal, que consistia em começar a escrever, rasgar, começar novamente, ela costumava sentir, como em nenhuma outra ocasião, a futilidade de sua própria condição de mulher, e voltava, de bom grado, o seu pensamento para Hugh Whitbread, que dominava – ninguém podia duvidar – a arte de escrever cartas ao *Times*.

Um ser constituído de maneira tão diferente da sua, com um tal domínio da linguagem; capaz de colocar as coisas como os editores gostam que elas sejam colocadas; que tinha paixões que não podem ser simplesmente chamadas de voracidade. Lady Bruton frequentemente evitava fazer julgamentos a respeito de homens, em consideração ao misterioso acordo que existe entre eles e as leis do universo e do qual as mulheres estão excluídas; eles sabiam como colocar as coisas; sabiam o que estavam dizendo; de modo que se Richard a aconselhasse, e Hugh escrevesse por ela, ela estaria, de alguma maneira, certa de estar fazendo tudo como devia. Deixou, pois, que Hugh comesse o seu suflê; perguntou pela pobre Evelyn; esperou que começassem a fumar, e então disse:

"Milly, poderia pegar os papéis?"

E a Srta. Brush saía, voltava; punha os papéis sobre a mesa; e Hugh tirava a sua caneta tinteiro; a caneta tinteiro de prata, que estava em serviço há vinte anos, disse, desenroscando a tampa. Estava ainda em perfeita ordem; ele a tinha mostrado aos fabricantes; não havia qualquer razão, disseram eles, para que não durasse para sempre; o que, de alguma maneira, lhe devia ser creditado e aos sentimentos que sua caneta expressava (assim sentia Richard Dalloway), enquanto Hugh começava a escrever cuidadosamente, na margem do papel, em letras versais com arabescos em volta, maravilhosamente restituindo, assim, o emaranhado de Lady Bruton à razão e à gramática, de uma maneira tal que o diretor do *Times*, sentia Lady Bruton, vendo a maravilhosa transformação, não teria como não respeitar. Hugh era lento. Hugh era persistente. Richard disse que se devia correr riscos. Hugh propôs modificações, em respeito aos sentimentos das pessoas, as quais, disse ele, causticamente, quando Richard riu, "tinham de ser consideradas", e leu em voz alta "como, por conseguinte, somos da opinião de que os tempos estão maduros... a supérflua juventude de nossa sempre crescente população... aquilo que aos mortos devemos...", o que, para Richard, era tudo discurseira e lengalenga, mas inofensivo, naturalmente, e Hugh foi adiante, dando forma, em ordem alfabética, a sentimentos da mais alta nobreza, desfazendo-se da cinza do charuto que caía no casaco, e recapitulando, de vez em quando, o progresso que haviam feito, até que, finalmente, leu em voz alta o rascunho de uma carta que Lady Bruton tinha certeza de que era uma obra-prima. Como era possível que o seu próprio pensamento soasse daquele jeito?

Hugh não podia garantir que o diretor iria publicar; mas ele tinha um almoço marcado com uma pessoa.

Ao que Lady Bruton, que raramente fazia alguma coisa graciosa, enfeixou todos os cravos de Hugh dentro do decote e, atirando as mãos para o alto, exclamou "Meu Primeiro-Ministro!" Não sabia o que teria feito sem os dois. Eles se levantaram. E Richard Dalloway afastou-se, como de costume, para observar o retrato do General, porque pretendia, quando tivesse alguma folga, escrever a história da família de Lady Bruton.

E Millicent Bruton tinha muito orgulho de sua família. Mas eles podiam esperar, eles podiam esperar, disse ela, olhando para o quadro; querendo dizer que sua família, feita de militares, governadores coloniais, almirantes, tinha sido uma família de homens de ação, que tinham cumprido com o seu dever; e o primeiro dever de Richard era para com o seu país, mas era uma bela figura, disse ela; e todos os papéis estavam prontos para Richard, lá em Aldmixton, quando chegasse a hora; do Governo Trabalhista, era o que queria dizer. "Ah, as notícias da Índia", exclamou.

E, depois, quando estavam em pé no corredor de entrada, pegando suas luvas amarelas de uma bandeja na mesa de malaquita, e Hugh estava oferecendo à Srta. Brush, com uma cortesia um tanto exagerada, um bilhete de teatro que não pretendia usar ou algum outro brinde, coisa que ela odiava do fundo do coração e que a deixou toda vermelha, Richard, com o chapéu na mão, voltou-se para Lady Bruton e disse:

"Nós a veremos em nossa festa de hoje à noite?", ao que Lady Bruton reassumiu a imponência que o envolvimento com a carta havia quebrado. Poderia ir; ou não. Clarissa tinha uma energia extraordinária. Festas deixavam Lady Bruton aterrorizada. Mas, o que fazer, estava ficando velha. Era o que dava a entender, parada na soleira da porta; bonita; toda aprumada; enquanto seu chow-chow espreguiçava-se atrás dela, e a Srta. Brush desaparecia no fundo, com as mãos cheias de papéis.

E Lady Bruton subiu, gravemente, majestosamente, para o seu quarto, deitando-se, com um braço estendido, no sofá. Ela suspirava, ela ressonava, não porque tivesse caído no sono, estava apenas sonolenta e pesada, sonolenta e pesada, como um campo de trevos ao sol neste quente dia de junho, com as abelhas esvoaçando para lá e para cá e com as borboletas amarelas. Ela sempre voltava àqueles tempos lá em Devonshire, aos campos cujos córregos atravessava montada no seu pônei Patty, na companhia de Mortimer e Tom, seus irmãos. E havia os cães; havia os ratos; havia o seu pai e a sua mãe, no gramado, sob as árvores, com o serviço do chá em redor, e os canteiros de dálias, de malvas-rosa, de capins-do-pampa; e eles, os pestinhas, sempre prontos para alguma travessura! metendo-se no meio do mato para não serem vistos, enlameados do jeito que estavam, por causa de alguma molecagem. E o que a velha ama costumava dizer a respeito dos seus vestidos!

Oh, Deus, ela se deu conta – era quarta-feira, e ela estava na Brook Street. Aqueles dois bons indivíduos, Richard Dalloway, Hugh Whitbread, tinham tomado, neste dia quente, o caminho das ruas cujo rugido chegava até ela, estendida no sofá. Ela tinha poder, posição, riqueza. Vivera na linha de frente de sua época. Tivera bons amigos; conhecera os homens mais capazes de seu tempo. A murmurante Londres subia, em ondas, até ela, e a sua mão, estendida nas costas do sofá, envolvia algum imaginário bastão como o que teriam empunhado os seus antepassados, com o qual, sonolenta e pesada, ela parecia comandar batalhões que marchavam em direção ao Canadá e esses dois bons indivíduos que caminhavam por Londres, por esse território que lhes pertencia, por essa pequena faixa de tapete, Mayfair.

E dela se afastavam cada vez mais, porém ainda (por terem almoçado em sua casa) ligados a ela por um tênue fio que esticava e esticava, que ficava mais e mais tênue à medida que eles caminhavam por Londres; como se os amigos, após termos almoçado com eles, continuassem ligados ao corpo da gente por um tênue fio, que (enquanto ela cochilava ali), com o som dos sinos que soavam a hora ou anunciavam os ofícios religiosos, ia se esvanecendo, tal como a teia de uma aranha solitária que, empapada pelas gotas da chuva, torna-se pesada e desaba. Assim ela adormeceu.

E, na esquina da Conduit Street, no exato momento em que Millicent Bruton, ressonando estendida no sofá, deixava o fio se partir, Richard Dalloway e Hugh Whitbread não sabiam bem o que fazer. Ventos contrários assobiavam na esquina da rua. Estavam olhando a vitrine de uma loja; não queriam comprar ou conversar, apenas se separar, mas, com ventos contrários assobiando na esquina da rua, com uma certa pausa nas ondas do corpo – duas forças, manhã e tarde, cruzando-se num redemoinho – eles simplesmente pararam. A placa de propaganda de um jornal foi pelos ares, galantemente no começo, como uma pandorga, desacelerando depois, mergulhando, rodopiando; e o véu de uma senhora se soltou. Toldos amarelos eram sacudidos. A velocidade do trânsito matutino perdia força, e algumas poucas carroças chocalhavam preguiçosamente por ruas semidesertas. Em Norfolk, cuja imagem cruzou o pensamento de Richard Dalloway, um vento morno revirava as pétalas das flores; encrespava as águas; despenteava o relvado verdejante. Os ceifadores de feno, que, após a faina da manhã, tinham se abrigado à sombra das sebes para um rápido cochilo, descerravam cortinas de folhas verdes, afastando com as mãos as ondulantes copas de ervas-cicutárias para ver o céu; o azul, o firme, o ardente céu de verão.

Embora consciente de que estava olhando um jarro de prata de asa dupla da época de James I, e de que Hugh Whitbread admirava condescendentemente, com ares de conhecedor, um colar espanhol cujo preço pensou em perguntar para o caso de Evelyn gostar dele – ainda assim, Richard estava em estado de torpor; não conseguia pensar ou andar. A vida despejara na praia esses despojos de um naufrágio; vitrines cheias de vidrilhos coloridos, e ele ali estacado com a letargia dos velhos, empertigado com a rigidez dos velhos, espiando. Evelyn Whitbread poderia querer comprar esse colar espanhol... ela poderia querer comprá-lo. Bocejar, ele precisava bocejar. Hugh estava entrando na loja.

"Está certo!", disse Richard, seguindo-o.

Sabia Deus que ele não queria entrar para comprar colares com Hugh. Mas o corpo tem suas próprias ondas. A manhã encontra a tarde. Levados como uma frágil chalupa por profundas, profundas ondas, o bisavô de Lady Bruton e suas memórias e suas campanhas na América do Norte fizeram água e afundaram. E Millicent Bruton também. Fora a pique. Richard não dava a mínima para o que acontecesse com a Emigração; ou se o diretor ia publicar aquela carta ou não. O colar pendia, estendido, entre os admiráveis dedos de Hugh. Se ele tiver que comprar joias, que as dê a uma moça – qualquer moça, qualquer moça na rua. Pois a ideia da insignificância desta vida revelou-se a Richard com toda a força – comprando colares para Evelyn. Se tivesse um filho homem, diria: Trabalhe, trabalhe. Mas ele tinha a sua Elizabeth; adorava a sua Elizabeth.

"Gostaria de falar com o Sr. Dubonnet", disse Hugh, no seu incisivo estilo de homem do mundo. Aparentemente, o tal Dubonnet tinha as medidas do colo da Sra. Whitbread e, mais estranhamente ainda, conhecia as suas opiniões a respeito da joalheria espanhola e o que ela já possuía nesse estilo (coisa de que Hugh não conseguia se lembrar). Tudo isso parecia a Richard Dalloway terrivelmente esquisito. Pois ele nunca dava presentes a Clarissa, exceto um bracelete, há dois ou três anos, que não tinha sido um sucesso. Ela nunca o usou. Doía-lhe lembrar-se de que ela nunca o usara. E, assim como a teia de uma aranha solitária, depois de balançar para cá e para lá, prende-se à ponta de uma folha, a mente de Richard, recobrando-se de sua letargia, fixava-se agora em sua mulher, Clarissa, por quem Peter Walsh tinha se apaixonado tão intensamente; e Richard teve uma súbita visão dela, em casa, ao almoço; dele próprio e de Clarissa; da vida que tinham juntos; e puxou a bandeja de joias antigas em sua direção e, pegando primeiro este broche, depois aquele anel, perguntava "Quanto custa?", mas duvidava de seu próprio gosto. Ele queria abrir a porta da sala e entrar segurando alguma coisa; um presente para Clarissa. Mas o quê? Hugh, entretanto, se reaprumara. Parecia indescritivelmente pomposo. Realmente, após ter feito negócios aqui por trinta e cinco anos, não ia se deixar desconcertar por um simples garoto que não conhecia o seu ofício. Pois Dubonnet, ao que parecia, tinha saído, e Hugh não ia comprar nada até que o Sr. Dubonnet se dignasse aparecer; ao que o jovem enrubesceu, desdobrando-se em mesuras, com sua perfeita gravatinha borboleta. Estava tudo perfeitamente correto. E contudo Richard não seria capaz de dizer uma coisa dessas nem para salvar a sua vida! Por que as pessoas suportavam tamanha insolência era algo que ele não podia compreender. Hugh estava se tornando um imbecil insuportável. Richard Dalloway não era capaz de suportar mais que uma hora em sua companhia. E, erguendo o chapéu-coco à guisa de despedida, Richard dobrou a esquina da Conduit Street, ansioso, sim, muito ansioso, por trilhar aquela teia de aranha que era a ligação entre ele e Clarissa; iria direto ao seu encontro, em Westminster.

Mas ele queria chegar segurando alguma coisa. Flores? Sim, flores, pois não confiava no seu gosto em matéria de ourivesaria; flores em quantidade, rosas, orquídeas, para comemorar aquilo que era, olhando-se as coisas do ângulo que se quisesse, um evento; esse sentimento por ela quando falaram de Peter Walsh durante o almoço; e eles nunca falavam sobre isso; durante esses anos todos não haviam falado sobre isso; o que, pensou, segurando com força suas rosas brancas e vermelhas (um enorme buquê envolvido em papel de seda), é o maior dos erros do mundo. Chega uma hora em que não é mais possível dizê-lo; somos muito tímidos para dizê-lo, pensou, embolsando suas duas ou três moedas de troco e tomando, com seu enorme buquê apertado contra o peito, a direção de Westminster, para dizer, sem rodeios e com todas as palavras (não importando o que ela fosse pensar dele), estendendo-lhe as suas flores: "Eu te amo". Por que não? Realmente, era um milagre quando se pensava na guerra, e nos milhares de pobres coitados, com toda uma vida pela frente, jogados numa vala comum, já quase esquecidos; era um milagre. Aqui estava ele, caminhando por Londres para dizer a Clarissa, com todas as palavras, que a amava. O que nunca realmente dizemos, pensou. Em parte, porque somos preguiçosos; em parte, porque somos tímidos. E Clarissa – dificilmente pensava nela; a não ser num lampejo, como no almoço, quando a viu muito claramente; toda a vida deles. Parou no cruzamento; e repetiu – simples como era, por natureza, e nada desregrado, porque se dedicara a longas caminhadas e à caça; pertinaz e obstinado como era, tendo abraçado a causa dos oprimidos e seguido seus instintos na Câmara dos Comuns; tendo conservado a sua simplicidade, mas tendo se tornado, ao mesmo tempo, um tanto lacônico, um tanto formal – repetiu que era um milagre ter se casado com Clarissa; um milagre – sua vida tinha sido um milagre, pensou; estava em dúvida se atravessava a rua. Mas o sangue fervia-lhe nas veias ao ver pequenas criaturas de cinco ou seis anos atravessando a Piccadilly sozinhas. A polícia deveria ter parado o trânsito imediatamente. Não tinha nenhuma ilusão a respeito da polícia de Londres. Na verdade, estava juntando provas de seus equívocos; e aqueles vendedores de frutas e verduras, aos quais não se permitia que estacionassem suas carroças nas ruas; e as prostitutas, bom Deus, a culpa não era delas, nem dos jovens que as procuravam, mas de nosso detestável sistema social e assim por diante; em tudo isso ele pensava, ele podia ser observado pensando tudo isso, grisalho, decidido, elegante, asseado, enquanto atravessava o Parque para dizer à sua mulher que a amava.

Pois ele o diria com todas as letras quando entrasse na sala. Porque é uma grande pena não dizermos nunca o que sentimos, pensou, atravessando o Green Park e observando com prazer famílias inteiras, famílias pobres, estendidas à sombra das árvores; crianças de pernas para o ar; crianças sendo amamentadas; sacos de papel espalhados pelo chão, que poderiam ser facilmente recolhidos (caso alguém achasse ruim) por um daqueles homens gordos de uniforme; pois ele era da opinião de que todos os parques, e todas as praças, deveriam permanecer abertos às crianças durante o verão (a grama do Parque ganhava e perdia cor, como se uma lâmpada amarela estivesse passando por debaixo, iluminando as mães pobres de Westminster e seus bebês de gatinhas pelo chão). Mas o que podia ser feito em prol de mulheres errantes como aquela pobre criatura, estendida sobre a grama, apoiada nos cotovelos (como se, livre de todos os laços, tivesse se jogado sobre a terra para observar inquisitivamente, pensar atrevidamente, julgar os porquês e os portantos, impudente, desbocada, debochada), ele não sabia. Segurando suas flores como uma arma, Richard Dalloway chegou perto dela; absorto, ultrapassou-a; ainda assim houve tempo suficiente para que uma centelha passasse entre eles – ela riu ao vê-lo, ele sorriu afavelmente, pensando no problema da mulher errante; não que fossem, absolutamente, se falar. Mas ele diria a Clarissa, com todas as letras, que a amava. Mas ela lhe dissera várias vezes que estivera certa em não ter se casado com Peter Walsh; o que, conhecendo Clarissa, era obviamente verdade; ela queria apoio. Não que fosse fraca; mas queria apoio.

Quanto ao Palácio de Buckingham (como uma velha prima-dona toda de branco enfrentando o público), não se lhe podia negar certa dignidade, avaliou ele, nem se desprezar aquilo que de fato é, afinal, para milhões de pessoas (uma pequena multidão estava esperando junto ao portão para ver o Rei saindo de carro), um símbolo, por absurdo que fosse; uma criança com uma caixa de tijolos teria conseguido fazer coisa melhor, pensou; observando o memorial à Rainha Vitória (da qual ainda se lembrava, com seus óculos de aro de tartaruga, sendo conduzida em carruagem através de Kensington), seu branco pedestal, sua maternal opulência; mas gostava de ser governado pelos descendentes de Horsa; gostava de continuidade; e o sentimento de estar passando adiante as tradições do passado. Era uma grande época para se viver. Na verdade, sua própria vida era um milagre; que ele não se enganasse a respeito; aqui estava ele, no auge da vida, caminhando em direção à sua casa em Westminster para dizer a Clarissa que a amava. A felicidade é isso, pensou.

É isso, disse, entrando em Dean's Yard. O Big Ben começava a bater, primeiro o aviso, musical; depois a hora, irrevogável. Almoços fora consomem toda a tarde, pensou, chegando à porta.

O som do Big Ben inundava a sala de estar de Clarissa, onde estava sentada em sua escrivaninha, muito chateada; preocupada; chateada. Era bem verdade que não tinha convidado Ellie Henderson para a sua festa; mas fora de propósito. Agora a Sra. Marsham escreveu que "tinha dito a Ellie Henderson que intercederia junto à Clarissa... Ellie gostaria tanto de ir".

Mas por que deveria convidar todas as mulheres enfadonhas de Londres para suas festas? Por que a Sra. Marsham tinha que interferir? E Elizabeth trancada esse tempo todo com Doris Kilman. Não podia imaginar coisa mais repugnante. Em oração a essa hora com aquela mulher. E o som do sino inundava a sala com a sua onda melancólica; que se recolhia, e se recompunha para avançar novamente, quando ela ouviu, distraidamente, alguma coisa remexendo, alguma coisa raspando na porta. Quem seria a essa hora? Eram três horas, meu Deus! Já eram três horas! Pois, com irresistível resolução e dignidade, o relógio bateu as três horas; e ela não ouviu mais nada; mas a maçaneta da porta se mexeu e ali estava Richard! Que surpresa! Ali estava Richard, segurando flores. Ela o tinha desapontado uma vez, em Constantinopla; e Lady Bruton, cujos almoços eram considerados extraordinariamente divertidos, não a tinha convidado. Ele estava segurando flores – rosas, rosas vermelhas e brancas. (Mas ele não conseguia dizer que a amava; não com todas as letras.)

Mas que lindas, disse ela, pegando as suas flores. Ela compreendeu; ela compreendeu sem que ele falasse; sua Clarissa. Ela as colocou em vasos sobre a lareira. Como ficaram lindas! disse. E foi divertido? perguntou. Lady Bruton tinha perguntado por ela? Peter Walsh estava de volta. A Sra. Marsham tinha escrito. Deveria ela convidar Ellie Henderson? A tal Kilman estava lá em cima.

"Mas vamos nos sentar um pouco", disse Richard.

Tudo parecia tão vazio. Todas as cadeiras estavam contra a parede. O que andaram fazendo? Oh, era para a festa; não, não esquecera, a festa. Peter Walsh estava de volta. Ah, sim; ela o recebera. E ele ia conseguir um divórcio; e estava apaixonado por alguma mulher lá. E não mudara um milímetro. Ali estava ela, remendando o vestido...

"Pensando em Bourton", disse ela.

"Hugh estava no almoço", disse Richard. Ela também o tinha encontrado! Bem, ele estava ficando absolutamente intolerável. Comprando colares para Evelyn; mais gordo do que nunca; um imbecil insuportável.

"E me passou pela cabeça 'Eu poderia ter me casado com você'", disse ela, pensando em Peter sentado ali com sua gravatinha borboleta; abrindo e fechando aquele canivete. "Exatamente como ele sempre foi, você sabe."

Haviam falado sobre ele durante o almoço, disse Richard. (Mas não conseguia dizer-lhe que a amava. Segurou a sua mão. Felicidade é isto, pensou.) Estiveram escrevendo uma carta para o *Times*, a pedido de Millicent Bruton. Era só para isso que Hugh servia.

"E nossa querida Srta. Kilman?", perguntou. Clarissa achou as rosas absolutamente lindas; primeiro, todas bem juntinhas num maço; agora começando, por si só, a se separarem.

"Kilman chega assim que terminamos de almoçar", disse ela. "Elizabeth fica toda ruborizada. Trancam-se no quarto. Acho que estão rezando."

Meu Deus! Ele não gostava nada disso; mas essas coisas passam sem que precisemos fazer nada.

"Numa capa de borracha, com um guarda-chuva", disse Clarissa.

Ele não dissera "Eu te amo"; mas segurou a sua mão. A felicidade é isto, pensou.

"Mas por que devo convidar todas as mulheres enfadonhas de Londres para minhas festas?", disse Clarissa. E se a Sra. Marsham desse uma festa, deixaria que *ela* escolhesse quem convidar?

"Pobre Ellie Henderson", disse Richard – era muito estranho o quanto Clarissa se preocupava com suas festas, pensou.

Mas Richard não tinha a mínima noção de como uma sala devia ser decorada. O que podia ele dizer, entretanto?

Se essas festas a preocupavam, ele não ia deixar que ela as desse. Ela quisera ter se casado com Peter? Mas ele tinha que sair.

Tinha que sair, disse, levantando-se. Mas deteve-se por um momento, como se estivesse prestes a dizer alguma coisa; e ela se perguntou o quê. Por quê? Havia as rosas.

"Alguma comissão?", perguntou, enquanto ele abria a porta.

"Armênios", disse ele; ou talvez fossem "albaneses".

E há uma dignidade nas pessoas; uma solitude; mesmo entre marido e mulher, um abismo; e isso deve ser respeitado, pensou Clarissa, observando-o abrir a porta; pois não é algo de que a gente possa se desfazer, nem tampouco tirar do marido contra a sua vontade, sem perder a própria independência, o próprio autorrespeito – algo, enfim, sem preço.

Ele voltou com um travesseiro e uma colcha.

"Uma hora de completo repouso após o almoço", disse. E foi-se embora.

É bem dele! Continuaria dizendo "Uma hora de completo repouso após o almoço" até o fim dos séculos, porque um médico tinha uma vez recomendado. Era bem dele levar ao pé da letra o que diziam os médicos; fazia parte de sua adorável, divina simplicidade, que ninguém tinha no mesmo grau; que o fazia sair e resolver o que tinha de resolver, enquanto ela e Peter desperdiçavam o tempo discutindo. Já estava a meio caminho da Câmara dos Comuns, dos seus armênios, dos seus albaneses, após tê-la deixado acomodada no sofá, observando as rosas que lhe dera. E as pessoas diriam: "Clarissa Dalloway está mal acostumada." Ela dava muito mais importância às suas rosas do que aos armênios. Exterminados, estropiados, enregelados, vítimas da crueldade e da injustiça (escutara Richard dizê-lo vezes e vezes sem conta) – não, não podia sentir nada pelos albaneses, ou eram os armênios?

mas ela adorava as suas rosas (isso não ajudava os armênios?) – as únicas flores que suportava ver cortadas. Mas Richard já estava na Câmara dos Comuns; em sua comissão, tendo resolvido todas as dificuldades dela. Mas, não; infelizmente, não era verdade. Ele não compreendeu as suas razões para não convidar Ellie Henderson. Iria fazê-lo, naturalmente, porque ele o desejava. Já que ele tinha trazido os travesseiros, ela ia se deitar... Mas... mas... por que de repente se sentiu, por nenhuma razão que pudesse adivinhar, desesperadamente infeliz? Como uma pessoa que deixou cair uma conta de pérola ou de brilhante na grama e muito cuidadosamente afasta os talos mais crescidos para um lado e outro, e procura em vão aqui e ali e, finalmente, a avista lá, junto às raízes, assim também ela passou e repassou uma coisa e outra; não, não era por Sally Seton ter dito que Richard nunca faria parte do Gabinete de Ministros porque tinha um cérebro de segunda classe (lembrou-se disso); não, isso não a incomodou; tampouco tinha a ver com Elizabeth e Doris Kilman; eram fatos. Era uma sensação, uma sensação desagradável, no começo da manhã, talvez; algo que Peter dissera, combinado com alguma crise da sua depressão, enquanto tirava o chapéu no quarto; e o que Richard dissera tinha agravado isso, mas o que ele dissera mesmo? Havia as rosas que lhe dera. As festas dela! Era isso! As festas dela! Ambos a criticaram muito injustamente, riram dela muito injustamente, por causa das suas festas. Era isso! Era isso!

Bom, como ia se defender? Agora que sabia do que se tratava, se sentiu perfeitamente feliz. Eles pensavam, ou ao menos Peter pensava, que ela gostava de se impor; gostava de ter gente famosa ao redor; grandes nomes; em suma, era simplesmente uma esnobe. Bem, Peter podia pensar assim. Richard apenas pensava ser tolice de sua parte gostar de animação quando isso era ruim para o coração dela. Era infantil, pensava ele. E estavam ambos errados. Ela simplesmente amava a vida.

"É por isso que as dou", disse, falando em voz alta, à vida.

Uma vez que estava recostada no sofá, recolhida, retirada, a presença dessa coisa que sentia ser tão óbvia tornou-se fisicamente existente; com vestes do som da rua, ensolarada, com um sopro morno, murmurando, enfunando as cortinas. Mas suponha que Peter lhe dissesse: "Sim, sim, mas as suas festas – qual é o sentido das suas festas?", tudo o que poderia dizer era (e não se podia esperar que alguém compreendesse): Elas são uma oferenda; o que soava terrivelmente vago. Mas quem era Peter para sugerir que a vida não passava de um mar de rosas? Logo Peter, sempre apaixonado, sempre apaixonado pela mulher errada? O que é o amor para você? podia perguntar-lhe. E ela sabia qual seria a resposta; que o amor é a coisa mais importante do mundo e que possivelmente nenhuma mulher compreendia isso. Muito bem. Mas, da mesma forma, podia algum homem compreender o que significava a vida para ela? Não podia imaginar Peter ou Richard dando-se ao trabalho de dar uma festa a pretexto de nada.

Mas para ir mais a fundo, além do que as pessoas diziam (e essas opiniões, como eram superficiais, como eram fragmentárias!), o que significava para ela, na sua própria mente, neste momento, essa coisa que chamava vida? Ah, era muito estranho. Aqui estava algum sujeito em South Kensington; outro lá em Bayswater; e mais outro, digamos, em Mayfair. E ela experimentava muito seguidamente o sentimento da existência dessas pessoas; e sentia que era um desperdício; e que era uma pena; e que se ao menos pudessem ser reunidas; era o que ela fazia. E era uma oferenda; juntar, criar; mas para quem?

Uma oferenda pelo simples prazer da oferenda, talvez. De qualquer maneira, esse era o seu dom. Não tinha outro que tivesse qualquer valor; não pensava, não escrevia, nem sequer tocava piano. Confundia armênios com turcos; adorava o sucesso; odiava o desconforto; tinha de ser amada; falava uma porção de bobagens: e, mesmo agora, perguntem-lhe o que é o Equador, e ela não saberá responder.

De qualquer maneira, o fato de que um dia se segue ao outro; quarta, quinta, sexta, sábado; de que vamos despertar pela manhã; ver o céu; andar pelo parque; encontrar Hugh Whitbread; e, depois, de repente, a chegada de Peter; depois, essas rosas; isso bastava. Frente a isso, como a morte era inacreditável! – o fato de que isso deva acabar; e ninguém no mundo inteiro ficaria sabendo como ela tinha amado tudo isso; como, cada instante...

A porta se abriu. Elizabeth sabia que a mãe estava descansando. Entrou muito silenciosamente. Ficou perfeitamente imóvel. Será que, cem anos atrás, alguns mongóis teriam naufragado na costa de Norfolk (como dizia a Sra. Hilbery) e se misturado, talvez, com as senhoras Dalloway? Pois os Dalloway tinham, em geral, cabelos loiros; olhos azuis; Elizabeth, pelo contrário, era morena; tinha olhos chineses num rosto pálido; um mistério oriental; era gentil, atenciosa, sossegada. Tinha, quando criança, um perfeito senso de humor; mas por que, agora, aos dezessete anos, se tornara tão séria era algo que Clarissa não conseguia absolutamente compreender; como um jacinto, escondido no meio de talos de um verde lustroso, com botões mal e mal coloridos, um jacinto que não tinha apanhado nenhum sol.

Ficou muito silenciosa, olhando para a mãe; mas a porta estava entreaberta, e por trás da porta estava a Srta. Kilman, como sabia Clarissa; a Srta. Kilman em sua capa de borracha, escutando tudo o que elas diziam.

Sim, a Srta. Kilman estava parada no patamar de entrada, e vestia uma capa de borracha; mas ela tinha suas razões. Primeiro, era barato; segundo, ela passara dos quarenta; e não se vestia, afinal, para agradar. Era pobre, além disso; de uma pobreza degradante. Do contrário, não aceitaria emprego de pessoas como os Dalloway; de pessoas ricas que gostavam de parecer bondosas. O Sr. Dalloway, justiça lhe seja feita, tinha sido realmente bondoso. Mas a Sra. Dalloway não. Ela tinha sido apenas condescendente. Ela vinha da mais imprestável de todas as classes – a dos ricos com um verniz de cultura. Eles tinham coisas caras por todo lado; quadros, tapetes, montes de criados. Ela achava que tinha todo o direito a qualquer coisa que os Dalloway fizessem por ela.

Ela fora defraudada. Sim, não vai nisso nenhum exagero, pois certamente uma moça tem direito a algum tipo de felicidade, não? E, com isso de ser tão sem jeito e tão pobre, ela nunca tinha sido feliz. E depois, justamente quando poderia ter tido uma oportunidade na escola da Srta. Dolby, veio a guerra; e ela nunca fora capaz de contar uma mentira. A Srta. Dolby achava que ela seria mais feliz junto a pessoas que compartilhassem de seus pontos de vista sobre os alemães. E tivera de ir embora. Era verdade que sua família era de origem alemã; no século dezoito, o sobrenome era grafado como Kiehlman; mas o seu irmão tinha sido morto em combate. Foi mandada embora porque não ia fingir que achava que todos os alemães eram maus – quando ela tinha amigos alemães, quando os únicos dias felizes de sua vida tinham sido passados na Alemanha! E, afinal, ela podia ensinar história. Tinha sido obrigada a pegar qualquer coisa que conseguisse. O Sr. Dalloway a descobrira quando trabalhava para a Sociedade dos Amigos. Ele deixara (e isso tinha sido realmente generoso da parte dele) que ela ensinasse história à sua filha. Ela também dera um curso de extensão e outras coisas desse tipo. E então Nosso Senhor viera até ela (e aqui ela sempre fazia uma inclinação com a cabeça). Fazia dois anos e três meses que vira a luz. Agora não invejava mulheres como Clarissa Dalloway; ela as lastimava.

Ela as lastimava e as desprezava do fundo do coração, ali parada sobre o tapete macio, olhando para a gravura antiga de uma menininha com um regalo. Com todo esse luxo à vista, que esperança havia de um mundo melhor? Em vez de ficar estendida no sofá – "Minha mãe está descansando", tinha dito Elizabeth – ela deveria estar numa fábrica; atrás de um balcão; a Sra. Dalloway e todas as outras distintas senhoras!

Havia dois anos e três meses, cheia de mágoa e raiva, a Srta. Kilman dirigira-se a uma igreja. Ouvira a pregação do Reverendo Edward Whittaker; o canto dos meninos; vira a descida do candelabro de velas votivas, e fosse pela música ou fosse pelas vozes (ela mesma, à tardinha, quando só, consolava-se tocando violino; mas o som era excruciante; ela não tinha bom ouvido), os inflamados e turbulentos sentimentos que ferviam e cresciam dentro dela tinham serenado enquanto estivera sentada ali, e chorara copiosamente, acabando, posteriormente, por ir visitar o Sr. Whittaker em sua própria casa, em Kensington. Era a mão de Deus, ele disse. O Senhor mostrara-lhe o caminho. Assim, agora, sempre que esses inflamados e penosos sentimentos ferviam dentro dela, esse ódio à Sra. Dalloway, esse ressentimento contra o mundo, ela pensava em Deus. Pensava no Sr. Whittaker. A calma tomava o lugar da raiva. Um suave bálsamo percorria-lhe as veias, os seus lábios se entreabriam, e, de pé no patamar de entrada, impressionante em sua capa de borracha, ela observava com uma serenidade sólida e sinistra a Sra. Dalloway, que saía da sala com a filha.

Elizabeth disse que havia esquecido as luvas. Foi porque a Srta. Kilman e a sua mãe se odiavam. Ela não suportava vê-las juntas. Correu escada acima em busca das luvas.

Mas a Srta. Kilman não odiava a Sra. Dalloway. Voltando os seus grandes olhos cor de groselha para Clarissa, observando o seu rosto pequeno e rosado, o seu corpo delicado, o seu ar fresco e elegante, a Srta. Kilman sentia: Tola! Simplória! A senhora que não conheceu nem sofrimento nem prazer; que desperdiçou a sua vida! E então lhe veio um irresistível desejo de derrotá-la; de desmascará-la. Se pudesse derrubá-la, ela se sentiria aliviada. Mas não era o corpo; era a alma com o seu escárnio que ela queria subjugar; fazê-la sentir a sua superioridade. Se ao menos pudesse fazê-la chorar; destruí-la; humilhá-la; obrigá-la a cair de joelhos, gritando aos prantos: Você está certa! Mas seria pela vontade de Deus, não pela da Srta. Kilman. Tinha que ser uma vitória religiosa. Lançou, assim, um olhar faiscante; fulminante.

Clarissa estava realmente chocada! Uma cristã essa mulher! Essa mulher que lhe tirara a filha! Que estava em contato com presenças invisíveis! Pesada, feia, comum, sem bondade nem graça, ela sabe o significado da vida!

"Você está levando Elizabeth para as Lojas do Exército e da Marinha?" perguntou a Sra. Dalloway.

A Srta. Kilman disse que estava. Ficaram ali paradas. A Srta. Kilman não ia se fazer de simpática. Sempre tinha trabalhado para se sustentar. Seu conhecimento da história moderna era extremamente profundo. Ela ainda conseguia separar de seus míseros rendimentos uma quantia para as causas nas quais acreditava; enquanto essa mulher não fazia nada, não acreditava em nada; criou a filha... mas aqui estava Elizabeth, a linda garota, quase sem fôlego.

Estavam, pois, indo às Lojas. O que era estranho era como, de segundo a segundo, enquanto a Srta. Kilman continuava ali de pé (e de pé era como realmente estava, com a força e a impassibilidade de algum monstro pré-histórico devidamente encouraçado para uma operação de guerra de primitivas eras), a ideia dela diminuía, como o ódio (que era por ideias, não por pessoas) se desintegrava, como ela perdia sua malignidade, sua dimensão, tornando-se, de segundo a segundo, simplesmente a Srta. Kilman, numa capa de borracha, a qual, bem sabe Deus, Clarissa teria gostado de ajudar.

Clarissa riu, à vista desse encolhimento do monstro. Ria enquanto dizia até logo.

E ali se iam, a Srta. Kilman e Elizabeth, juntas, descendo as escadas.

Sob o efeito de um impulso repentino, de uma violenta aflição, pois essa mulher estava lhe tirando a filha, Clarissa debruçou-se sobre o corrimão e gritou: "Lembre-se da festa! Lembre-se da nossa festa hoje à noite!"

Mas Elizabeth já tinha aberto a porta da frente; um furgão estava passando; ela não respondeu.

O amor e a religião! pensou Clarissa, voltando à sala, tremendo toda. Como são detestáveis, como são detestáveis! Pois agora que o corpo da Srta. Kilman não estava à sua frente, era isso que tomava conta dela – a ideia. As mais cruéis das coisas do mundo, pensou, vendo-as, sem graça, inflamadas, hipócritas, bisbilhoteiras, invejosas, infinitamente cruéis e inescrupulosas, vestindo uma capa de borracha, sobre o patamar da entrada; o amor e a religião. Tinha ela própria, alguma vez, tentado converter alguém? Deixar que todas as pessoas fossem simplesmente elas mesmas não era o que ela desejava? E da janela observava a velha senhora da casa em frente indo para o andar de cima. Deixem-na ir para o andar de cima se é o que ela quer; deixem-na fazer uma pausa; deixem-na, depois, tal como Clarissa frequentemente a tinha visto fazer, chegar ao seu quarto, abrir as suas cortinas, e desaparecer novamente no fundo. De alguma maneira, era algo que a gente respeitava – essa velha senhora olhando pela janela, sem qualquer consciência de que estava sendo observada. Havia nisso algo de solene – mas o amor e a religião iriam destruir isso, a privacidade da alma, ou como quer que se chame. A odiosa Kilman iria destruir isso. Mas era uma visão que a fazia querer chorar.

O amor também destruía. Tudo o que era bonito, tudo o que era verdadeiro desaparecia. Considerem Peter Walsh agora. Ali estava um homem encantador, inteligente, com ideias a respeito de tudo. Se quiséssemos saber alguma coisa sobre Pope, digamos, ou sobre Addison, ou apenas conversar sobre bobagens, como as pessoas são, qual o significado das coisas, Peter sabia melhor que ninguém. Fora Peter quem a ajudara; Peter quem lhe emprestara livros. Mas vejam as mulheres pelas quais se apaixonava – vulgares, triviais, comuns. Pensem em Peter em estado de paixão – veio vê-la após todos esses anos, e sobre o que ele falara? Sobre si mesmo. A terrível paixão! pensou. A degradante paixão! pensou, imaginando Kilman e a sua Elizabeth a caminho das Lojas do Exército e da Marinha.

O Big Ben bateu a meia hora.

Como era extraordinário, estranho, sim, comovente, ver a velha senhora (havia muitíssimos anos que eram vizinhas) afastar-se da janela, como se ela estivesse amarrada àquele som, àquela corda. Por colossal que isso fosse, tinha algo a ver com ela. Aos poucos, aos pouquinhos, em meio às coisas banais, o dedo descia, tornando o momento solene. Ela era, assim, forçada, por aquele som, assim imaginou Clarissa, a se mexer, a se afastar – mas para onde? Clarissa tentou segui-la enquanto ela virava as costas e desaparecia, mas só conseguia ver a sua touca branca movimentando-se no fundo do quarto. Ela ainda estava lá, movimentado-se no outro extremo da peça. Credos e preces e capas de chuva para quê? quando, pensou Clarissa, este é o milagre, este é o mistério; queria dizer, essa velha senhora que ela podia ver indo da cômoda para o toucador. Ainda conseguia vê-la. E o supremo mistério, que Kilman podia dizer que ela resolvera, ou que Peter podia dizer que ele resolvera, mas Clarissa não acreditava que qualquer dos dois tivesse a mínima ideia de qual era a solução, era simplesmente isto: aqui estava um quarto; ali, um outro. A religião por acaso resolveria isso, ou o amor?

O amor... mas aqui o outro relógio, o relógio que sempre batia dois minutos depois do Big Ben, vinha se arrastando com o seu regaço cheio de restos e retalhos, que descarregou como se o Big Ben, tão solene, tão justo, estivesse, com sua majestade, no perfeito direito de ditar a lei, mas ela tinha que se lembrar também de todo o tipo de pequeninas coisas – a Sra. Marsham, Ellie Henderson, taças para os sorvetes – todo o tipo de pequeninas coisas que chegavam alagando e envolvendo e balançando, na esteira daquela solene badalada que caía de chapa como uma barra de ouro na superfície do mar. A Sra. Marsham, Ellie Henderson, taças para os sorvetes. Tinha que telefonar agora, de uma vez.

Voluvelmente, turbulentamente, o relógio atrasado soou, entrando, na esteira do Big Ben, com seu regaço cheio de ninharias. Golpeados, demolidos pelo ataque das carruagens, pela brutalidade dos furgões, pelo passo apressado das miríades de homens angulosos, de mulheres vaidosas, pelas cúpulas e cúspides de edifícios comerciais e de hospitais, as últimas sobras desse regaço cheio de restos e retalhos pareciam se desfazer, derramando-se, como o borrifo de uma onda exaurida, sobre o corpo da Srta. Kilman, que parou, por um instante, na rua, para murmurar "É a carne."

Era a carne que ela devia controlar. Clarissa Dalloway a tinha insultado. Era algo que ela esperava. Mas ela não tinha triunfado; não tinha dominado a carne. Feia, desajeitada: Clarissa rira dela por ser assim; e isso havia ressuscitado os desejos carnais, pois a incomodava, em comparação com Clarissa, ter a aparência que tinha. Tampouco podia falar do jeito que ela falava. Mas por que querer ser parecida com ela? Por quê? Ela desprezava a Sra. Dalloway do fundo do coração. Ela não era séria. Ela não era boa.

Sua vida era uma trama de vaidade e mentira. Ainda assim, Doris Kilman fora derrotada. Na verdade, quase se desmanchara em lágrimas quando Clarissa Dalloway riu dela. "É a carne, é a carne", murmurou (tinha o costume de falar sozinha), tentando dominar esse turbulento e doloroso sentimento, enquanto descia a Victoria Street. Orava a Deus. Não tinha culpa de ser feia; não podia se dar ao luxo de comprar roupas bonitas. Clarissa Dalloway tinha rido – mas ela ia concentrar a mente em alguma outra coisa até chegar à caixa de coleta do correio. Pelo menos tinha Elizabeth. Mas pensaria em alguma outra coisa; pensaria na Rússia; até chegar à caixa de coleta do correio.

Como devia ser bom no campo, disse ela, tentando livrar-se, tal como o Sr. Whittaker tinha-lhe dito para fazer, daquele violento ressentimento contra o mundo que a tinha desprezado, escorraçado, escarnecido dela, começando com essa humilhação – o castigo de um corpo pouco agradável, que as pessoas não suportavam olhar. Por mais que se esforçasse por arrumar o cabelo, sua testa ficava parecendo um ovo, despelada, pálida. Não havia roupa que lhe ficasse bem. Comprasse o que comprasse. E para uma mulher, obviamente, isso significava não se relacionar nunca com o sexo oposto. Nunca seria a preferida de ninguém. Algumas vezes, ultimamente, tinha a impressão de que, tirando Elizabeth, vivia apenas em função de sua alimentação; de seus pequenos prazeres; de seu almoço, de seu chá; de sua bolsa de água quente à noite. Mas deve-se lutar; triunfar; ter fé em Deus. O Sr. Whittaker tinha dito que o fato de ela estar no mundo obedecia a um desígnio. Mas ninguém sabia do sofrimento! Ele disse, apontando para o crucifixo, que Deus sabia. Mas por que tinha que sofrer quando outras mulheres, como Clarissa Dalloway, estavam livres disso? O conhecimento passa pelo sofrer, disse o Sr. Whittaker.

Ela tinha passado a caixa de coleta do correio, e Elizabeth acabara de entrar no setor de tabacaria das Lojas do Exército e da Marinha, com suas paredes em marrom-frio, enquanto ela ainda murmurava para si mesma o que o Sr. Whittaker dissera, que o conhecimento passa pelo sofrer e pela carne. "A carne", murmurou.

A qual seção ela queria ir? perguntou Elizabeth, interrompendo-a.

"Combinações", disse bruscamente, e disparou em direção ao elevador.

E, assim, subiram. Elizabeth a conduzia para um lado e para o outro; conduzia-a em seu alheamento, como se ela fosse uma criança grande ou um lento e pesado encouraçado. Ali estavam as combinações, marrons, recatadas, listradas, frívolas, sólidas, vaporosas; e, em seu alheamento, ela escolhia de uma maneira ameaçadora, ao ponto de a balconista achar que ela era louca.

Elizabeth ficou um tanto curiosa por saber, enquanto faziam o pacote, em que a Srta. Kilman estaria pensando. Elas tinham que ir tomar o chá, disse a Srta. Kilman, animando-se, recobrando-se. Foram tomar o chá.

Elizabeth ficou um tanto curiosa por saber se a Srta. Kilman estava com fome. Era o seu jeito de comer, comer com intensidade, e depois olhar, sem parar, para uma bandeja de bolos glaçados na mesa ao lado; depois, quando uma mulher e o filho se sentaram e a criança pegou o bolo, será que ela ficou realmente incomodada? Sim, a Srta. Kilman ficou incomodada. Ela queria aquele bolo – o bolo cor-de-rosa. O prazer de comer era praticamente o único prazer verdadeiro que lhe restava – e até isso lhe era negado!

Quando as pessoas são felizes, elas têm uma reserva à qual recorrer, dissera ela a Elizabeth, enquanto ela era uma roda sem pneu (tinha uma queda por esse tipo de metáfora), deslocada por uma pedrinha qualquer, dizia ela, se demorando após a aula, de pé ao lado da lareira, com sua sacola de livros, a sua "pasta", como a chamava, numa terça-feira de manhã, depois que a aula terminou. E falou também sobre a guerra. Afinal, havia pessoas que não achavam que os ingleses estivessem invariavelmente certos. Havia livros. Havia reuniões. Havia outros pontos de vista. Elizabeth gostaria de ir com ela ouvir a palestra de Fulano de Tal (um senhor de idade extraordinariamente bem conservado)? E depois a Srta. Kilman a levou a uma igreja em Kensington, onde tomaram chá com um religioso. Emprestava-lhe livros. Direito, medicina, política, todas as profissões estão abertas às mulheres de sua geração, dizia a Srta. Kilman. Mas quanto a ela própria, sua carreira estava inteiramente arruinada, e era por culpa dela? Santo Deus, não, dissera Elizabeth.

E a sua mãe entrava para dizer que chegara um cesto com coisas de Bourton, e a Srta. Kilman gostaria de levar algumas flores? Ela era sempre muito, muito simpática com a Srta. Kilman, mas a Srta. Kilman apertou as flores todas num molho, e não quis conversa, e o que interessava à Srta. Kilman aborrecia a sua mãe, e a Srta. Kilman e ela juntas eram terríveis; e a Srta. Kilman se ensoberbava e parecia muito comum. Em compensação, a Srta. Kilman era incrivelmente inteligente. Elizabeth nunca pensara nos pobres. Eles tinham tudo o que queriam – a mãe tomava o café da manhã na cama todos os dias; Lucy era quem subia com o café; e ela gostava de mulheres de mais idade, porque elas eram duquesas e descendentes de algum lorde. Mas a Srta. Kilman dissera (numa dessas manhãs de terça-feira, quando a aula havia terminado): "O meu avô tinha uma loja de tintas a óleo em Kensington". A Srta. Kilman era muito diferente de qualquer outra pessoa que ela conhecia; ela fazia a gente se sentir tão pequena.

A Srta. Kilman tomou outra xícara de chá. Elizabeth, com seu ar oriental, seu inescrutável mistério, sentava-se perfeitamente aprumada; não, não queria mais nada. Procurou pelas luvas – as suas luvas brancas. Estavam debaixo da mesa. Oh, mas ela não deve ir embora! A Srta. Kilman não podia deixar que ela fosse embora! essa jovem que era tão bonita, essa garota que ela verdadeiramente amava! A mão dela, grandona, abriu e fechou-se em cima da mesa.

Mas talvez, de alguma maneira, estivesse ficando um tanto monótono, sentiu Elizabeth. E ela realmente gostaria de ir embora.

Mas a Srta. Kilman disse: "Ainda nem terminei".

Claro, então Elizabeth esperaria. Mas estava muito abafado aqui.

"Você estará na festa hoje à noite?", perguntou a Srta. Kilman. Elizabeth achava que estaria; sua mãe queria que ela estivesse. Ela não deve deixar que as festas a absorvam, disse a Srta. Kilman, pegando o último bocado de um ecler de chocolate com os dedos.

Ela não gostava muito de festas, disse Elizabeth. A Srta. Kilman abriu a boca, projetou o queixo ligeiramente para a frente e engoliu o último bocado do ecler de chocolate, limpando os dedos depois, e agitou o chá na sua xícara.

Estava à beira de um colapso, era o que sentia. Era tão grande o sofrimento. Se pudesse pegá-la, se pudesse prendê-la, se pudesse torná-la sua de forma absoluta e para sempre e depois morrer; era tudo o que queria. Mas ficar aqui sentada, incapaz de pensar alguma coisa para dizer; ver Elizabeth voltar-se contra ela; sentir-se repulsiva até mesmo para ela... era demais; ela não podia suportar. Seus grossos dedos se contraíram.

"Nunca vou a festas", disse a Srta. Kilman, só para impedir que Elizabeth fosse embora. "As pessoas não me convidam para festas" – e sabia, ao dizê-lo, que a sua perdição era esse egoísmo; o Sr. Whittaker a tinha prevenido; mas não podia evitá-lo. Tinha sofrido tanto. "Por que me convidariam?", disse. "Sou sem graça, sou triste." Sabia que era uma bobagem. Mas foram todas aquelas pessoas passando com seus pacotes, todas aquelas pessoas que a desprezavam, que a fizeram dizer isso. Entretanto, ela era Doris Kilman. Tinha o seu diploma. Era uma mulher que tinha feito o seu próprio caminho na vida. Seu conhecimento da história moderna era mais do que respeitável.

"Não sinto pena de mim mesma", disse ela. "Sinto pena...", queria dizer "da sua mãe", mas não, não podia, não para Elizabeth. "Sinto pena das outras pessoas", disse, "mais pena."

Como um animal que é levado até o portão de saída com um objetivo ignorado e fica ali parado, mas desejoso de sair correndo, Elizabeth Dalloway permanecia silenciosamente sentada. Será que a Srta. Kilman ia dizer mais alguma coisa?

"Não me esqueça para sempre", disse Doris Kilman; sua voz tremia. Imediatamente e até o fim do campo o animal se pôs a correr, aterrorizado.

A grossa mão se abriu e se fechou.

Elizabeth voltou a cabeça. A garçonete se aproximou. Tem que pagar no balcão, disse Elizabeth, e se afastou, arrancando-lhe, assim sentia a Srta. Kilman, as próprias entranhas do corpo, estirando-as, enquanto atravessava o salão, e depois, inclinando a cabeça muito educadamente, num gesto final, foi-se embora.

Ela se fora. A Srta. Kilman ficou sentada ali, à mesa de mármore, entre os ecleres, atingida uma, duas, três vezes, pelos choques do sofrimento. Ela se fora. A Sra. Dalloway triunfara. Elizabeth se fora. A beleza se fora, a juventude se fora.

Ela ficou, pois, sentada ali. E então se levantou, tropeçando por entre as pequenas mesas, desequilibrando-se toda, e alguém veio atrás dela com o pacote das combinações, e ela se perdeu ao sair, vendo-se cercada por caixotes especialmente preparados para serem enviados à Índia; foi parar, em seguida, no meio de conjuntos de presente para parturientes e de roupas para bebês; por entre todas as mercadorias do mundo, perecíveis e permanentes, presuntos, remédios, flores, artigos de escritório, por entre variados cheiros, ora fragrantes, ora acres, ela cambaleava; viu-se, de corpo inteiro, num espelho, assim cambaleante, com o chapéu enviesado, o rosto todo avermelhado; e chegou, finalmente, à rua.

A torre da Catedral de Westminster, a casa de Deus, erguia-se à sua frente. Ali estava a casa de Deus, cercada pelo trânsito. Obstinadamente, dirigiu-se, com seu pacote, para aquele outro santuário, a Abadia, onde, cobrindo o rosto com as mãos em concha, sentou-se ao lado dos que estavam também em busca de abrigo; devotos dos mais variados tipos, agora, enquanto cobriam o rosto com as mãos, destituídos de classe social, quase destituídos de sexo; mas, assim que as retiravam, homens e mulheres instantaneamente reverentes, classe média, alguns deles desejosos de ver as figuras de cera.

Mas a Srta. Kilman mantinha as mãos em concha sobre o rosto. Ora ficava só; ora voltava a ter companhia. Novos devotos chegavam da rua para tomar o lugar dos que se iam, e persistentemente, enquanto as pessoas, em lenta procissão, admiravam o túmulo do Soldado Desconhecido, persistentemente ela tapava os olhos com os dedos e tentava, nessa dupla escuridão, pois a luz da Abadia era incorpórea, elevar-se acima das vaidades, dos desejos, dos bens materiais, livrar-se tanto do ódio como do amor. Suas mãos contraíam-se. Ela parecia envolvida numa luta. Mas para outras pessoas, Deus estava acessível, e suave era o caminho que levava até Ele. O Sr. Fletcher, aposentado do Tesouro, a Sra. Gorham, viúva do famoso Advogado da Coroa, chegavam até Ele sem problemas, e tendo feito suas preces, recostavam-se, desfrutavam da música (o órgão ressoava suavemente), e viam a Srta. Kilman na ponta do banco, rezando, rezando, e como estavam ainda no limiar de seu mundo etéreo, pensavam nela compreensivamente, como uma alma que vagava pelo mesmo território; uma alma feita de uma substância imaterial; não uma mulher, uma alma.

Mas o Sr. Fletcher tinha que ir embora. Tinha que passar ao lado dela, e como fazia questão de estar, ele próprio, sempre no maior apuro, não pôde deixar de ficar um pouco perturbado pelo desalinho da pobre mulher; pelos seus cabelos desgrenhados; pelo pacote atirado no chão. Ela não lhe deu passagem imediatamente. Mas, enquanto esperava, passando em exame o que via ao seu redor, os mármores brancos, os vitrais cinzentos e os tesouros acumulados (pois ele se orgulhava muito da Abadia), impressionaram-no a corpulência, a robustez, a intensidade dessa mulher ali sentada, cruzando e descruzando as pernas de tempos em tempos (era tão árduo o acesso ao seu Deus... tão ardorosos os seus desejos), tal como tinham impressionado a Sra. Dalloway (ela não conseguia tirá-la do pensamento nessa tarde), o Rev. Edward Whittaker, e Elizabeth também.

E Elizabeth esperava um ônibus na Victoria Street. Era tão bom estar fora de casa! Pensou que talvez não precisasse ir direto para casa. Era tão bom estar ao ar livre. Ia, assim, embarcar num ônibus. E, enquanto esperava ali em pé, com roupas que lhe caíam tão bem, já estavam começando... As pessoas estavam começando a compará-la com álamos, auroras, jacintos, corças, correntezas, e lírios; o que lhe tornava a vida um fardo, pois preferia ser deixada em paz, no campo, para fazer aquilo de que gostava, mas comparavam-na com lírios, e tinha que ir a festas, e Londres era tão monótona em comparação com estar em paz no campo, com o pai e os cachorros.

Ônibus se arremessavam, pousavam, decolavam – berrantes, reluzentes caravanas, com suas envernizadas latarias em vermelho e amarelo. Mas qual deveria pegar? Não tinha nenhuma preferência. Naturalmente, não ia empurrar ninguém para subir. Tendia a ser passiva. Faltava-lhe expressividade, mas seus olhos eram bonitos, chineses, orientais, e, como dizia a sua mãe, tinha uns ombros tão magníficos e conduzia-se com tal aprumo que era sempre um encanto observá-la; e ultimamente, sobretudo à noite, quando tinha interesse, pois ela nunca parecia entusiasmada, era quase bela, muito altiva, muito serena. Em que poderia estar pensando? Todos os homens se apaixonavam por ela, e ela ficava, na verdade, extremamente incomodada. Pois estavam começando. Sua mãe podia percebê-lo – os elogios estavam começando. O fato de que não dava muita importância a essas coisas – por exemplo, às suas roupas – era algo que às vezes preocupava Clarissa, mas talvez fosse melhor assim, com todos aqueles cachorrinhos e porquinhos da Índia com cinomose à sua volta, e isso lhe dava certo encanto. E agora havia essa estranha amizade com a Srta. Kilman. Bom, pensou Clarissa perto das três da madrugada, lendo o *Barão Marbot*, pois não conseguia dormir, isso mostra que ela tem um coração.

De repente Elizabeth deu um passo à frente e, com perfeita destreza, passando à frente de todo o mundo, subiu no ônibus. Ocupou um assento no andar de cima. A impetuosa criatura – um navio pirata – arrancou aos pulos; ela teve que se segurar na barra para se firmar, pois um navio pirata é o que aquilo era, arrojado, inescrupuloso, abordando brutalmente, desviando arriscadamente, intrepidamente arrebatando um passageiro, ou deixando de colher um outro, passando com arrogância e como uma enguia pelo meio de outros veículos, zarpando, depois, com todas as velas pandas, insolentemente, em direção a Whitehall. E acaso dedicou Elizabeth um único pensamento à pobre Srta. Kilman, que a amava sem ciúmes, para quem ela tinha sido uma corça em campo aberto, um luar numa clareira? Estava maravilhada por sentir-se livre. Era tão delicioso o ar fresco. Tinha estado tão abafado nas Lojas do Exército e da Marinha. E agora estar num ônibus que corria pela Whitehall era como uma cavalgada; e, a cada movimento do ônibus, o belo corpo, no casaco cor-de-corça, reagia espontaneamente, como um cavaleiro, como a figura de proa de um navio, pois a brisa a deixava ligeiramente desarrumada; o calor emprestava às faces a palidez de uma madeira pintada de branco; e seus belos olhos, sem outros olhos com que cruzar, fixavam-se à frente, vazios, brilhantes, com a incrível e estática inocência de uma escultura.

Ficar sempre falando de seus próprios sofrimentos era o que tornava a Srta. Kilman tão difícil. E será que ela estava certa? Se fazer parte de comissões e dedicar horas e mais horas todos os dias (raramente o via quando estavam em Londres) era o que ajudava os pobres, isso – só Deus sabe – o pai dela fazia... se isso era o que a Srta. Kilman queria dizer com ser cristã; mas era tão difícil dizer. Ah, ela gostaria de ir um pouco mais adiante. Era preciso mais um pêni para ir até a Strand? Aqui está mais um pêni, então. Ela iria até a Strand.

Ela gostava de pessoas que estavam doentes. E todas as profissões estão abertas às mulheres da sua geração, dizia a Srta. Kilman. Assim ela podia ser médica. Podia ser fazendeira. Os animais estão seguidamente doentes. Ela podia ser dona de uma propriedade de quinhentos hectares e ter pessoas sob as suas ordens. Sairia para ir vê-las em suas casinholas. Essa era a Somerset House. Poderia se sair muito bem como fazendeira – e isso, estranhamente, embora tivesse um dedo da Srta. Kilman, devia-se quase inteiramente à Somerset House. Parecia tão esplêndido, tão sério, esse grande edifício cinzento. E ela gostava da sensação das pessoas trabalhando. Gostava dessas igrejas, como figuras de papel cinzento, confrontando a corrente da Strand. Era tão diferente de Westminster, pensou, descendo do ônibus na Chancery

Lane. Tão sério; tão movimentado. Em suma, gostaria de ter uma profissão. Ia ser médica, fazendeira, talvez chegar ao Parlamento, se achasse que era necessário, tudo por causa da Strand.

Os pés dessas pessoas ocupadas com seus afazeres, as mãos juntando tijolo com tijolo, as mentes eternamente ocupadas não com comentários bobos (comparando mulheres com álamos – o que podia ter a sua atração, claro, mas não deixava de ser uma tolice), mas com pensamentos a respeito de navios, negócios, leis, questões de governo, e com tudo tão imponente (estava passando pelo Temple), vivo (havia o rio), piedoso (havia a Igreja), essas coisas todas fizeram-na tomar a firme resolução, não importando o que sua mãe pudesse dizer, de se tornar fazendeira ou médica. Mas ela era, obviamente, um tanto preguiçosa.

E era muito melhor não falar nada sobre isso. Parecia tão bobo. Era o tipo de coisa que realmente acontecia quando se estava só – edifícios sem o nome do arquiteto ou legiões de pessoas voltando para casa tinham mais poder para fazer com que aquilo que se encontrava anestesiado, confuso e hesitante no solo arenoso da mente irrompesse à superfície, como uma criança que subitamente estende seus braços, do que religiosos solteiros em Kensington ou qualquer dos livros que a Srta. Kilman lhe emprestara; talvez fosse apenas isso, um suspiro, uns braços estendidos, um impulso, uma revelação, algo que deixa os seus efeitos para sempre e depois afunda novamente no solo arenoso. Tinha que ir para casa. Tinha que se vestir para o jantar. Mas que horas eram? Onde havia um relógio?

Via a Fleet Street à sua frente. Não deu mais que uns poucos passos em direção à Catedral de St Paul, timidamente, como quem entra na ponta dos pés, à noite, numa casa estranha, explorando-a com uma vela, os nervos à flor da pele, não vá o dono de repente escancarar a porta do quarto e perguntar o que ela está fazendo ali; tampouco ia ter a coragem de vaguear por vielas suspeitas, enfiando-se em becos, da mesma forma que, numa casa estranha, não arriscaria abrir portas que podiam dar para quartos de dormir ou salas de visita ou direto na despensa.

Pois os Dalloway não costumavam vir à Strand; ela era uma pioneira, uma desgarrada, aventurando-se, entregando-se.

Sob muitos aspectos – era o que sua mãe sentia – ela era extremamente imatura, como uma criança ainda, apegada a bonecas, a pantufas gastas; um perfeito bebê; e isso tinha o seu encanto. Mas, naturalmente, havia, por outro lado, na família Dalloway, a tradição do serviço público. Abadessas, diretoras de colégio, supervisoras de estabelecimentos de ensino, dignitárias, era o que elas eram, sem que, na república das mulheres, nenhuma delas fosse brilhante. Foi um pouco mais na direção da Catedral de St Paul. Ela gostava da camaradagem, da irmandade, da maternalidade, da fraternidade dessa agitação. Achava isso uma coisa boa. O barulho era tremendo; e de repente havia cornetas (os desempregados) retinindo, retumbando em meio ao burburinho; uma música militar; como se as pessoas estivessem marchando; mas se estivessem morrendo... se alguma mulher tivesse exalado o seu último suspiro, e alguém que estivera cuidando dela tivesse aberto a janela do quarto onde ainda agora havia consumado o ato de suprema dignidade, para olhar a Fleet Street lá embaixo, aquele burburinho, aquela música militar teria se elevado em triunfo até essa pessoa, confortante, sem discriminação.

Não era algo consciente. Não havia nela qualquer sinal de reconhecimento de um destino, de uma sorte em particular, e precisamente por essa razão, até para os atônitos por terem visto os últimos fiapos de consciência nos rostos dos agonizantes, ela era confortante.

A ingratidão das pessoas podia corroer, seu esquecimento ferir, mas esta voz, vertendo interminavelmente, ano após ano, arrebataria o que fosse; esta jura; esta caminhonete; esta vida; este cortejo; tragando tudo e tudo levando de roldão, tal como, na inclemente avalanche de uma geleira, a imensa massa glacial junta uma lasca de osso, uma pétala azul, alguns troncos de carvalho, arrastando tudo numa bola só.

Mas era mais tarde do que pensava. Sua mãe não aprovaria que ela vagasse assim, sozinha. Deu a volta, descendo a Strand.

Uma lufada de vento (apesar do calor, havia um bom vento) fez com que um tênue e negro véu se abrisse, cobrindo o sol e a Strand. Os rostos empalideceram; os ônibus perderam o brilho de uma hora para a outra. Pois, embora as nuvens formassem uma imensa montanha branca, ladeada por amplas encostas douradas e por relvados dignos dos jardins dos prazeres celestiais, da qual se ficava tentado a tirar raspas inteiras com uma machadinha, e tivessem toda a aparência de sólidas habitações dispostas acima do mundo para a assembleia dos deuses, havia um perpétuo movimento entre elas. Sinais eram trocados, quando, como se para pôr em ação algum esquema previamente combinado, ora um cume diminuía de tamanho, ora um bloco inteiro de dimensões piramidais e cujo estado ainda não havia sofrido nenhuma alteração adiantava-se para o centro ou gravemente liderava o cortejo rumo a um novo ancoradouro. Por mais fixas que parecessem em suas posições e perfeitamente unânimes em seu estado de repouso, nada podia ser mais fresco, mais livre, mais superficialmente sensível do que esse lençol cor de neve ou de ouro em chama; mudar, desaparecer, dissolver a solene assembleia era imediatamente possível; e a despeito da grave imutabilidade, da corpulência e da solidez acumuladas, ora espargiam luz pela terra, ora, sombra.

Com calma e destreza, Elizabeth subiu no ônibus de Westminster.

Indo e vindo, acenando, fazendo sinais, era como a luz e a sombra – que ora deixavam a parede acinzentada, ora pintavam as bananas de um amarelo vivo, ora deixavam a Strand acinzentada, ora pintavam os ônibus de um amarelo vivo – se mostravam a Septimus Warren Smith, estendido no sofá da sala de estar; observando o ouro aquoso brilhar e apagar-se, com a espantosa sensibilidade de uma criatura viva, sobre as rosas, sobre o papel de parede. Fora, as árvores arrastavam suas folhas como redes através das profundezas do ar; o som da água estava no interior do quarto, e através das ondas chegavam as vozes dos pássaros cantando. Cada um dos poderes da terra derramava seus tesouros sobre a sua cabeça, e sua mão pairava ali nas costas do sofá, da mesma forma que a tinha visto pairar quando estava se banhando, flutuando, por sobre as ondas, enquanto lá longe, na praia, ouvia cães ladrando, ladrando, longe, muito longe. Não mais temas, diz o coração no corpo; não mais temas.

Ele não estava com medo. A cada momento, a Natureza – agitando suas plumas, sacudindo suas tranças, atirando seu manto para um lado e para o outro, lindamente, sempre lindamente, e sempre prestes a soprar através de suas mãos em concha as palavras de Shakespeare – dava sinais, por alguma divertida pista, como aquele pingo dourado que saltava pela parede (aqui, ali, lá), de sua determinação a revelar o seu sentido.

Rezia, sentada à mesa, rodando um chapéu em volta das mãos, observava-o; viu-o sorrir. Ele estava feliz, então. Mas não suportava vê-lo sorrindo. Isso não era casamento; mostrar-se esquisito daquele jeito, sempre em sobressalto, rindo-se, sentando-se em silêncio por horas a fio, ou pegando-a pelos braços e dizendo-lhe para escrever – isso não era agir como marido. A gaveta da mesa estava cheia daqueles escritos; sobre a guerra; sobre Shakespeare; sobre as grandes descobertas; que não existe nenhuma morte. Ultimamente, ficava agitado de uma hora para outra e sem nenhum motivo (e tanto o Dr. Holmes quanto Sir William Bradshaw diziam que a agitação era a pior coisa para ele), e fazia gestos com as mãos e clamava que sabia a verdade! Ele sabia tudo! Aquele homem, o amigo dele que tinha sido morto, tinha chegado, disse. Ele estava cantando por detrás do biombo. Ela anotava as suas palavras à medida que ele as pronunciava. Algumas coisas eram muito bonitas; outras, puras bobagens. E ele estava sempre parando no meio, mudando de ideia; querendo acrescentar alguma coisa; ouvindo alguma coisa nova; escutando com as mãos erguidas.

Mas ela não ouvia nada.

E uma vez surpreenderam a moça que arrumava o quarto lendo, às gargalhadas, um desses papéis. Foi uma grande lástima. Pois aquilo tivera o efeito de fazê-lo vociferar contra a crueldade humana – como os homens retalhavam uns aos outros. Os caídos, dizia, eles os retalham. "Holmes está no nosso encalço", dizia, e inventava histórias sobre Holmes; Holmes comendo mingau de aveia; Holmes lendo Shakespeare – o que lhe dava acessos de riso ou de raiva, pois o Dr. Holmes parecia representar alguma coisa de horrível para ele. A "natureza humana", era como ele o denominava. E depois havia as visões. Era um náufrago, costumava dizer, e estava em cima de um penhasco, com as gaivotas grasnando em volta dele. Olhando por sobre os braços do sofá, via o mar lá embaixo. Ou ouvia alguma música. Na verdade, era apenas um realejo ou algum homem gritando na rua. Mas "Lindo!", costumava exclamar, e as lágrimas escorriam-lhe pelo rosto, o que para ela era o mais terrível de tudo, ver chorar um homem como Septimus, que havia lutado, que fora um bravo. E ele ficava escutando até que, de repente, gritava que estava caindo, caindo nas chamas! Era tão vívido que ela ia verificar se realmente havia chamas. Mas não havia nada. Estavam a sós no quarto. Era um sonho, ela dizia-lhe, finalmente acalmando-o, mas às vezes ela também se assustava. Suspirou, ao sentar-se para continuar a costura.

Seu suspiro era terno e encantador, como o vento à fímbria de um bosque ao entardecer. Agora largou a tesoura; agora se voltou para pegar alguma coisa da mesa. Um leve gesto, um leve toque, um leve tapa arrematavam alguma coisa ali, na mesa onde ela estava sentada, costurando. Através das pálpebras, ele podia ver sua forma desfocada; seu pequeno corpo moreno; seu rosto e suas mãos; seus movimentos ao redor da mesa, para pegar um carretel, ou procurar (tinha uma certa tendência a perder as coisas) a linha. Estava fazendo um chapéu para a filha casada da Sra. Filmer, que se chamava... ele esquecera como ela se chamava.

"Como se chama a filha casada da Sra. Filmer?", perguntou.

"Sra. Peters", disse Rezia. Estava com medo de que tivesse ficado muito pequeno, disse, erguendo o chapéu diante dos olhos. A Sra. Peters era uma mulher corpulenta; e não gostava dela. Era só porque a Sra. Filmer tinha sido tão boa para eles. "Ela me trouxe uvas esta manhã", disse... que Rezia queria fazer alguma coisa para mostrar que eles estavam agradecidos. Ela tinha entrado no quarto na outra noite e encontrado a Sra. Peters, que pensava que eles estavam fora, tocando o gramofone.

"É mesmo?", perguntou ele. Ela estava tocando o gramofone? Sim; ela lhe falara a respeito na ocasião; encontrara a Sra. Peters tocando o gramofone.

Ele começou, muito cautelosamente, a abrir os olhos, para ver se realmente havia ali um gramofone. Mas as coisas reais... as coisas reais eram muito emocionantes. Devia ter cautela. Não iria ficar louco. Primeiro, examinou as revistas de moda na prateleira inferior, depois, gradualmente, o gramofone com a sua campânula verde. Nada podia ser mais exato. E, assim, ganhando coragem, examinou o aparador; a bandeja de bananas; a gravura da Rainha Vitória e do Príncipe Consorte; o topo da lareira, com o jarro de rosas. Nenhuma dessas coisas se mexia. Estava tudo parado; tudo era real.

"Ela tem uma língua de víbora", disse Rezia.

"O que faz o Sr. Peters?", perguntou Septimus.

"Ah", disse Rezia, tentando se lembrar. Ela achava que a Sra. Filmer havia dito que ele trabalhava como caixeiro-viajante para alguma companhia. "Agora mesmo ele está em Hull", disse.

"Agora mesmo!" Ela dissera isso com seu sotaque italiano. Ela própria dissera isso. Ele cobriu os olhos com as mãos de maneira que pudesse ver apenas uma parte do rosto dela por vez, primeiro o queixo, depois o nariz, depois a testa, vá que fosse deformada ou que tivesse alguma terrível cicatriz. Mas não, ali estava ela, perfeitamente natural, costurando, com os lábios apertados que as mulheres têm, a expressão determinada, melancólica, quando estão costurando. Mas não havia nisso nada de terrível, disse para si mesmo para se assegurar, observando uma segunda, uma terceira vez, o seu rosto, as suas mãos, pois o que poderia haver nela de assustador ou de repulsivo, sentada ali, à luz do dia, costurando? A Sra. Peters tinha uma língua de víbora. O Sr. Peters estava em Hull. Por que, então, encher-se de raiva e meter-se a falar como profeta? Por que fugir, açoitado e escorraçado? Por que era obrigado a vagar tremendo e soluçando pelas nuvens? Por que ir em busca de verdades e transmitir mensagens enquanto Rezia ficava sentada espetando alfinetes no seu avental e o Sr. Peters estava em Hull? Milagres, revelações, sofrimentos, solidão, tudo isso despencava, através do mar, cada vez mais fundo, em direção às chamas, tudo isso se extinguia, pois ele tinha a sensação, ao observar Rezia enfeitando o chapéu de palha da Sra. Peters, de uma colcha de flores.

"Está muito pequeno para a Sra. Peters", disse Septimus.

Pela primeira vez, em dias, falava do jeito que costumava fazer! Claro que era pequeno – pequeno demais, disse ela. Mas a Sra. Peters queria assim.

Ele tirou-o das mãos dela. Disse que era um chapéu de macaquinho de realejo.

Como aquilo a deixara feliz! Fazia semanas que não riam juntos desse jeito, brincando só os dois, como um casal. O que ela queria dizer era que se a Sra. Filmer tivesse entrado naquele momento, ou o Sr. Peters ou qualquer outra pessoa, eles não compreenderiam de que ela e Septimus estavam rindo.

"Aqui", disse ela, espetando uma rosa num lado do chapéu. Nunca se sentira tão feliz! Nunca, em toda a sua vida!

Mas isso era ainda mais ridículo, disse Septimus. Agora a pobre mulher parecia um porco numa feira. (Nunca ninguém, jamais, a fizera rir como Septimus.)

O que tinha ela no seu estojo de costura? Tinha fitas e contas, pompons, flores artificiais. Ela despejou tudo na mesa. Ele começou a fazer misturas estranhas de cores – pois embora não fosse jeitoso com as mãos, não conseguindo fazer nem um pacote, tinha um olho dos melhores, e costumava acertar, algumas vezes cometendo absurdos, claro, mas noutras acertando em cheio.

"Ela terá um belo chapéu!", murmurou, pegando isso e aquilo outro, com Rezia, inclinada ao seu lado, espiando por cima dos ombros. Agora estava pronto – quer dizer, a ideia; ela tinha que fazer a costura. Mas ela tinha que ter muito, mas muito cuidado, disse ele, para deixar bem como ele tinha montado.

E, assim, ela se pôs a costurar. Quando ela costurava, pensou ele, fazia um ruído como o de uma chaleira na chapa;

sussurrando, murmurando, sempre ocupada, com seus pequenos e fortes dedos apertando, furando; com sua agulha passando feito faísca. O sol podia ir e vir sobre os pompons, sobre o papel de parede, mas ele ia esperar, pensou, estendendo os pés e espiando as suas meias listradas na ponta do sofá; ia esperar neste lugar morno, neste bolsão de ar parado, ao qual se chega, às vezes, na fímbria de um bosque, ao entardecer, quando, por causa de um desnível no terreno, ou de algum arranjo das árvores (científicos, acima de tudo devemos ser científicos), o calor se demora e o ar fustiga o rosto como a asa de um pássaro.

"Aqui está", disse Rezia, rodando o chapéu da Sra. Peters nas pontas dos dedos. "Por agora, serve. Mais tarde...", e a frase saiu-lhe aos borbotões, como uma torneira toda contente por ter ficado aberta.

Era maravilhoso. Nunca tinha feito nada que o tivesse feito se sentir tão orgulhoso. Era tão real, tão substancial, o chapéu da Sra. Peters.

"Olha só isso", disse ele.

Sim, ela iria se sentir feliz sempre que visse esse chapéu. Nesse momento, ele voltara a ser ele mesmo, ele dera risadas. Tinham ficado a sós, juntos. Era um chapéu de que sempre iria gostar.

Ele lhe disse para experimentá-lo.

"Mas vou parecer ridícula!", exclamou ela, correndo para o espelho e se olhando primeiro de um lado, depois do outro. Logo o tirou da cabeça, pois batiam à porta. Será que era Sir William Bradshaw? Já teria enviado alguém para levá-lo?

Não! era apenas a menininha com o jornal da tarde.

O que sempre acontecia aconteceu naquele momento – o que acontecia a cada noite da vida deles. Parada à porta, a menininha chupava o dedo; Rezia ajoelhou-se junto dela; Rezia sussurrou-lhe ao ouvido, beijou-a; Rezia pegou um pacote de balas na gaveta da mesa. Pois era o que sempre acontecia. Primeiro uma coisa, depois outra. Ela ia, assim, num crescendo, primeiro uma coisa e depois outra. Dançando, saltando, em roda, em roda, pela sala. Ele pegou o jornal. O time de Surrey tinha sido todo eliminado, leu em voz alta. Havia uma onda de calor. Rezia repetiu: o time de Surrey tinha sido todo eliminado. Havia uma onda de calor, integrando as notícias à brincadeira que estava fazendo com a neta da Sra. Filmer, com as duas rindo e tagarelando o tempo todo. Ele estava muito cansado. Ele estava muito feliz. Ia dormir. Fechou os olhos. Mas assim que perdeu tudo de vista, os sons da brincadeira foram se tornando cada vez mais fracos e estranhos, e soavam como os gritos de pessoas à procura de algo que não conseguiam encontrar, e que iam se afastando, se afastando. Tinham-no perdido!

Deu um salto, aterrorizado. O que via ele? A bandeja de bananas no aparador. Não havia ninguém ali. (Rezia tinha ido levar a menina à casa da mãe. Estava na hora de dormir.) A questão era esta: ficar sozinho para sempre. Fora a sentença pronunciada em Milão quando chegou ao quarto e viu as irmãs cortando moldes em entretelas com suas tesouras; ficar sozinho para sempre.

Estava sozinho com o aparador e as bananas. Estava sozinho, abandonado naquela desolada altitude, estendido – não no cume de uma colina; não num penhasco; mas no sofá da sala de estar da Sra. Filmer. E as visões, os rostos, as vozes dos mortos, onde é que estavam? Havia um biombo à sua frente, com juncos negros e andorinhas azuis. Onde antes vira montanhas, onde vira rostos, onde vira beleza, havia um biombo.

"Evans!", gritou. Nenhuma resposta. Um rato guinchou, ou uma cortina ruflou. Eram as vozes dos mortos. O biombo, o balde de carvão e o aparador era o que lhe restava. Deixem-no, pois, enfrentar o biombo, o balde de carvão e o aparador... mas Rezia irrompeu na sala, tagarelando.

Tinha chegado alguma carta. Havia alterações nos planos de todo mundo. A Sra. Filmer não poderia, afinal, viajar para Brighton. Não havia tempo para avisar a Sra. Williams, e Rezia achava isso muito, muito chato, quando avistou o chapéu e pensou... talvez... ela... pudesse fazer apenas um pequeno... Sua voz dissolveu-se numa satisfeita melodia.

"Ah, maldição!", exclamou (era uma brincadeira entre eles, isso de ela praguejar), a agulha tinha se quebrado. Chapéu, menina, Brighton, agulha. Ela foi num crescendo; primeiro uma coisa, depois outra, num crescendo, costurando sempre.

Ela queria que ele dissesse se o fato de ela ter mudado a rosa de lugar tinha deixado o chapéu mais bonito. Sentou-se na ponta do sofá.

Eles eram perfeitamente felizes agora, disse ela de repente, largando o chapéu. Pois agora podia contar-lhe qualquer coisa. Podia dizer o que lhe viesse à cabeça. Tinha sido praticamente a primeira coisa que sentira a respeito dele, aquela noite no café, quando ele entrara com os seus amigos ingleses. Ele entrara, um tanto tímido, olhando ao redor, e o chapéu dele caíra quando tentara pendurá-lo. Disso ela conseguia lembrar-se. Sabia que ele era inglês, mas não um daqueles ingleses fortes que sua irmã admirava, pois ele sempre fora franzino; mas tinha uma tez bonita e fresca; e seu nariz grande, seus olhos brilhantes, seu jeito de sentar-se, um pouco curvado, fizeram-na pensar, como muitas vezes lhe dissera, num falcão jovem, naquela primeira noite em que o vira, quando estavam jogando dominó e ele entrara – num falcão jovem; mas com ela, ele tinha sido sempre muito gentil. Nunca o tinha visto irado ou bêbado, apenas sofrendo, algumas vezes, enquanto durou aquela guerra terrível, mas mesmo assim, quando chegava em casa, deixava tudo de lado. Qualquer coisa, qualquer coisa do mundo, alguma pequena irritação com o trabalho dela, qualquer coisa que lhe ocorresse dizer, ela lhe contava, e ele logo a compreendia. Nem com a família dela era assim. Por ser mais velho que ela e tão inteligente – como ele era sério, querendo que ela lesse Shakespeare antes mesmo que ela fosse capaz de ler uma história infantil em inglês! – por ser tão mais experiente, ele podia ajudá-la. E ela também podia ajudá-lo.

Mas, agora, o chapéu. E, depois (estava ficando tarde), Sir William Bradshaw.

Levou as mãos à cabeça, esperando que ele dissesse se gostara ou não do chapéu, e enquanto ela estava ali sentada, esperando, olhando para o chão, ele podia sentir a sua mente descendo de galho em galho, como um pássaro, e sempre pousando muito certeiramente; ele podia seguir o seu pensamento, enquanto ela estava ali sentada, numa dessas poses descontraídas que assumia naturalmente, e, fosse ele dizer alguma coisa, ela logo sorriria, como um pássaro pousando no galho, com todos os dedinhos bem agarrados.

Mas ele se lembrava de que Bradshaw dissera: "As pessoas a quem mais queremos bem não nos são de serventia quando estamos doentes". Bradshaw dissera: ele devia aprender a ficar em repouso. Bradshaw dissera que eles deviam ficar separados.

"Devia", "devia", por que "devia"? Que poder tinha Bradshaw sobre ele? "Que direito tem Bradshaw de dizer 'devia' para mim?", perguntou ele.

"É porque você falou em matar-se", disse Rezia. (Felizmente, ela agora podia falar qualquer coisa para Septimus.)

Então ele estava sob o poder deles! Holmes e Bradshaw estavam no seu encalço! A fera de narinas rubras estava farejando em todos os cantos escondidos! Com o direito de dizer "devia"! Onde estavam os seus papéis? as coisas que havia escrito?

Ela lhe trouxe os papéis, as coisas que ele havia escrito, as coisas que ela havia escrito para ele. Espalhou-os no sofá. Olharam-nos juntos. Diagramas, esboços, homenzinhos e mulherzinhas brandindo varetas como se fossem armas, com asas – eram asas? – nas costas; círculos traçados com moedas de um e de meio xelim – sóis e estrelas; precipícios serpenteantes com alpinistas subindo amarrados uns aos outros, exatamente como facas e garfos; fatias de mar com pequenos rostos rindo de dentro do que seriam, talvez, ondas: o mapa do mundo. Queime-os! gritou. Agora olhavam os seus escritos; como os mortos cantam por detrás de rododendros; odes ao Tempo; conversas com Shakespeare; Evans, Evans, Evans – suas mensagens do mundo dos mortos; não cortem as árvores; avisem o Primeiro-Ministro. Amor universal: o significado do mundo. Queime-os! gritou.

Mas Rezia colocou as mãos em cima deles. Alguns eram muito bonitos, pensou ela. Iria amarrá-los (pois não tinha nenhum envelope) com uma fita de seda.

Se o levassem, disse ela, ela iria junto. Eles não podiam separá-los contra a vontade, disse.

Emparelhando as margens, embrulhou os papéis e amarrou o pacote sem olhar, sentada ao lado dele, como se todas as suas pétalas, pensou ele, estivessem ao seu redor. Ela era uma árvore em flor; e através de seus ramos via a face de um legislador, ela que tinha atingido um santuário onde não temia ninguém; nem Holmes; nem Bradshaw; um milagre, um triunfo, o último e o maior. Ele a via subir, cambaleante, a pavorosa escada, sob o fardo de Holmes e Bradshaw, homens que nunca pesavam menos de setenta e quatro vírgula seis, que mandavam as esposas à Corte, homens que ganhavam dez mil por ano e falavam a respeito de proporção; os quais, embora divergentes em seus veredictos (pois Holmes dissera uma coisa, Bradshaw, outra), juízes é o que eram; que confundiam a visão com o aparador; que não viam nada claro, mas ainda assim ditavam as leis, ainda assim aplicavam as penas. "Devia", diziam eles. Sobre eles, ela triunfara.

"Pronto", disse ela. Os papéis estavam amarrados. Ninguém conseguiria pegá-los. Ela iria escondê-los.

E, disse ela, nada iria conseguir separá-los. Sentou-se ao seu lado e chamou-o pelo nome daquela ave, falcão ou corvo, que por ser daninho e grande destruidor de colheitas era precisamente como ele. Ninguém iria conseguir separá-los, disse ela.

Depois, ela se levantou para ir ao quarto preparar a bagagem dele, mas ouvindo vozes no andar de baixo e achando que talvez fosse o Dr. Holmes chegando, desceu correndo para impedi-lo de subir.

Septimus podia ouvi-la falar com Holmes na escada.

"Minha cara senhora, venho como amigo", dizia Holmes.

"Não. Não permitirei que veja o meu marido", disse ela.

Ele podia imaginá-la, como uma galinha miúda, com suas asas abertas, impedindo-lhe a passagem. Mas Holmes insistia.

"Minha cara senhora, permita-me...", disse Holmes, pondo-a de lado (Holmes era um homem de constituição robusta).

Holmes estava subindo. Holmes iria abrir a porta com toda a força. Holmes iria dizer "Em pânico, hein?" Holmes iria pegá-lo. Mas não; nem Holmes, nem Bradshaw. Levantando-se um tanto vacilante, realmente trocando os pés, considerou a bela faca da Sra. Filmer, toda limpinha, com a palavra "Pão" incrustada no cabo. Ah, mas não se deve estragar uma beleza dessas. O aquecedor a gás? Era muito tarde agora. Holmes estava chegando. Navalhas ele tinha, mas Rezia, como era seu costume, as tinha guardado. Restava apenas a janela, a ampla janela, típica das casas alugadas de Bloomsbury; o cansativo, incômodo e um tanto melodramático trabalho de abrir a janela e jogar-se. Era a ideia deles de tragédia, não a dele ou a de Rezia (pois ela estava com ele). Holmes e Bradshaw gostavam desse tipo de coisa. (Sentou-se no parapeito.) Mas esperaria até o último instante. Não queria morrer. A vida era boa. O sol, quente. Só que os seres humanos... o que queriam *eles*? Descendo as escadas do outro lado da rua, um homem de idade parou e ficou olhando para ele. Holmes estava à porta. "Ofereço-a a vocês", gritou, e atirou-se vigorosa, violentamente, em cima das pontas da cerca da Sra. Filmer.

"O covarde!", gritou o Dr. Holmes, abrindo a porta com força. Rezia correu para a janela; ela viu; ela compreendeu. O Dr. Holmes e a Sra. Filmer se esbarraram. A Sra. Filmer levantou uma ponta do avental e, conduzindo-a para o interior do quarto, tapou-lhe os olhos. Havia um corre-corre nas escadas, para cima e para baixo. O Dr. Holmes entrou – branco como um lençol, tremendo todo, com um copo nas mãos. Ela devia ser corajosa e tomar alguma coisa, disse ele (O que era isso? Alguma coisa açucarada?), pois seu marido estava horrivelmente retalhado, não iria recobrar a consciência, ela não devia vê-lo, devia ser poupada o máximo possível, haveria um inquérito a ser enfrentado, a pobre jovem. Quem poderia ter previsto? Um impulso súbito, ninguém tinha a mínima culpa (disse ele à Sra. Filmer). E por que diabos fizera aquilo o Dr. Holmes não conseguia compreender.

Tinha a impressão, enquanto tomava a poção açucarada, de que abria largas janelas, indo dar em algum jardim. Mas onde? O relógio batia – uma, duas, três: como era sensível o som; em comparação com todo esse estrépito e burburinho; como o próprio Septimus. Estava começando a cair no sono. Mas o relógio continuava a bater, quatro, cinco, seis, e a Sra. Filmer agitando o seu avental (eles não iam trazer o corpo para cá, iam?) parecia um pedaço desse jardim; ou uma bandeira. Tinha visto, certa vez, uma bandeira suavemente tremulando num mastro, quando ficou na casa de sua tia em Veneza. Era a forma de se homenagear os homens mortos em combate, e Septimus tinha passado pela experiência da Guerra. Suas lembranças eram quase todas felizes.

Ela pôs o chapéu e correu pelo meio de trigais – onde teria sido? – até uma colina, em algum ponto à beira-mar, pois havia barcos, gaivotas, borboletas; sentaram-se em cima de um penhasco. Em Londres também, sentavam-se ali e, como que em sonho, chegavam até ela, através da porta do quarto, barulho de chuva caindo, murmúrios, estalidos de trigo maduro, com a carícia do mar, era a sensação que tinha, aninhando-os no arco de sua concha e sussurrando-lhe coisas ao ouvido: sentia-se, estendida ali na praia, como que espargida, como flores caídas sobre uma tumba.

"Está morto", disse, sorrindo – com seus francos e claros olhos azuis grudados na porta – para a pobre senhora de idade que cuidava dela. (Eles não iriam trazê-lo para cá, iriam?) Mas a Sra. Filmer fez pouco caso. Ah, não, ah, não! Eles estavam levando-o embora neste instante. Não deveria ela ser informada? Casais devem ficar juntos, pensou a Sra. Filmer. Mas eles deviam proceder tal como o médico recomendara.

"Deixem-na dormir", disse o Dr. Holmes, tomando-lhe o pulso. Ela via o seu enorme corpo em silhueta contra a luz da janela. Assim, esse era o Dr. Holmes.

Um dos triunfos da civilização, pensou Peter Walsh. É um dos triunfos da civilização, enquanto ouvia o som estridente e cristalino do sino da ambulância. Veloz, precisa, a ambulância corria para o hospital, após ter recolhido, instantaneamente, humanamente, algum pobre diabo; alguém atingido na cabeça, fulminado por alguma doença, atropelado talvez há cerca de um minuto, como pode acontecer a qualquer de nós, num desses cruzamentos. Era a civilização. Foi o que o impressionou ao voltar do Oriente – a eficiência, a organização, o espírito cívico de Londres. Cada carroça, cada carruagem se colocava de lado, por iniciativa própria, para deixar a ambulância passar. Talvez fosse algo mórbido; ou, quem sabe não seria, antes, comovente o respeito que mostravam para com essa ambulância e a vítima que levava dentro – homens atarefados correndo para casa, mas aos quais a sua passagem fazia imediatamente pensar na esposa; ou, ainda, que facilmente poderia ter sido eles próprios, ali dentro, estendidos numa maca, ao lado de um médico ou de uma enfermeira... Ah, mas o pensamento tornava-se mórbido, sentimental, assim que se começava a evocar médicos, cadáveres; uma leve sensação de prazer e também uma espécie de volúpia devida à impressão visual torna aconselhável não ir adiante com este tipo de coisa – fatal à arte, fatal à amizade. Certo. E, no entanto, pensou Peter Walsh, enquanto a ambulância dobrava a esquina, embora o som estridente e cristalino do sino pudesse ser ouvido após ter entrado na rua seguinte e para além dela, ao cruzar a Tottenham Court Road, tocando o tempo todo, essa é a vantagem da solidão; a sós, pode-se fazer o que bem quiser. Pode-se chorar se ninguém estiver enxergando. Essa tinha sido a sua desgraça na sociedade anglo-indiana, esta suscetibilidade; não chorar, ou não rir, na hora certa. Tenho em mim esta coisa, pensou, em pé junto à caixa de coleta do correio, que poderia, neste momento, desmanchar-se em lágrimas. Por qual razão, só Deus sabe. Alguma forma de beleza, provavelmente, e o peso do dia, que, começando com aquela visita à Clarissa, tinha-o esgotado, com o seu calor, a sua intensidade, e o pinga-pinga de uma impressão após a outra, indo para o fundo, para o breu daquele porão onde ficavam, sem ninguém jamais ficar sabendo. Em parte por essa razão, por sua inescrutabilidade, completa e inviolável, ele via a vida como um jardim misterioso, cheio de voltas e de recantos, surpreendente, sim; esses momentos nos deixavam realmente sem fôlego; ali, junto à caixa do correio, do outro lado do Museu Britânico, veio ao seu encontro um desses momentos nos quais as coisas se juntavam; essa ambulância; e a vida e a morte. Era como se ele fosse sugado para cima, para um telhado muito alto, por aquela torrente de emoção, e o resto dele, como uma praia de areia branca salpicada de conchas, ficasse a descoberto. Essa tinha sido a sua desgraça na sociedade anglo-indiana — esta suscetibilidade.

Clarissa, certa vez, indo com ele, no andar de cima de um ônibus, a algum lugar, Clarissa que, superficialmente ao menos, se comovia com tanta facilidade, ora no maior desespero, ora no melhor dos humores, toda vibrante naqueles dias e tão boa companhia, farejando, de cima de um ônibus, pequenas cenas fora do comum, nomes, pessoas, pois eles costumavam explorar Londres, voltando para casa com sacolas cheias de tesouros do Caledonian Market, Clarissa tinha, naqueles tempos, uma teoria — eles tinham, como todos os jovens, montes de teorias, teorias o tempo todo. Era para explicar a insatisfação que sentiam; não conhecerem pessoas; não serem conhecidos. Pois como poderiam as pessoas conhecerem umas às outras? Elas se encontram todos os dias; depois não se veem mais, por seis meses ou por anos. Era lamentável, nisso eles concordavam, o pouco que as pessoas se conheciam. Mas ela dizia, sentada no ônibus que subia a Shaftesbury Avenue, que se sentia presente em toda parte; não "aqui, aqui, aqui"; e batia nas costas do banco; mas por tudo. Distribuía acenos ao longo da Shaftesbury Avenue. Ela era tudo isso. De maneira que, para conhecê-la, ou para conhecer qualquer pessoa, deve-se procurar as pessoas que nos completem; até mesmo os lugares. Ela tinha estranhas afinidades com pessoas com as quais nunca tinha falado, com alguma mulher na rua, com algum homem atrás de um balcão — até mesmo com árvores, ou celeiros. Isso acabava numa teoria transcendental que, com o horror que ela tinha pela morte, permitia-lhe acreditar, ou dizer que acreditava (apesar de todo o ceticismo dela), que, uma vez que nossas aparições, aquela parte de nós que é vista, são tão momentâneas comparadas à outra, a parte invisível de nós, a que se prolonga, a parte invisível poderia sobreviver, refazer-se, poderia, de alguma forma, apegar-se a essa ou aquela pessoa, ou até mesmo assombrar certos lugares após a morte... talvez... talvez.

Olhando em retrospecto essa longa amizade de quase trinta anos, dá para dizer que, nessa medida, a sua teoria provou ser válida. Por mais breves, intermitentes, dolorosos que tenham sido, muitas vezes, seus encontros reais, em virtude das ausências dele e das frequentes interrupções (nessa manhã, por exemplo, Elizabeth irrompera na sala, como um potro de longas pernas, bonita, silenciosa, no exato momento em que começava a falar com Clarissa), seu efeito sobre a vida dele eram incomensuráveis. Havia um mistério nisso. Recebíamos um grão áspero, espinhento, incômodo – o encontro real; o mais das vezes terrivelmente doloroso; e contudo, distante, nos mais improváveis lugares, ele iria desabrochar, florescer, soltar seu perfume, se deixar tocar, provar, iria nos dedicar atenção, nos sentir e nos compreender, após ter ficado anos perdido. Era assim que ela lhe chegava; a bordo de um navio; no Himalaia; sob o estímulo das mais estranhas coisas (da mesma forma que Sally Seton, aquela tolinha generosa, apaixonada! pensava *nele* quando via hidrângeas azuis). Ela o tinha influenciado mais do que qualquer outra pessoa que tinha conhecido. E sempre, surgindo-lhe dessa maneira, contra a sua vontade, como uma *lady*, fria, crítica; ou arrebatadora, romântica, lembrando alguma planície ou seara inglesa. Ele a via mais no campo do que em Londres. Uma cena atrás da outra em Bourton...

Tinha chegado ao seu hotel. Atravessou o saguão, com as suas pilhas de cadeiras e poltronas avermelhadas e as suas folhagens espigadas e murchas. Tirou a sua chave do gancho. A jovem senhora entregou-lhe algumas cartas. Subiu as escadas... ele a viu com mais frequência em Bourton, no fim do verão, quando passou ali uma semana ou duas, como as pessoas costumavam fazer naquela época. A primeira a atingir o alto de alguma colina, ela ficava ali, as mãos segurando os cabelos, o casaco enfunado pelo vento, apontando o dedo, gritando para eles – ela tinha visto o Severn lá embaixo. Ou num bosque, tentando acender o fogo para a água do chá – atrapalhadíssima com os dedos; a fumaça curvando-se na direção deles, batendo-lhes no rosto; seu pequeno e rosado rosto mostrando-se em meio à fumaça; pedindo um pouco d'água para uma velha senhora que tinha vindo à janela de sua casinha vê-lo indo embora. Eles sempre andavam a pé; os outros preferiam a condução. Ela se chateava dentro de uma condução, detestava todos os animais, exceto aquele seu cachorro. Andavam milhas e mais milhas pelas estradas. Podia fazer uma parada para se reorientar, mas depois conduzia-o novamente pelo campo; e discutiam o tempo todo, discutiam poesia, discutiam pessoas, discutiam política (na época, ela era uma radical); nunca prestando atenção em nada, a não ser quando ela parava, admirada diante de uma paisagem ou de uma árvore, intimando-o a olhar junto com ela; e depois tudo começava outra vez, através de campos de feno, ela à frente, com uma flor para a sua tia, não se cansando nunca de andar, apesar de toda a sua fragilidade; e à hora do crepúsculo estavam de novo em Bourton. Então, após o jantar, o velho Breitkopf abria o piano e cantava sem voz nenhuma, e eles ficavam estendidos nas poltronas, tentando não rir, mas nunca conseguiam se conter e riam, riam – riam por nada. Não era para Breitkopf perceber. E, depois, de manhã, saltitando, de um lado para o outro, como uma cotovia em frente da casa...

 Ah, uma carta: era dela! Este envelope azul; a sua letra. E ele tinha de lê-la. Aqui estava mais um daqueles encontros, com tudo para ser penoso! Ler a sua carta exigia um esforço danado. "Tinha sido maravilhoso encontrá-lo. Tinha de lhe dizer isso." Nada mais.

 Mas isso deixou-o incomodado. Chateado. Preferia que ela não tivesse escrito. Vindo após os pensamentos que estava tendo, era como um soco nos rins. Por que ela não o deixava em paz? Afinal, tinha se casado com Dalloway e vivido com ele na mais perfeita felicidade por todos esses anos.

Esses hotéis não são locais animadores. Longe disso. Quantas pessoas não tinham pendurado o seu chapéu nesses cabides? Até as moscas, pensando bem, tinham pousado em outros narizes. Quanto à limpeza que lhe tinha saltado aos olhos, não era tanto a limpeza em si quanto o despojamento, a frieza; algo com o qual se tinha que conviver. Alguma árida matrona fazia a sua ronda ao amanhecer, farejando, esquadrinhando, obrigando austeras camareiras a esfregar tudo e cada coisa, como se o próximo hóspede fosse um naco de carne assada a ser servido numa travessa perfeitamente limpa. Para dormir, uma única cama; para sentar-se, uma única poltrona; para escovar os dentes e fazer a barba, um único copo, um único espelho. Livros, cartas, roupões, como se fossem impertinências incongruentes, desapareciam sob a impessoalidade da crinolina. E foi a carta de Clarissa que lhe fez ver tudo isso. "Maravilhoso encontrá-lo. Tinha de lhe dizer isso!" Dobrou a carta; colocou-a de lado; nada poderia induzi-lo a lê-la outra vez!

Para a carta ter-lhe chegado por volta das seis horas, ela deve ter se sentado para escrevê-la assim que ele a deixou; selou-a; mandou alguém levá-la ao correio. Isso, como diziam as pessoas, era bem dela. Ela tinha se perturbado com a visita dele. Tinha ficado muito emocionada; por um instante, quando ela beijou-lhe a mão, tinha se sentido arrependida, tinha até mesmo sentido inveja dele, tinha possivelmente se lembrado (pois viu que ela refletia) de alguma coisa que ele alguma vez dissera – talvez como eles mudariam o mundo se ela se casasse com ele; mas a realidade era esta; a meia-idade; o ambiente medíocre; e então ela se obrigou, com sua indômita vitalidade, a colocar tudo isso de lado, pois havia nela uma linha de vida cuja firmeza, resistência e capacidade para superar obstáculos e deles sair em triunfo, ele nunca tinha visto igual. Sim; mas assim que ele deixou a sala houve uma reação. Ela sentiu uma enorme pena dele; pensou no que possivelmente poderia fazer para lhe dar prazer (sempre com exceção daquela única coisa) e ele podia vê-la, as lágrimas correndo-lhe pelo rosto, caminhando para a sua escrivaninha e escrevendo às pressas aquela única linha que encontrou esperando por ele no hotel... "Maravilhoso encontrá-lo!" E estava sendo sincera.

Peter Walsh tinha agora desamarrado os sapatos.

Mas não teria dado certo, o casamento deles. A outra coisa tinha, afinal, se dado muito mais naturalmente.

Era estranho; era verdade; uma porção de pessoas sentia o mesmo. Peter Walsh, que tinha se saído razoavelmente bem na vida, que tinha ocupado os cargos habituais da maneira apropriada, mas que era visto como um pouco esquisito, como alguém que se dava ares de importância – era estranho que *ele* tivesse acabado por adquirir, especialmente agora que o cabelo estava ficando grisalho, uma aparência de satisfação; uma aparência de quem era dono de reservas. Era isso o que o tornava atraente para as mulheres, que gostavam da sensação de que não era absolutamente masculino. Havia nele algo de incomum, ou escondido. Talvez por ser um rato de biblioteca – nunca visitava alguém sem pegar o livro que estava em cima da mesa (estava agora lendo, com os cadarços jogados no chão); ou por ser um cavalheiro, o que se revelava na maneira como esvaziava o cachimbo e, naturalmente, no trato com as mulheres. Pois era muito fascinante, mas também um tanto ridículo, ver a facilidade com que qualquer garota desmiolada podia tê-lo na palma da mão. Mas por sua conta e risco. Quer dizer, embora pudesse ser de trato muito fácil e, na verdade, dada a sua jovialidade e boa educação, fosse fascinante tê-lo como companhia, isso ia só até certo ponto. Ela dizia alguma coisa – não, não; ele não se deixava enganar. Não podia concordar com aquilo – não, não. E depois ele era capaz de urrar e sacudir o corpo e se arrebentar de tanto rir por causa de alguma piada contada numa roda de homens. Era quem melhor podia opinar sobre a cozinha da Índia. Ele era um homem. Mas não o tipo de homem que se tem de respeitar – o que era uma bênção; nada parecido com o Major Simmons, por exemplo; de jeito nenhum, pensava Daisy, quando, apesar dos seus dois filhos pequenos, alguma vez comparava os dois.

Tirou os sapatos. Esvaziou os bolsos. Junto com o canivete, veio um instantâneo de Daisy na varanda; Daisy toda de branco, com um fox terrier sobre os joelhos; muito sedutora, muito morena;

o melhor que ele já tinha visto dela. Tudo tinha se passado, afinal, tão naturalmente; muito mais naturalmente do que com Clarissa. Sem espalhafato. Sem complicação. Sem fricotes ou faniquitos. Um mar de rosas. E a moça morena, adoravelmente bela, na varanda, gritava (podia ouvi-la) que claro. Claro, claro, ela lhe daria tudo! gritava (ela não tinha qualquer senso de discrição), tudo o que ele quisesse! exclamava, correndo para encontrá-lo, sem se importar com quem pudesse estar olhando. E tinha apenas vinte e quatro anos. E tinha dois filhos. Muito bem, muito bem!

Muito bem, na verdade tinha se envolvido, com a sua idade, numa séria complicação. Dava-se conta disso, com muita clareza, quando acordava durante a noite. Suponhamos que eles se casassem? Para ele estaria tudo bem, mas quanto a ela? A Sra. Burgess, uma boa pessoa e mulher pouco dada a tagarelices, a quem ele havia feito confidências, achava que a sua ausência, ao viajar para a Inglaterra, claramente para consultar advogados, poderia fazer com que Daisy reconsiderasse a decisão, refletindo no que ela significava. O que estava em jogo era a sua situação, dizia a Sra. Burgess; a barreira social; renunciar aos filhos. Podia virar, qualquer dia desses, uma viúva com um passado, arrastando-se pelos subúrbios ou, mais provavelmente, promíscua (o senhor sabe, disse ela, como acabam essas mulheres cheias de pintura). Mas Peter Walsh fez pouco caso disso tudo. Ainda não pensava em morrer. De qualquer maneira, ela devia decidir sozinha; julgar sozinha, pensou ele, andando de meias pelo quarto, alisando sua camisa social, pois era possível que fosse à festa de Clarissa, ou a um dos teatros de variedades, ou podia ficar sossegado no hotel e ler um livro absorvente escrito por um homem que conheceu em Oxford. E se ele se aposentasse, era isto o que faria – escrever livros. Iria para Oxford para garimpar a Biblioteca Bodleiana. Em vão, a moça morena, adoravelmente bela, correu até a ponta do terraço; em vão, ela acenou; em vão, gritou que não dava a mínima para o que as pessoas diziam. Ali estava ele, o homem de quem ela pensava maravilhas, o perfeito cavalheiro, tão fascinante, tão distinto (e a idade dele não fazia a menor diferença para ela), andando à volta de um quarto num hotel em Bloomsbury, fazendo a barba, lavando-se e continuando, enquanto erguia jarros d'água e largava navalhas, a garimpar a Biblioteca Bodleiana para chegar à verdade a respeito de uma ou duas pequenas questões que lhe interessavam. E ele iria acabar se envolvendo numa conversa com uma pessoa qualquer, descuidando-se, assim, cada vez mais, de chegar na hora certa para o almoço, e faltando a compromissos, e quando Daisy lhe pedisse, como certamente o faria, um beijo, um carinho, ele poderia não responder à altura (embora ele lhe fosse sinceramente devotado) – em suma, seria melhor, como disse a Sra. Burgess, que ela o esquecesse, ou que simplesmente se lembrasse dele tal como ele era em agosto de 1922, como uma figura postada numa encruzilhada na hora do crepúsculo, uma figura que se torna cada vez mais distante à medida que, rodando a toda velocidade, a charrete a leva embora em segurança, presa ao banco traseiro, mas com os braços estendidos, e enquanto vê a figura ir diminuindo até desaparecer, ela ainda consegue gritar que faria qualquer coisa no mundo, qualquer coisa, qualquer coisa, qualquer coisa...

Ele nunca sabia o que os outros pensavam. Tornava-se cada vez mais difícil se concentrar. Tornou-se absorto; envolvido com suas próprias preocupações; ora taciturno, ora radiante; dependente das mulheres, distraído, instável, cada vez menos capaz (era o que pensava enquanto se barbeava) de compreender por que Clarissa não podia simplesmente conseguir um apartamento para eles e mostrar-se simpática para com Daisy; apresentá-la às pessoas. E então ele poderia apenas... apenas o quê? Apenas flanar e ficar à toa (ele estava, no momento, realmente envolvido em organizar chaves e papéis diversos), vasculhar e experimentar, ficar sozinho, bastar-se a si mesmo, em suma; e contudo, naturalmente, ninguém era mais dependente dos outros do que ele (abotoou o colete); essa tinha sido a sua desgraça. Ele não conseguia ficar longe de salões de fumar, gostava de coronéis, gostava de golfe, gostava de bridge e, acima de tudo, da companhia das mulheres, da maravilha que era estar junto delas, e de sua lealdade e audácia e grandeza no amor, essa flor tão esplêndida que vicejava no ápice da vida humana e que, sem deixar de ter os seus problemas (e o moreno e adoravelmente belo rosto estava ali, em cima dos envelopes), lhe parecia tão extraordinariamente admirável, e contudo ele não conseguia responder à altura, por estar sempre pronto a ver o lado oculto das coisas (Clarissa tinha solapado algo nele de forma permanente), cansando-se muito facilmente da devoção muda e desejando variedade no amor, embora fosse ficar furioso se Daisy gostasse de algum outro, furioso! pois tinha um gênio ciumento, incontrolavelmente ciumento. Padecia verdadeiros martírios! Mas onde estava o seu canivete; o seu relógio; os seus sinetes, a sua carteira, e a carta de Clarissa, que ele não leria de novo, mas na qual gostava de pensar, e a fotografia de Daisy? E agora, ao jantar.

Estavam todos jantando.

Sentados em pequenas mesas rodeadas por vasos, vestidos a rigor ou não, com seus xales e sacolas ao lado, com um falso ar de quem se sente à vontade, pois não estavam acostumados a tantos pratos ao jantar, mas mostrando-se confiantes, pois tinham condições para pagar por isso, e extenuados, pois tinham corrido por Londres o dia todo, em compras e passeios; e com sua natural curiosidade, pois viraram todos a cabeça quando entrou o bem-apessoado cavalheiro de óculos de aro de tartaruga, e com sua solicitude, pois ficariam felizes em ajudar em alguma coisa, tal como emprestar a tabela dos horários dos trens ou prestar qualquer informação que pudesse ser útil, e com o desejo que, agindo subterraneamente, neles pulsava de estabelecer alguma forma de conexão, ainda que fosse apenas a do local de nascimento em comum (Liverpool, por exemplo) ou de amigos com o mesmo nome; com seus olhares furtivos, com seus silêncios estranhos e com seus repentinos recolhimentos às brincadeiras de família e a um mundo que era só deles; assim estavam eles, sentados, jantando, quando o Sr. Walsh chegou, sentando-se a uma pequena mesa junto à cortina.

Não que tivesse dito alguma coisa; pois, por estar só, podia se dirigir apenas ao garçom; foi o seu jeito de examinar o menu, de apontar um vinho com o dedo, de se colocar à mesa, de se aplicar ao jantar com moderação, e não com voracidade, que lhes conquistou o respeito; o qual, não tendo se manifestado durante a maior parte da refeição, irrompeu na mesa onde os Morris estavam sentados quando se ouviu o Sr. Walsh dizer ao final da refeição: "peras Bartlett". Por qual razão ele tinha falado de maneira tão contida, embora firme, com o ar de um homem partidário de uma estrita disciplina e na plena posse dos seus direitos, solidamente fundamentados na justiça, nem Charles Morris, o filho, nem Charles Morris, o pai, nem a Srta. Elaine, nem a Sra. Morris sabiam. Mas quando, sentado sozinho à mesa, ele disse: "peras Bartlett", eles sentiram que ele podia contar com o apoio deles para qualquer reivindicação legítima que por acaso viesse a fazer; que ele era o paladino de uma causa que imediatamente se tornou também a causa deles, de maneira que os olhos deles encontraram os dele com simpatia, e, quando chegaram todos ao mesmo tempo ao salão de fumar, uma breve troca de palavras entre eles tornou-se inevitável.

 Não foi nada muito profundo – apenas para dizer que Londres estava cheia de gente; que em trinta anos tinha mudado muito; que o Sr. Morris preferia Liverpool; que a Sra. Morris tinha visitado a exposição de flores de Westminster, e que todos tinham visto o Príncipe de Gales. Mas, pensou Peter Walsh, nenhuma família no mundo podia se comparar com os Morris; absolutamente nenhuma; e as relações entre eles são perfeitas, e eles não dão a mínima para as classes altas, e gostam do que gostam, e Elaine está se preparando para assumir os negócios da família, e o rapaz ganhara uma bolsa para estudar em Leeds, e a velha senhora (que tem mais ou menos a sua idade) tem mais três filhos, que ficaram em casa; e eles têm dois carros a motor, mas o Sr. Morris ainda conserta os seus próprios sapatos aos domingos: é extraordinário, é absolutamente extraordinário, pensou Peter Walsh, cambaleando um pouco, com o cálice de licor na mão, por entre as cadeiras forradas de um tecido vermelho e felpudo, e os cinzeiros, sentindo-se muito satisfeito consigo mesmo, pois os Morris gostavam dele. Sim, eles gostavam de um homem que falava: "peras Bartlett". Sentia que gostavam dele.

Iria à festa de Clarissa. (Os Morris estavam saindo; mas eles se veriam de novo.) Iria à festa de Clarissa, porque queria perguntar a Richard o que eles estavam fazendo na Índia – aqueles conservadores inúteis. E quais peças estão sendo representadas? E a música... Ah, sim, e simplesmente falar sobre tudo e sobre todos.

Pois essa é a verdade a respeito da nossa alma, pensou ele, a verdade a respeito do nosso eu, que, qual um peixe, habita mares profundos e singra em meio a escuridões, abrindo caminho por entre talos de algas gigantes, passando por regiões mal tocadas pela luz do sol, e sempre em frente, em direção ao sombrio, ao gélido, ao profundo, ao inescrutável; de repente, ela irrompe à superfície e brinca nas ondas encrespadas pelo vento; em outras palavras, ela tem absoluta necessidade de ser atritada, friccionada, inflamada, falando sobre tudo e sobre todos. O que o Governo pretendia – Richard Dalloway certamente saberia – fazer com a Índia?

Como era uma noite muito quente e os jornaleiros perambulavam com cartazes que anunciavam, em enormes letras vermelhas, que havia uma onda de calor, foram colocadas cadeiras de vime nas escadarias do hotel, onde se sentavam despreocupados cavalheiros, bebericando, fumando. Peter Walsh juntou-se a eles. Dava para pensar que o dia, o dia de Londres, estava apenas começando. Como uma mulher que se desfaz do seu vestido estampado e do seu avental branco para se enfeitar de azul e pérolas, o dia se trocava, tirava a chita, punha gazes, mudava para o entardecer e, com o mesmo suspiro de contentamento que solta uma mulher ao deixar cair as saias, ele também se despia da poeira, da chama, da cor; o trânsito diminuía; os carros a motor, buzinando, disparando, tomavam o lugar do atravancamento dos furgões; e aqui e ali, em meio à espessa folhagem das praças, uma intensa luz mantinha-se em suspensão. Entrego-me, parecia dizer a tarde, enquanto empalidecia e se extinguia por sobre as cumeeiras e as arestas torneadas ou pontiagudas de hotéis, prédios e blocos de lojas; extingo-me, continuava ela, desapareço, mas Londres não queria saber de conversa, e enristava suas baionetas em direção ao céu, manietando-a, obrigando-a a fazer parte de sua folia.

Pois a grande revolução do horário de verão do Sr. Willett tinha ocorrido depois da última visita de Peter à Inglaterra. A tarde prolongada era nova para ele. Era, sem dúvida, algo inspirador. Pois quando os jovens passavam com suas maletas de documentos, terrivelmente felizes de estarem livres, orgulhosos também, caladamente, de pisarem essa famosa calçada, uma alegria muito particular, barata, menor, se quiserem, mas de qualquer maneira um arrebatamento, punha certo colorido em suas faces. Também estavam bem-vestidos; meias cor-de-rosa, belos sapatos. Passariam agora duas horas no cinema. O azul-amarelo do entardecer acentuava, refinava suas figuras; e nas árvores da praça reluziam, lúridas, lívidas – como se estivessem mergulhadas na água do mar – as folhagens de uma cidade submersa. Ele estava extasiado com a beleza; era, além disso, algo que o enchia de ânimo, pois enquanto os anglo-indianos repatriados (ele conhecia uma porção deles) sentavam-se, de pleno direito, nas poltronas do Clube Oriental, passando amargamente em revista a ruína do mundo, aqui estava ele, mais jovem do que nunca; invejando aos jovens o seu verão e todas as outras coisas, e mais do que suspeitando, a julgar pelas palavras de uma garota, pelo riso de uma criada – coisas intangíveis, que não se podia pegar com a mão – que aquele entulho piramidal que, na época de sua juventude, parecia inamovível, sofrera algum deslocamento. Tinha sido um peso em cima deles, a esmagá-los, as mulheres em especial, como aquelas flores que aquela tia de Clarissa, a tia Helena, sentada sob o abajur, após o jantar, colocava entre folhas de papel mata-borrão cinzento, pressionando-as, depois, com o Littré. Agora estava morta. Soubera por Clarissa que ela perdera a visão em um dos olhos. Parecia mais do que apropriado – uma das obras-primas da natureza – que a velha Srta. Parry tivesse tido que se valer do vidro. Deve ter morrido como um pássaro em meio à geada, agarrado ao seu galho. Pertencia a uma outra época, mas por ter sido tão íntegra, tão completa, sempre se destacaria no horizonte, talhada em pedra branca, eminente, como um farol assinalando alguma etapa do passado nessa aventurosa e longa, longa viagem, nessa interminável (ele buscou um pêni para comprar um jornal e saber o resultado do jogo entre Surrey e Yorkshire – havia tirado aquele pêni um milhão de vezes. O time de Surrey tinha sido todo eliminado novamente) – nessa interminável vida. Mas o críquete não era um simples jogo. O críquete era importante. Nunca conseguia evitar a leitura do resultado do críquete. Leu primeiro o resultado na coluna das notícias de última hora, depois o comentário de como fora um dia quente; depois algo sobre um assassinato. O fato de ter feito as coisas milhões de vezes as enriquecia, embora se possa argumentar que lhes tirava a novidade. O passado enriquecia, e a experiência também, e o ter querido bem a uma ou duas pessoas, e dessa maneira ter adquirido a capacidade que falta aos jovens de simplificar as coisas, de fazer aquilo de que se gosta, não dando a mínima para o que as pessoas dizem e indo e vindo sem grandes expectativas (deixou o jornal em cima da mesa e saiu), o que, entretanto (buscou o chapéu e o casaco), não era bem o seu caso, pois aqui estava ele, nesta idade, saindo para ir a uma festa, com a crença de que estava prestes a ter uma experiência. Mas qual?

A beleza, em todo caso. Não a beleza crua do olho. Não era a beleza pura e simples – a Bedford Place desembocando na Russell Square. Era, sem dúvida, a linha reta e os espaços vazios; a simetria de uma passagem; mas era também as janelas iluminadas, um piano, um gramofone que tocava; um sentimento do prazeroso que se oculta, mas que emerge, aqui e ali, quando, através de uma janela aberta ou com as cortinas descerradas, vemos grupos sentados ao redor de uma mesa, jovens circulando vagarosamente, conversas entre homens e mulheres, criadas olhando ociosamente para fora (estranha conversa a delas, uma vez terminado o trabalho), meias secando nos rebordos superiores das janelas, um papagaio, umas poucas plantas. Absorvente, misteriosa, de uma riqueza infinita, esta vida. E na grande praça, sobre a qual, desgovernados, se precipitavam os táxis a toda velocidade, havia casais à toa, namorando, se abraçando, aconchegados sob a chuva de folhas de uma árvore; isso era tocante; tão silenciosos, tão absortos, que se passava por eles discretamente, timidamente, como se na presença de alguma cerimônia sagrada que seria um sacrilégio interromper. Isso era interessante. E tudo o mais tendia ao fausto e ao fulgor.

Com seu leve sobretudo enfunado pelo vento, ele pisava o chão com uma indescritível idiossincrasia, um pouco inclinado para a frente, passos curtos e rápidos, com as mãos atrás das costas, olhar de águia; caminhava, assim, através de Londres, em direção a Westminster, observando.

Será que todo mundo estava jantando fora? Portas se abriam, aqui, pela mão de um criado, para dar passagem a uma velha dama de andar imponente, em sapatos de fivela, com três penas púrpuras de avestruz no cabelo. Portas se abriam, ali, para senhoras envoltas como múmia, em xales de flores alegres, e para outras sem nenhum enfeite na cabeça. E em bairros respeitáveis, com cercas espaçadas por pilastras de estuque, mulheres envoltas em panos leves, com travessas nos cabelos (tinham subido para ver os filhos), atravessando o pequeno jardim da frente de casa, saíam à rua; homens com seus casacos enfunados pelo vento estavam à sua espera para dar partida no motor. Todo mundo estava saindo de casa. Com todas essas portas se abrindo, e as pessoas descendo as escadas, e os carros arrancando, a impressão era de que Londres inteira tomava lugar em pequenos barcos que, atracados na margem do rio, ondulavam sobre as águas, como se a cidade inteira flutuasse num alegre carnaval. E pela Whitehall, de prata batida como era, aranhas passavam deslizando, e se tinha a impressão de mosquitos voando em volta das lâmpadas a arco; estava tão quente que as pessoas ficavam paradas, conversando. E aqui, em Westminster, havia um juiz, talvez aposentado, todo vestido de branco, maciçamente sentado à porta de sua casa. Um anglo-indiano, talvez.

E, aqui, uma algazarra de mulheres ruidosas, embriagadas; ali, apenas um policial e casas indistintas, casas altas, casas abobadadas, igrejas, parlamentos, e o apito de um vapor no rio, um uivo surdo e brumoso. Mas era a rua dela, esta, a rua de Clarissa; táxis dobravam a esquina em disparada, como água em volta dos pilares de uma ponte, ali concentrados, aparentemente, porque levavam pessoas para a festa dela, a festa de Clarissa.

A corrente fria das impressões visuais faltava-lhe, agora, como se o olho fosse uma taça que tivesse transbordado e a sobra tivesse simplesmente escorrido pelas bordas de porcelana sem ser notada. Agora, o cérebro deve acordar. Agora, o corpo deve se contrair e entrar na casa, na casa iluminada, cuja porta estava aberta e diante da qual estacionavam carros a motor de onde desciam mulheres fulgurantes: a alma deve encher-se de coragem para poder resistir. Ele abriu a enorme lâmina do seu canivete.

Lucy desceu as escadas às carreiras, após ter dado uma passada pela sala de estar para alisar uma toalha, endireitar uma cadeira, parar um instante para sentir que qualquer um que chegasse, quando visse a bela prataria, as ferragens em bronze da lareira, as novas capas dos sofás e das cadeiras, e as cortinas de chita, iria pensar como tudo estava limpo, brilhante, bem cuidado: avaliou cada uma dessas coisas; ouviu ruído de vozes; fim do jantar, as pessoas estavam subindo; tinha que voar!

O Primeiro-Ministro viria, disse Agnes: era o que tinha ouvido dizerem na sala de jantar, disse ela, chegando com uma bandeja de taças. Tinha alguma importância, a mínima importância, um Primeiro-Ministro a mais ou a menos? Não fazia nenhuma diferença, a essa hora da noite, para a Sra. Walker, rodeada de pratos, pires, coadores, frigideiras, frangos enfeitados com geleia, congeladoras de sorvete, crostas de pão, limões, sopeiras e caçarolas de pudim que, por mais que as tivessem levado para a copa para serem lavadas, pareciam empilhar-se todas em cima dela, em cima da mesa da cozinha, das cadeiras, enquanto o fogo crepitava e estalava, as luzes elétricas ofuscavam, e ainda faltava servir a ceia. Tudo o que ela sentia era: um Primeiro-Ministro a mais ou a menos não fazia uma vírgula de diferença para a Sra. Walker.

As senhoras já estavam subindo, disse Lucy; as senhoras estavam subindo, uma a uma, a Sra. Dalloway por último e, como sempre, mandando algum recado para a cozinha: "Meus cumprimentos à Sra. Walker" fora o de uma outra noite. Amanhã de manhã, elas iriam comentar os pratos – a sopa, o salmão; o salmão, a Sra. Walker sabia, como sempre um tanto cru, pois ela sempre ficava nervosa com o pudim e deixava-o a cargo de Jenny; e era o que acontecia, o salmão estava sempre um tanto cru. Mas uma senhora de cabelo loiro e enfeitada de joias de prata tinha perguntado, disse Lucy, sobre o prato principal, foi realmente feito em casa? Mas era o salmão que preocupava a Sra. Walker, enquanto equilibrava pratos e mais pratos no ar, e abria e fechava os controladores de ventilação do fogão, abria e fechava; e aí uma risada chegou da sala de jantar; uma voz no meio de uma conversa; e depois outra risada – os cavalheiros se divertindo após a saída das damas. O tócai, disse Lucy, entrando às carreiras. A Sra. Dalloway tinha mandado buscar o tócai, o tócai das adegas do Imperador, o tócai imperial.

Ele foi levado através da cozinha. Lucy comentou, por sobre os ombros, como a Srta. Elizabeth estava bonita; não podia tirar os olhos dela; em seu vestido cor-de-rosa, usando o colar que a Sra. Dalloway lhe tinha dado de presente. Jenny não podia esquecer o cachorro, o *fox terrier* da Srta. Elizabeth, o qual, por ter o costume de morder as pessoas, tinha que ficar preso e poderia, achava Elizabeth, precisar de alguma coisa. Jenny não devia esquecer o cachorro. Mas Jenny não ia subir com todas aquelas pessoas por ali. Um carro a motor já estava à porta! A campainha tocava – e os cavalheiros ainda na sala de jantar tomando tócai!

Pronto, estavam subindo; aquele era o primeiro a chegar, e agora chegariam um atrás do outro, de maneira que a Sra. Parkinson (contratada especialmente para festas) iria deixar a porta inteiramente aberta, e o vestíbulo ia ficar cheio de cavalheiros à espera (esperavam ajeitando o cabelo), enquanto as damas deixavam os casacos na sala que dava para o corredor; onde eram ajudadas pela Sra. Barnet, a velha Ellen Barnet, que esteve com a família por quarenta anos, e vinha todo verão para ajudar as senhoras, e se lembrava das mães quando eram crianças, e apesar de muito singela fazia questão de cumprimentá-las; dizia *milady* muito respeitosamente, mas tinha um jeito engraçado, observando as senhoras mais jovens, e ajudando, sempre com muito tato, Lady Lovejoy, que mostrava alguma dificuldade com o seu corpete. Elas não podiam deixar de sentir, Lady Lovejoy e a Srta. Alice, que algum pequeno privilégio em matéria de escovas e pentes haveriam de ter, em virtude de terem conhecido a Sra. Barnet por... "por trinta anos, *milady*", completou a Sra. Barnet, socorrendo-as. As moças, disse Lady Lovejoy, não costumavam usar ruge quando ficavam em Bourton, nos velhos tempos. E a Srta. Alice não precisava de ruge, disse a Sra. Barnet, olhando-a encantada. Assim, ali ficava sentada a Sra. Barnet, no toalete, sacudindo os casacos de peles, alisando os xales espanhóis, arrumando o toucador, e sabendo muito bem separar, apesar das peles e das rendas, as senhoras de verdade das que não eram. A boa pessoa de sempre, disse Lady Lovejoy, subindo as escadas, essa velha ama de Clarissa.

E, então, Lady Lovejoy empertigou-se toda. "Lady e Srta. Lovejoy", anunciou-se ela ao Sr. Wilkins (contratado especialmente para festas). Ele tinha maneiras admiráveis, que se revelavam quando se inclinava e se endireitava, se inclinava e se endireitava, e anunciava com perfeita imparcialidade "Lady e Srta. Lovejoy... Sir John e Lady Needham... Srta. Weld... Sr. Walsh." Suas maneiras eram admiráveis; sua vida familiar devia ser irrepreensível, exceto que parecia impossível que um ser com lábios com esse frescor e com esse rosto bem barbeado pudesse ter feito a bobagem de se encher de filhos.

"Que bom você ter vindo", disse Clarissa. Dizia a mesma coisa a todo mundo. Que bom você ter vindo. Ela não poderia estar pior – exagerada, fingida. Tinha sido um grande erro ter vindo. Ele deveria ter ficado no hotel lendo o seu livro, pensou Peter Walsh; deveria ter ido a um teatro de variedades; deveria ter ficado no hotel, pois não conhecia ninguém.

Oh, meu Deus, ia ser um fracasso; um completo fracasso, Clarissa sentia isso nas próprias articulações, enquanto o bom e velho Lord Lexham permanecia à sua frente se desculpando pela ausência da esposa que apanhara um resfriado no *garden-party* do Palácio de Buckingham. Podia ver, com o rabo do olho, Peter, num canto, criticando-a. Por que, afinal, ela fazia essas coisas? Por que buscar as alturas e atirar-se ao fogo? Que a consumisse, pelo menos! Que a reduzisse a cinzas! Melhor isso, melhor erguer a nossa tocha e arremessá-la à terra do que se apequenar e se encolher como uma Ellie Henderson qualquer! Era incrível como Peter conseguia deixá-la neste estado simplesmente por ter vindo e ficar ali postado num canto. Ele fazia com que ela se visse a si própria; com que exagerasse. Era ridículo. Mas por que viera, então, simplesmente para criticar? Por que sempre tirar e nunca dar? Por que as pessoas nunca se arriscavam a expor a sua singela opinião? Lá estava ele, afastando-se, e ela tinha que falar com ele. Mas não teria essa oportunidade. A vida era isto – humilhação, renúncia. O que Lorde Lexham estava dizendo era que sua esposa se recusara a vestir suas peles para ir ao *garden-party* porque "minha querida, vocês, mulheres, são todas iguais" – quando Lady Lexham tinha setenta e cinco anos, no mínimo! Era gostoso ver como cuidavam bem um do outro, aquele velho casal. Ela realmente gostava do velho Lorde Lexham. Ela achava que fazia diferença, a sua festa, e fazia-a sentir-se mal saber que tudo estava dando errado, tudo desmoronando. Qualquer coisa, qualquer explosão, qualquer horror era melhor do que ver pessoas andando para cá e para lá sem propósito ou juntas num grupinho, encostadas num canto, como Ellie Henderson, sem nem sequer se preocuparem em se manterem aprumadas.

Suavemente, a cortina amarela, com todas as aves-do-paraíso, enfunou-se com o vento, e foi como se de repente uma revoada de asas tivesse entrado na sala para ser, em seguida, aspirada de volta para a rua. (Pois as janelas estavam abertas.) Havia uma corrente de ar? queria saber Ellie Henderson. Ela era propensa a resfriados. Mas pouco importava que fosse acordar espirrando no dia seguinte; era nas moças com seus ombros nus que ela pensava, pois fora educada por seu velho pai – um homem doente, pároco em

Bourton, já falecido – para pensar nos outros; e os resfriados dela nunca atingiam o peito, nunca. Era nas moças que ela pensava, nas moças com seus ombros nus, tendo sempre sido, ela própria, um fiapo de criatura, com seu cabelo ralo e sua figura delgada; ainda que agora, passada dos cinquenta, começasse a irradiar um débil feixe de luz, alguma coisa que, apurada por anos de renúncia de si, resultara em distinção, mas perpetuamente obscurecida por sua condição de filha de boa família passando dificuldades, por um medo aterrador, que resultava de sua minguada renda de trezentas libras e de sua situação indefesa (não conseguia ganhar um único pêni), o que a tornava amedrontada e, a cada ano que passava, cada vez mais desqualificada para encontrar pessoas bem-vestidas que faziam esse tipo de coisa todas as noites da temporada, simplesmente dizendo a suas camareiras "Vestirei isso e aquilo", enquanto Ellie Henderson saía correndo para comprar flores rosadas de pouco preço, uma meia dúzia delas, jogando depois um xale sobre o seu velho vestido preto. Pois o convite para a festa de Clarissa tinha chegado na última hora. Ela não tinha ficado muito contente. Tinha a estranha sensação de que Clarissa não pretendia convidá-la este ano.

 Por que deveria? Não havia realmente nenhuma razão, exceto a de que se conheciam desde sempre. Na verdade, eram primas. Mas, com Clarissa sendo tão requisitada, tinham naturalmente se afastado. Ir a uma festa era, para ela, um acontecimento. Era um grande deleite apenas ver os lindos vestidos. Aquela ali, com jeito de mulher crescida, penteada conforme a última moda e com vestido cor-de-rosa, não era Elizabeth? Mas não podia ter mais de dezessete anos. Ela era bonita, muito bonita. Mas as moças, quando eram "apresentadas" à sociedade, pareciam não se vestir mais de branco como antes. (Ia guardar tudo na memória para contar a Edith.) As moças agora usavam vestidos simples, perfeitamente ajustados, com as saias bem acima dos tornozelos. Não era apropriado, pensou ela.

 Assim, com sua vista fraca, Ellie Henderson espichava a cabeça para a frente, e não era tanto que ela se importasse em não ter ninguém com quem falar (ela não conhecia quase ninguém ali), pois sentia que eram pessoas tão interessantes que podia se contentar com apenas vê-las; políticos, certamente; amigos de Richard Dalloway; mas foi o próprio Richard que sentiu que não podia deixar a pobre criatura ficar ali plantada sozinha a noite inteira.

"E então, Ellie, como o mundo está tratando *você*?", disse ele, com seu jeito delicado, e Ellie Henderson, pondo-se toda nervosa e enrubescendo e sentindo que era extraordinariamente simpático da parte dele ter se aproximado e falado com ela, disse que muitas pessoas eram realmente mais sensíveis ao calor do que ao frio.

"Sim, realmente são", disse Richard Dalloway. "Sim."

Mas o que mais se podia dizer?

"Olá, Richard", disse alguém, pegando-o pelo braço e, meu Deus, ali estava o velho Peter, o velho Peter Walsh. Estava feliz em vê-lo – muito feliz em vê-lo! Não tinha mudado em nada. E juntos se afastaram, atravessando a sala, um batendo nas costas do outro, como se havia muito tempo não se vissem, pensou Ellie Henderson, vendo-os se afastarem, certa de que conhecia aquele rosto. Um homem alto, de meia idade, olhos muito bonitos, moreno, de óculos, parecido com John Burrows. Edith com certeza saberia quem era.

A cortina com sua revoada de aves-do-paraíso enfunou-se outra vez. E Clarissa viu... viu Ralph Lyon empurrá-la de volta e continuar falando. Assim, não ia ser, afinal de contas, um fracasso! ia dar tudo certo agora – a sua festa. Tinha começado. Tinha sido dada a partida. Mas era um jogo de azar. Por enquanto, devia ficar por ali. As pessoas pareciam chegar todas ao mesmo tempo.

O Coronel e a Sra. Garrod... O Sr. Hugh Whitbread... O Sr. Bowley... A Sra. Hilbery... Lady Mary Maddox... O Sr. Quin..., entoava Wilkins. Ela trocava cinco ou seis palavras com cada um, e eles seguiam em direção às salas; em direção, agora, a alguma coisa, não em direção a nada, uma vez que Ralph Lyon tinha empurrado a cortina de volta.

Mas, quanto ao seu próprio papel, era um esforço demasiado. Não estava se divertindo. Tinha a forte sensação de ser... simplesmente outra pessoa qualquer, ali parada; qualquer um podia fazer isso; e, contudo, essa outra pessoa qualquer que ela, em certa medida, admirava, não podia deixar de sentir que ela tinha, de alguma forma, feito isso acontecer, que essa função a qual ela sentia ter assumido marcava uma etapa, pois, estranhamente, tinha esquecido de como ela era, mas se sentia como uma estaca fincada no alto da sua escadaria. Toda vez que dava uma festa tinha essa sensação de ser alguma coisa que não era ela própria, e de que todo mundo era irreal sob algum aspecto; e muito mais real sob outro. Era, pensou ela, em parte a roupa que vestiam, em parte o fato de terem sido deslocados de seus fazeres ordinários, em parte a sua origem e criação, o que tornava possível dizer coisas que não se poderia dizer em qualquer outra situação, coisas que exigiam certo esforço; que possibilitava ir muito mais a fundo. Mas não para ela; não ainda, de qualquer maneira.

"Que alegria vê-lo!", disse ela. O velho e querido Sir Harry! Ele certamente conhecia todo mundo.

E o que havia de muito estranho nisso era a sensação que se tinha enquanto eles subiam as escadas, um após o outro, a Sra. Mount e Celia, Herbert Ainsty, a Sra. Dakers – ah, e Lady Bruton!

"Muito, muito bom que tenha vindo!", disse ela, e estava sendo sincera... era estranho, estando ali em pé, senti-los passando, passando, alguns bastante velhos, alguns...

Qual era o nome? Lady Rosseter? Mas quem, neste mundo, seria Lady Rosseter?

"Clarissa!" Essa voz! Era Sally Seton! Sally Seton! depois desses anos todos! Surgia como que por entre um nevoeiro. Pois ela não era *assim*, Sally Seton, quando Clarissa pegou o jarro de água quente e pensou: ela está sob o mesmo teto! Não era assim!

E uma após a outra, nervosas, entre risos, as palavras saíam em cascata... estava de passagem por Londres; tinha sabido por Clara Haydon; que oportunidade para vê-la! Assim, me intrometi... sem ser convidada...

Já era possível largar tranquilamente o jarro de água quente. Ela tinha perdido todo o brilho. E, contudo, era extraordinário vê-la novamente, mais velha, mais feliz, menos adorável. Beijaram-se, primeiro este lado, depois o outro, junto à porta da sala de estar, e Clarissa voltou-se, com as mãos de Sally entre as dela, e viu seus salões cheios, ouviu o murmúrio das vozes, viu os candelabros, as cortinas enfunadas, e as rosas que Richard lhe dera.

"Tenho cinco garotos enormes", disse Sally.

Ela tinha o mais simples dos egoísmos, o mais sincero dos desejos de que sempre pensassem nela primeiro, e Clarissa a amava por ela ainda ser assim. "Não posso acreditar!", exclamou ela, toda radiante de prazer só de pensar no passado.

Mas que pena... Wilkins; Wilkins a solicitava; Wilkins estava anunciando, com a voz de autoridade de quem estava no comando das operações, como se a tropa inteira devesse ser admoestada e a anfitriã resgatada de seu estado de frivolidade, um único nome:

"O Primeiro-Ministro", disse Peter Walsh.

O Primeiro-Ministro? Era mesmo verdade? maravilhou-se Ellie Henderson. Tinha uma coisa para contar a Edith!

Não se podia rir dele. Ele parecia tão comum. Podia-se vê-lo atrás de um balcão, vendendo bolachas – pobre homem, todo enfarpelado em rendas douradas. E, para fazer justiça, ele se saiu bastante bem em sua ronda pelo salão, primeiro com Clarissa e, depois, escoltado por Richard. Tentava parecer alguém. Era divertido ficar olhando. Ninguém olhava para ele. Limitavam-se a continuar falando, mas era perfeitamente óbvio que todos sabiam, sentindo-o até o mais íntimo de seu ser, que a majestade estava passando; que estava passando esse símbolo daquilo que todos eles representavam, a sociedade inglesa. A velha Lady Bruton, e ela também parecia muito elegante, muito firme em suas rendas, foi ao encontro da corrente, e eles se retiraram para uma saleta que logo se tornou objeto de curiosidade, de atenção, e uma espécie de frêmito e de tremor reverberou visivelmente através de cada um deles: o Primeiro-Ministro!

Meu Deus, meu Deus, o esnobismo dos ingleses! pensou Peter Walsh, em pé a um canto. Como gostavam de se fantasiar de rendas douradas e de render homenagens! Aquele devia ser... por Júpiter, realmente era, Hugh Whitbread, farejando o território dos grandes – estava bem mais gordo, bem mais grisalho, o admirável Hugh!

Ele parecia estar sempre de serviço, pensou Peter, alguém que era dono de informações privilegiadas, mas extremamente reservado, guardando segredos que defenderia até a morte, ainda que fosse apenas algum mexerico que um meirinho deixara escapar e que amanhã estaria em todos os jornais. Esses eram os seus joguinhos, os seus brinquedinhos, em função dos quais fora ganhando cabelos brancos e chegara à beira da velhice, gozando do respeito e da afeição de todos os que tinham o privilégio de conhecer esse puro produto da escola de elite inglesa. Era inevitável fazer esse tipo de ideia a respeito de Hugh; esse era o seu estilo; o estilo daquelas admiráveis cartas que Peter tinha lido no *Times*, a milhares de milhas, do outro lado do oceano, dando graças a Deus por não fazer parte desse pernicioso diz que diz, ainda que às custas de ouvir apenas a algazarra dos babuínos e o ruído dos cules batendo em suas mulheres. Um jovem de tez azeitonada, de uma das Universidades, mantinha-se obsequiosamente ao seu lado. Esse, ele ia tratar paternalmente, iniciar nas coisas da sociedade, ensinar como ser bem-sucedido. Pois não havia nada de que gostasse mais do que de prestar gentilezas, de fazer o coração de velhas senhoras palpitar com a alegria de serem lembradas, na sua idade, nas suas aflições, julgando-se quase esquecidas, mas eis que aqui estava o querido Hugh, indo até as suas casas e passando uma hora falando do passado, lembrando bobagens, elogiando o bolo feito em casa, embora Hugh fosse capaz de comer bolo com uma duquesa todos os dias de sua vida, e bastava olhar para ele para concluir que era provável que de fato passasse uma boa parte de seu tempo nessa agradável ocupação. O Juiz Supremo, o Todo Misericordioso, pode perdoar. Peter Walsh não tinha piedade. Vilões certamente existem, mas só Deus sabe que os bandidos que são enforcados por terem estourado os miolos de uma moça num trem, na verdade, fazem menos mal, no conjunto, do que Hugh Whitbread e sua gentileza. Observem-no agora, na ponta dos pés, jogando-se para a frente, fazendo vênias com os pés atirados para trás, enquanto o Primeiro-Ministro e Lady Bruton apareciam, anunciando, para que o mundo todo visse, que ele tinha o privilégio de dizer alguma coisa, alguma coisa pessoal, a Lady Bruton, enquanto ela passava. Ela parou. Balançou sua velha e magnífica cabeça. Estava, sem dúvida, agradecendo-lhe algum ato de servilismo. Ela tinha seus aduladores, funcionários de segundo escalão nos gabinetes governamentais, que se afanavam em prestar-lhe pequenos serviços, em retribuição dos quais ela os agraciava com convites para almoços. Mas ela vinha do século dezoito. Ela estava certa.

E agora Clarissa escoltava o seu Primeiro-Ministro até a saída, majestosa, deslumbrante, na magnificência de seus cabelos grisalhos. Exibia os seus brincos e usava um vestido verde-prata estilo sereia. Cabriolando sobre as ondas e trançando os cabelos – era a impressão que dava, pois ainda tinha esse dom; ser; existir; condensar tudo no instante, enquanto passava; voltou-se, prendeu, soltando, em seguida, o xale no vestido de alguma outra mulher, riu-se, tudo com a mais perfeita naturalidade e o semblante de uma criatura flutuando no seu elemento. Mas a idade a tinha roçado; exatamente do mesmo modo que uma sereia, numa tarde muito límpida, pode contemplar em seu espelho o sol poente sobre as ondas. Havia um sopro de brandura; sua severidade, seu recato, sua rigidez, tudo isso tinha agora se desmanchado, e havia nela, enquanto se despedia do corpulento homem das rendas douradas que estava fazendo o possível, e que ele tenha sorte, para parecer importante, uma dignidade inexprimível; uma cordialidade rara; como se desejasse o melhor para o mundo inteiro, e devesse, agora que estava no exato limiar e limite das coisas, sair de cena. Ela fez, pois, com que ele se pusesse a pensar. (Mas ele não estava apaixonado.)

Na verdade, sentia Clarissa, ter vindo tinha sido simpático da parte do Primeiro-Ministro. E, atravessando com ele a sala, com Sally ali e Peter ali e Richard muito satisfeito, com todas essas pessoas bastante propensas, talvez, à inveja, ela tinha sentido essa embriaguez do instante, essa dilatação dos nervos do próprio coração ao ponto de ele parecer tremer, impregnado, retesado; – sim, mas, afinal, era o que outras pessoas sentiam, isso; pois, embora adorasse isso e sentisse o calafrio e a fisgada, ainda assim eram ocos esses triunfos (o velho e querido Peter, por exemplo, achando-a tão brilhante), essas superficialidades; estavam à distância de um braço, não no coração; e podia ser que estivesse ficando velha, mas não a satisfaziam mais como antes; e de repente, enquanto via o Primeiro-Ministro descer as escadas, a borda dourada do quadro da menina com regalo feito por Sir Joshua trouxe-lhe subitamente de volta a imagem de Kilman; Kilman, a sua inimiga. Isso era gratificante; isso era real. Ah, como ela a odiava – exaltada, hipócrita, corruptora; com todo aquele poder; a sedutora de Elizabeth; a mulher que tinha chegado sorrateiramente para roubar e desencaminhar (Richard diria: Que bobagem!). Ela a odiava: ela a amava. Era de inimigos que precisávamos, não de amigos – não a Sra. Durrant e Clara, Sir William e Lady Bradshaw, a Srta. Truelock e Eleanor Gibson (que ela viu subindo as escadas). Eles saberiam encontrá-la se precisassem dela. Ela estava toda voltada para a festa!

Ali estava o seu velho amigo Sir Harry.

"Meu caro Sir Harry", disse ela, indo em direção à velha e boa criatura que sozinha produzira mais pinturas de má qualidade que quaisquer outros dois acadêmicos juntos em todo o bairro de St John's Wood (eram sempre de veados molhando-se em lagoas banhadas pelo sol poente, ou então, pois ele tinha certo catálogo de gestos, simbolizando, pela maneira com que o animal erguia uma pata ou movimentava os chifres, "a Aproximação do Estranho" – todas as suas atividades, jantar fora, ir às corridas de cavalos, estavam inspiradas em animais apanhando umidade à beira de banhados ao pôr do sol).

"De que estão rindo?", perguntou-lhe ela. Pois Willie Titcomb e Sir Harry e Herbert Ainsty estavam todos rindo. Mas não. Sir Harry não podia contar a Clarissa (por mais que gostasse dela; achava o seu tipo perfeito, tendo ameaçado pintá-la) suas histórias dos palcos do teatro de variedades. Tagarelou com Clarissa a respeito de sua festa. Sentia falta de seu conhaque. Estes círculos, disse, estavam acima dele. Mas gostava dela; respeitava-a, apesar de seu odioso, complicado refinamento de classe alta, que tornava impossível pedir a Clarissa Dalloway que se sentasse em seu colo. E ali vinha vindo aquele vagante fogo-fátuo, aquela vágula fosforescência, a velha Sra. Hilbery, estendendo as mãos para a chama da risada dele (a propósito do Duque e da Lady), a qual, quando a ouvira do outro lado da sala, pareceu tranquilizá-la sobre uma questão que às vezes a angustiava se acordava cedo e não queria chamar a criada para pedir uma taça de chá; que é certo que devemos morrer.

"Eles não nos contam as suas histórias", disse Clarissa.

"Querida Clarissa!", exclamou a Sra. Hilbery. Ela parecia, esta noite, disse, tão igual à sua mãe quando a viu pela primeira vez passeando num jardim com um chapéu cinza.

E os olhos de Clarissa se encheram realmente de lágrimas. A mãe dela, passeando num jardim! Mas, que pena, tinha que ir adiante.

Pois ali estava o professor Brierly, que dava aulas sobre Milton, falando com o franzino Jim Hutton (que não era capaz, mesmo para uma festa como esta, de combinar a gravata com o colete ou de manter os cabelos ajeitados), e mesmo a essa distância ela podia ver que estavam discutindo. Pois o professor Brierly era uma criatura muito estranha. Com todos esses graus, honrarias, cátedras, que o separavam dos reles escrevinhadores, ele logo suspeitava de um ambiente que não fosse favorável à sua estranha constituição; à sua prodigiosa erudição e à sua timidez; ao seu fascínio frio e sem cordialidade; à sua ingenuidade misturada com esnobismo; tremia se tomasse consciência – pelo cabelo desgrenhado de uma senhora, pelas botinas de um jovem – de um submundo, sem dúvida digno de crédito, de rebeldes, de jovens ardorosos; de futuros gênios, e enfatizava, com um leve balanço da cabeça, com uma fungada do nariz – hum!, o valor da moderação; de algum trato com os clássicos a fim de poder apreciar Milton. O professor Brierly (Clarissa podia perceber) não estava se entendendo com o franzino Jim Hutton (que vestia meias vermelhas, pois as pretas estavam na lavanderia) a respeito de Milton. Ela os interrompeu.

Disse que adorava Bach. Hutton disse o mesmo. Esse era o vínculo entre eles, e Hutton (um péssimo poeta) sempre achou que a Sra. Dalloway era, de longe, entre as grandes damas que demonstravam interesse pela arte, a melhor. Era estranho o quanto ela era rigorosa. No que dizia respeito à musica, era absolutamente impessoal. Era um tanto cheia de si. Mas era um fascínio contemplá-la! Descontando-se os seus professores, deixava a casa que era uma beleza. Clarissa sentia-se tentada a sequestrá-lo para fazê-lo sentar-se ao piano, na sala dos fundos. Pois ele tocava divinamente.

"Mas o barulho!", disse ela. "O barulho!"

"O sinal do sucesso de uma festa." Com um civilizado aceno de cabeça, o professor afastou-se discretamente.

"Ele sabe tudo o que há no mundo para se saber a respeito de Milton", disse Clarissa.

"Sabe mesmo?", disse Hutton, que se via imitando o professor por toda Hampstead; imitando o professor a respeito de Milton; a respeito do valor da moderação; imitando o professor afastando-se discretamente.

Mas ela devia ir conversar com aquele casal, disse Clarissa, Lord Gayton e Nancy Blow.

Não que *eles* contribuíssem perceptivelmente para o ruído da festa. De pé, ao lado um do outro, junto às cortinas amarelas, não estavam (perceptivelmente) falando. Logo iriam embora, juntos, para algum outro lugar; e nunca tinham muito o que dizer, não importando a circunstância. Eles se mostravam. Era o que bastava. Eles se mostravam tão limpos, tão saudáveis, ela com um aveludado de pêssego no rosto, feito de pó e pintura, ele, por sua vez, com jeito de quem saiu do banho, com uns olhos de águia tais que não havia bola que passasse por ele nem golpe que o surpreendesse. Ele golpeava, ele saltava, com precisão, no momento exato. Os focinhos dos pôneis tremiam na ponta de suas rédeas. Tinha suas honrarias, seus estandartes, seus papéis ancestrais pendurados na capela de seus domínios. Tinha seus deveres; seus arrendatários; uma mãe e irmãs; tinha estado o dia inteiro no Lord's, e era sobre isso que falavam – críquete, primos, os filmes – quando a Sra. Dalloway se aproximou. Lord Gayton gostava tanto dela. A Srta. Blow também. Ela tinha uns modos tão cativantes.

"É divino, é encantador da parte de vocês terem vindo!", disse ela. Ela adorava o Lord's; ela adorava a juventude, e Nancy, vestida, por um alto preço, pelos maiores artistas de Paris, ficou ali parada, dando a impressão que de seu corpo tinha simplesmente brotado, por si só, um drapeado verde.

"Era meu desejo que houvesse dança", disse Clarissa.

Pois os jovens não conseguiam conversar. E por que deveriam? Gritem, se abracem, se mexam, estejam de pé de madrugada; levem açúcar para os pôneis; beijem e acariciem o focinho de adoráveis chow-chows; e, depois, todos, vibrando e correndo, mergulhem e nadem. Mas os imensos recursos da língua inglesa, o poder que, afinal, ela confere, de comunicar sentimentos (na idade deles, ela e Peter teriam ficado discutindo a noite toda), não era para eles. Chegariam cedo à estabilidade. Seriam bons além da medida para os seus criados, mas a sós um tanto enfadonhos talvez.

"Que pena", disse ela. "Esperava que houvesse dança."

Era tão extraordinariamente simpático da parte deles terem vindo! Mas falar de dança! As salas estavam lotadas.

Ali estava, em seu xale, a velha tia Helena. Que pena, ela tinha que deixá-los – Lord Gayton e Nancy Blow. Ali estava a velha Srta. Parry, sua tia.

Pois a Srta. Helena Parry não estava morta: a Srta. Parry estava viva. Passava dos oitenta. Subia escadas vagarosamente, com o auxílio de uma bengala. Tinha sido acomodada numa cadeira (Richard tinha tomado as devidas providências). As pessoas que iam conhecer Burma nos anos setenta eram sempre levadas até ela. Onde teria se metido Peter? Eles costumavam ser tão bons amigos. Pois à simples menção da Índia, ou mesmo do Ceilão, seus olhos (apenas um era de vidro) se escureciam lentamente, tornavam-se azuis e viam não seres humanos – não tinha boas lembranças nem nutria grandes ilusões a respeito de Vice-Reis, Generais, Motins – mas orquídeas e desfiladeiros e ela própria sendo carregada, através de picos isolados, nas costas de cules, nos anos sessenta; ou descendo para arrancar orquídeas (surpreendentes florações, nunca antes vistas) que ela pintava em aquarela; uma indômita inglesa, que se indignava se fosse tirada pela Guerra – que, digamos, deixara cair uma bomba praticamente à sua porta – de sua profunda meditação sobre orquídeas e sobre sua própria figura viajando pela Índia nos anos sessenta – mas aqui estava Peter.

"Venha conversar com a tia Helena sobre Burma", disse Clarissa.

Mas ele não tinha trocado uma palavra com ela a noite toda!

"Falaremos mais tarde", disse Clarissa, conduzindo-o até onde estava tia Helena, com seu xale branco e sua bengala.

"Peter Walsh", disse Clarissa.

O nome não lhe dizia nada.

Clarissa a tinha convidado. Era cansativo; barulhento; mas Clarissa a tinha convidado. Por isso tinha vindo. Era uma pena que morassem em Londres – Richard e Clarissa. Ao menos para a saúde de Clarissa, teria sido melhor se tivessem ido morar no campo. Mas Clarissa tinha sido sempre apaixonada pela vida social.

"Ele esteve em Burma", disse Clarissa.

Ah. Ela não podia deixar de lembrar o que Charles Darwin dissera sobre seu pequeno livro sobre as orquídeas de Burma.

(Clarissa tinha que falar com Lady Bruton.)

Sem dúvida agora estava esquecido, seu livro sobre as orquídeas de Burma, mas chegou a ter três edições antes de 1870, disse a Peter. Lembrou-se dele agora. Ele estivera em Bourton (e ele a abandonara na sala de estar, lembrava-se Peter Walsh, sem dizer nada, nessa noite, quando Clarissa convidou-o para andarem de barco).

"Richard gostou muito de ter almoçado com a senhora", disse Clarissa para Lady Bruton.

"Richard me foi da maior ajuda possível", respondeu Lady Bruton. "Ajudou-me a escrever uma carta. E você, como vai?"

"Oh, muitíssimo bem!", disse Clarissa. (Lady Bruton detestava doenças nas mulheres de políticos.)

"E aí está Peter Walsh!", disse Lady Bruton (pois nunca achava o que conversar com Clarissa; embora gostasse dela. Ela tinha muitas e boas qualidades; mas não tinham nada em comum – ela e Clarissa. Teria sido melhor se Richard tivesse se casado com uma mulher menos atraente, mas que o ajudasse na sua carreira. Ele tinha perdido sua chance de fazer parte do Gabinete). "Aqui está Peter Walsh!", disse ela, apertando as mãos desse simpático pecador, desse sujeito muito capaz, que poderia ter criado uma certa reputação, mas que não o fez (sempre metido em complicações com mulheres), e, naturalmente, a velha Srta. Parry. Admirável, a velha dama!

Lady Bruton, vestida de preto, espectral granadeiro, de pé junto à cadeira da Srta. Parry, convidava Peter Walsh para um almoço; cordial; mas sem muita conversa, não se lembrando de absolutamente nada sobre a flora ou a fauna da Índia. Ela estivera lá, naturalmente; tinha ficado na casa dos três Vice-Reis; achava que alguns dos funcionários civis que serviam na Índia eram sujeitos excepcionalmente bons; mas que tragédia era aquela – a situação da Índia! O Primeiro-Ministro tinha acabado de lhe contar (a velha Srta. Parry enrolou-se em seu xale, não lhe interessava o que o Primeiro-Ministro tinha acabado de lhe contar), e Lady Bruton gostaria de ter a opinião de Peter Walsh, já que acabara de voltar do centro, e ela ia providenciar um encontro dele com Sir Sampson, pois isso realmente a estava impedindo de dormir à noite, a loucura que era aquilo, a perversidade, poderia ela dizer, já que era filha de militar. Era agora uma mulher velha, não servindo para grande coisa. Mas a sua casa, os seus criados, a sua boa amiga Milly Brush – ele se lembrava dela? – estavam lá apenas esperando ser chamados se... se pudessem, em suma, ser de alguma ajuda. Pois ela nunca falava da Inglaterra, mas esta ilha de homens, esta querida, queridíssima terra, estava no seu sangue (sem ter lido Shakespeare), e se, alguma vez, existiu uma mulher que podia enfiar um elmo na cabeça e disparar a flecha, conduzir tropas ao ataque, comandar com indômita justiça hordas bárbaras até finalmente poder repousar, sob um escudo, com o nariz cortado, nalguma igreja, ou ser transformada num tufo de grama verde em alguma colina do início dos tempos, essa mulher era Millicent Bruton. Privada, por seu sexo e também por uma certa inércia, das faculdades lógicas (não conseguia escrever uma carta para o *Times*), ela tinha sempre presente a ideia do Império, e adquirira, em virtude de sua associação com aquela deusa em armas, o seu porte marcial, o vigor de sua postura, de maneira que não se podia imaginá-la, mesmo morta, separada da terra ou vagando por territórios sobre os quais a *Union Jack*, de uma forma espiritual, tivesse deixado de tremular. Não ser inglesa, mesmo entre os mortos... não, não! Impossível!

Mas aquela era a Lady Bruton (que ela conhecia)? Aquele era Peter Walsh, já grisalho? perguntou-se Lady Rosseter (que antes tinha sido Sally Seton). Aquela era certamente a velha Srta. Parry – a velha tia que tinha se mostrado tão ranzinza quando ela passou um tempo em Bourton. Nunca iria se esquecer da vez em que saiu correndo nua pelo corredor e foi repreendida pela Srta. Parry. E Clarissa! oh, Clarissa! Sally pegou-a pelo braço.

Clarissa deteve-se junto deles.

"Mas não posso ficar", disse ela. "Voltarei mais tarde. Esperem", disse, olhando para Peter e Sally. Eles deveriam esperar até que todas essas pessoas tivessem ido embora, era o que queria dizer.

"Voltarei mais tarde", disse ela, olhando para os seus velhos amigos, Sally e Peter, que estavam trocando apertos de mão, enquanto Sally, sem dúvida rememorando o passado, dava risadas.

Mas pouco restara, na sua voz, da radiante riqueza de antigamente; os seus olhos não tinham o brilho daqueles tempos, quando ela fumava charutos, quando saiu correndo pelo corredor para pegar os seus apetrechos de banho, sem uma tira de roupa sobre o corpo, e Ellen Atkins perguntou: E se os homens tivessem esbarrado nela? Mas todo mundo a desculpou. Roubava um frango da despensa porque sentia fome durante a noite; fumava charutos no quarto de dormir; esquecia um livro de valor inestimável no barco. Mas todo mundo a adorava (exceto, talvez, papai). Era o seu ardor; a sua vitalidade – ela pintava, ela escrevia. As mulheres velhas do lugarejo nunca deixavam, até hoje, de perguntar pela "sua amiga do casaco vermelho que parecia tão brilhante". Ela acusou Hugh Whitbread, logo ele (e lá estava ele, seu velho amigo Hugh, conversando com o embaixador de Portugal), de tê-la beijado, no salão de fumar, para castigá-la por ter dito que as mulheres deveriam ter o direito do voto. Os homens do povo o têm, disse ela. E Clarissa lembrava-se de tê-la convencido a não denunciá-lo durante a oração em família – o que ela era capaz de fazer, com seu temerário, seu atrevido, seu melodramático desejo de ser o centro de tudo e de provocar cenas, o que poderia muito bem, pensava Clarissa, terminar numa terrível tragédia; a sua morte; o seu martírio; em vez disso, tinha casado, um tanto inesperadamente, com um homem calvo, com uma larga botoeira na lapela, que era dono, dizia-se, de fiações de algodão em Manchester. E era mãe de cinco garotos!

Ela e Peter tinham se acomodado juntos. Estavam conversando: parecia tão familiar... estarem conversando. Deviam estar discutindo o passado. Com os dois (mais até que com Richard) ela compartilhava o seu passado; o jardim; as árvores; o velho Joseph Breitkopf cantando Brahms sem nenhuma voz; o papel de parede da sala de estar; o cheiro dos capachos. Sally sempre seria parte disso; Peter sempre seria parte. Mas ela devia deixá-los. Ali estavam os Bradshaw, dos quais não gostava. Devia ir ao encontro de Lady Bradshaw (em cinza e prata, balançando-se como um leão-marinho à beira da sua piscina, atrás de convites, de duquesas, a típica esposa de um homem bem-sucedido), ela devia ir ao encontro de Lady Bradshaw e dizer...

Mas Lady Bradshaw se antecipou.

"Estamos terrivelmente atrasados, querida Sra. Dalloway, quase não tivemos coragem de entrar", disse ela.

E Sir William, que parecia muito distinto, com seu cabelo grisalho e seus olhos azuis, disse sim; não tinham conseguido resistir à tentação. Ele estava conversando com Richard, provavelmente a respeito da lei que eles queriam fazer passar na Câmara dos Comuns. Por que a visão dele, conversando com Richard, fez com que ela se contraísse toda? Ele parecia o que era, um grande médico. Um homem absolutamente no topo da sua profissão, muito influente, um tanto cansado. Pois imaginem o tipo de casos com que se defrontava – pessoas no mais extremo dos sofrimentos; pessoas à beira da insanidade; maridos e esposas. Ele tinha que tomar decisões terrivelmente difíceis. Mas... o que ela sentia era: não seria nada desejável se apresentar diante de Sir William parecendo infeliz. Não; não diante daquele homem.

"Como vai seu filho em Eton?", perguntou a Lady Bradshaw.

Ele tinha acabado de perder a oportunidade de fazer parte do time de críquete, disse Lady Bradshaw, por causa da caxumba. O pai dele tinha ficado mais chateado do que ele, "pois não passava", disse ela", "de um menino crescido".

Clarissa olhou para Sir William, que conversava com Richard. Ele não parecia um menino – não, ele não parecia um menino, absolutamente. Ela acompanhara, uma vez, alguém que fora consultá-lo. Ele tinha sido absolutamente correto; extremamente sensível. Mas, céus, que alívio sair dali e estar de novo na rua! Havia um pobre coitado soluçando, ela se lembrava, na sala de espera. Mas ela não sabia o que... em Sir William; o que, exatamente, a desgostava. Mas Richard concordava com ela: "não gostava de seu gosto, de seu cheiro". Mas ele era extraordinariamente capaz. Estavam conversando sobre essa lei. Algum caso, estava dizendo Sir William, baixando a voz. Tinha algo a ver com o que ele dizia a respeito dos efeitos retardados dos traumas de guerra. Devia haver alguma cláusula na lei.

Baixando a voz, arrastando a Sra. Dalloway para o abrigo da feminilidade que lhes era comum, do comum orgulho nas ilustres qualidades dos maridos e sua lamentável tendência a trabalhar em excesso, Lady Bradshaw (a pobre ingênua – não se podia deixar de gostar dela) murmurou que "bem quando estávamos para sair, meu marido foi chamado ao telefone, um caso muito triste. Um jovem (era o que Sir William estava contando ao Sr. Dalloway) tinha se matado. Ele tinha servido o exército". Oh! pensou Clarissa, eis que surge a morte, pensou ela, bem no meio da minha festa.

Ela se dirigiu à saleta para onde o Primeiro-Ministro tinha ido com Lady Bruton. Talvez houvesse alguém ali. Mas não havia ninguém. As poltronas ainda carregavam as marcas do Primeiro-Ministro e de Lady Bruton, ela inclinada atenciosamente, ele maciçamente instalado, com toda a autoridade. Estiveram falando sobre a Índia. Não havia ninguém. O esplendor da festa se desmanchava diante da estranheza que era entrar sozinha na sala, com toda a gala com que se vestia.

O que é que os Bradshaw tinham de falar de morte na sua festa? Um jovem tinha se matado. E eles falaram sobre isso na sua festa – os Bradshaw, eles falaram de morte. Ele tinha se matado – mas como? Era sempre o seu corpo o primeiro a sentir quando era de repente informada de algum acidente; o vestido ardia, o corpo ficava em brasa. Ele tinha se atirado de uma janela. O chão crescera, num relâmpago, em direção ao alto; através dele passaram, raspando, rasgando, as flechas enferrujadas. Ali ficou, estatelado, com um tum, tum, tum no cérebro e, depois, o sufoco da escuridão. Assim ela via o acontecido. Mas por que fizera isso? E os Bradshaw falaram disso na sua festa!

Ela tinha, outrora, jogado um xelim no Serpentine, nada mais, nunca. Mas ele tinha se atirado. Eles continuavam com a vida (ela tinha que voltar à festa; as salas ainda estavam cheias; continuava chegando mais gente.) Eles (ela tinha pensado o dia todo em Bourton, em Peter, em Sally), eles estavam ficando velhos. Havia uma coisa que importava; uma coisa sitiada pela conversa miúda, desfigurada, obscurecida na sua própria vida, esvaída em corrupção, mentiras, tagarelice. Isso ele tinha preservado. A morte era um ato de rebeldia. A morte era uma tentativa de se comunicar; pois as pessoas sentiam a impossibilidade de atingir o centro, o qual, misteriosamente, lhes escapava; a intimidade virava separação; o arrebatamento extinguia-se, ficava-se só. Havia um abraço na morte.

Mas esse jovem tinha se matado – teria ele mergulhado segurando o seu tesouro? "Se tinha chegado a hora de morrer, esta seria a mais feliz das horas", tinha ela dito para si mesma, outrora, descendo as escadas, vestida de branco.

Mas havia os poetas e os pensadores. Suponhamos que ele tivera essa paixão e fora consultar Sir William Bradshaw, um grande médico, embora, para ela, obscuramente pérfido, sem sexo nem lascívia, extremamente polido com as mulheres, mas capaz de algum ultraje indescritível – de violentar a nossa alma, era isso – que esse jovem tivesse ido consultá-lo, e Sir William, com o seu poder, o tivesse simplesmente impressionado, não poderia ele, então, ter dito (na verdade, era o que ela sentia agora): a vida se torna intolerável; eles tornam a vida intolerável, homens desse tipo?

E depois (sentira isso apenas nesta manhã), havia o terror; a suprema incapacidade que tinha, após nossos pais a terem posto em nossas mãos, esta vida, de ser vivida até o fim, de ser percorrida com serenidade; havia, no mais fundo de seu coração, um terrível medo. Mesmo agora, muito frequentemente, se Richard não tivesse estado ali, absorvido na leitura do *Times*, de maneira que ela pudesse se encolher como um pássaro e gradualmente se reanimar, fazer explodir, num estrondo, esse incomensurável prazer, roçando um galho seco contra o outro, uma coisa contra a outra, ela teria perecido. Mas esse jovem tinha se matado.

De algum modo, era a sua ruína – a sua desgraça. Era o seu castigo ver mergulhar e desaparecer, aqui um homem, ali uma mulher, nessa profunda escuridão, enquanto ela era obrigada a ficar aqui, com o seu vestido de festa. Ela tinha conspirado; ela tinha surripiado. Ela nunca foi inteiramente admirável. Ela desejara sucesso. Lady Bexborough e tudo o mais. E tinha, outrora, em Bourton, avançado sobre o terraço.

Estranho, incrível; nunca fora tão feliz. Nada era demasiado devagar; nada durava demasiado. Não havia prazer comparável, pensou, endireitando as cadeiras, arrumando um livro na estante, com esse de ter deixado para trás os triunfos da juventude, perdendo-se no processo de viver a vida, para reencontrá-la, com um choque de prazer, enquanto o sol nascia, enquanto o dia se punha. Vezes sem conta, em Bourton, ela tinha saído, quando estavam conversando, para olhar o céu; ou o tinha visto, por entre os ombros das pessoas, durante o jantar; ou, ainda, em Londres, quando não conseguia dormir. Caminhou em direção à janela.

 Este céu de campo, este céu sobre Westminster, por mais boba que a ideia pudesse parecer, tinha algo dela própria. Afastou as cortinas; olhou. Oh, mas que coisa surpreendente! – no quarto em frente a velha senhora fitava-a diretamente! Estava indo se deitar. E o céu. Vai ser um céu solene, tinha pensado, vai ser um céu escuro, recusando o lado belo de sua face. Mas ali estava ele – de uma palidez de cinza, rapidamente atropelado por longas e delgadas nuvens. Era algo novo para ela. Devia ter levantado um vento. Ela estava indo deitar-se, no quarto em frente. Era fascinante olhá-la, andando de um lado para o outro, aquela velha senhora, atravessando o quarto, chegando até a janela. Será que ela podia enxergá-la? Era fascinante, com as pessoas ainda rindo e gritando na sala de estar, observar essa velha senhora, indo, muito calmamente, deitar-se. Agora ela fechou a cortina. O relógio começou a bater. O jovem tinha se matado; mas ela não o lamentava; com o relógio batendo as horas, uma, duas, três, ela não o lamentava, com tudo isso acontecendo. Pronto! a velha senhora tinha apagado as luzes! a casa inteira estava agora no escuro, com tudo isso acontecendo, repetiu ela, e lhe chegavam as palavras: Não mais temas o calor do sol. Ela devia voltar para eles. Mas que noite extraordinária! Ela se sentia, de alguma maneira, muito como ele – o jovem que se matara. Sentia-se feliz por ele tê-la acabado; por tê-la jogado fora enquanto eles continuavam vivendo. O relógio estava batendo. Os círculos de chumbo se dissolviam no ar. Mas ela devia voltar. Devia congregar. Devia encontrar Sally e Peter. E entrou na sala de estar vindo da saleta.

"Mas onde está Clarissa?", disse Peter. Estava sentado no sofá com Sally. (Após todos esses anos, ele realmente não conseguia chamá-la de "Lady Rosseter".) "Onde terá ido essa mulher?", perguntou ela. "Onde está Clarissa?"

Sally supunha, assim como Peter, aliás, que havia pessoas de importância, políticos, que nenhum deles conhecia a não ser pelo retrato nos jornais ilustrados, com os quais Clarissa tinha que conversar, mostrando-se simpática. Ela estava com eles. Mas havia Richard Dalloway, que não fazia parte do Gabinete. Ele não tinha sido bem-sucedido, era o que achava Sally? No que respeitava a ela, raramente lia os jornais. Via, às vezes, menções ao nome dele. Mas depois... bom, vivia uma vida muito solitária, num lugar inóspito, diria Clarissa, entre grandes negociantes, grandes industriais, homens que, afinal, fizeram coisas. Ela também tinha feito coisas!

"Tenho cinco garotos!", disse-lhe.

Meu Deus, meu Deus, que mudança ela sofrera! a placidez da maternidade; e o egoísmo também. A última vez que eles se encontraram, lembrava-se Peter, tinha sido entre as couves, ao luar, as folhas "como bronze bruto", dissera ela, com seu toque literário; e ela colhera uma rosa. Ela o fizera andar para cima e para baixo naquela noite horrível, após a cena junto à fonte; ele devia tomar o trem da meia noite. Meu Deus, como ele havia chorado!

Essa era a sua antiga mania, de abrir um canivete, pensou Sally, sempre abrindo e fechando um canivete quando ficava nervoso. Tinham sido muito, muito íntimos, ela e Peter Walsh, quando ele estava apaixonado por Clarissa, e houve aquela cena terrível, ridícula, no almoço, por causa de Richard. Ela tinha chamado Richard de "Wickham". Por que não chamar Richard de "Wickham"? Clarissa tinha ficado enfurecida! e, na verdade, pouco tinham se visto, ela e Clarissa, desde então, não mais de uma meia dúzia de vezes, nos últimos dez anos. E Peter Walsh tinha ido embora para a Índia, e ela ouvira dizer, muito vagamente, que ele tivera um casamento infeliz, e ela não sabia se ele tinha tido filhos, e ela não podia perguntar-lhe, pois ele havia mudado. Parecia um tanto enrugado, porém mais afável, sentia ela, e tinha por ele um afeto verdadeiro, pois ele estava ligado à juventude dela, e ela ainda tinha um pequeno livro de Emily Brontë que ele lhe dera, e ele planejava escrever, não? Ele planejava escrever naquela época.

"Tem escrito?", perguntou-lhe, espalmando a mão, sua firme e bem moldada mão, sobre o joelho, do jeito que ele lembrava.

"Nem uma palavra", disse Peter Walsh, e ela deu uma risada.

Ainda era atraente, ainda uma figura, Sally Seton. Mas quem era esse Rosseter? Portava duas camélias na lapela no dia do casamento – era tudo o que Peter sabia sobre ele. "Eles têm uma quantidade imensa de criados, uma extensão interminável de estufas", escrevera Clarissa; alguma coisa parecida. Sally admitiu-o com uma gargalhada.

"Sim, tenho uma renda de dez mil libras ao ano" – se descontado ou não o imposto de renda, ela não se lembrava, pois o seu marido, "que você deveria conhecer", disse ela, "de quem você iria gostar", disse ela, se encarregava de tudo isso.

Logo Sally que se cobria de trapos e farrapos. Ela tinha empenhado o anel da avó, que Maria Antonieta tinha dado ao seu bisavô, para poder chegar a Bourton.

Ah, sim, Sally se lembrava; ela ainda o tinha, um anel de rubi que Maria Antonieta tinha dado ao seu bisavô. Nunca tinha um tostão naquela época, e uma viagem a Bourton implicava sempre um terrível aperto. Mas a viagem a Bourton significava muitíssimo para ela – tinha-a ajudado a manter a sanidade, acreditava ela, tal era a infelicidade que sentia em sua casa. Mas isso tudo era coisa do passado – tudo acabado agora, disse. E o Sr. Parry estava morto; e a Srta. Parry ainda estava viva. Nunca tivera um choque tão grande na sua vida! disse Peter. Sempre estivera certo de que ela estava morta. E o casamento tinha sido, supunha Sally, um sucesso? E aquela jovem, tão bonita, tão segura de si, ali junto às cortinas, de vermelho, era Elizabeth.

(Ela era como um álamo, ela era como um rio, ela era como um jacinto, era o que Willie Titcomb estava pensando. Oh, como era muito melhor estar no campo e fazer o que ela queria! Ela podia ouvir seu pobre cão latindo, Elizabeth tinha certeza disso.) Ela não era nada parecida com Clarissa, disse Peter Walsh.

"Ah, Clarissa!", disse Sally.

O que Sally sentia era simplesmente isso. Ela devia muitíssimo a Clarissa. Tinham sido amigas, não conhecidas, amigas, e ainda podia ver Clarissa toda de branco andando pela casa, as mãos cheias de flores — até hoje pés de tabaco fazem-na pensar em Bourton. Mas — será que Peter compreendia? — faltava-lhe algo. Exatamente o quê? Ela era encantadora; extraordinariamente encantadora. Mas, para usar de franqueza (e ela sentia que Peter era um velho amigo, um verdadeiro amigo — a ausência fazia alguma diferença? a distância fazia alguma diferença? Tivera, muitas vezes, a intenção de enviar-lhe uma carta, mas acabava rasgando, porém sentia que ele compreendia, pois as pessoas compreendem sem que nada seja dito, como percebemos à medida que ficamos velhos, e velha ela estava ficando, estivera aquela tarde em Eton para ver os filhos, que estavam com caxumba), para usar de franqueza, então, como Clarissa pôde ter feito isso, casar-se com Richard Dalloway, um desportista, um homem que só se preocupava com os seus cães. Quando entrava no quarto, cheirava literalmente a estábulo. E, depois, tudo isso? Fez um gesto com a mão.

Era Hugh Whitbread, que passava com seu colete branco, insignificante, gordo, parecendo cego, indiferente a tudo, exceto amor-próprio e comodidade.

"Ele não vai *nos* reconhecer", disse Sally e, na verdade, ela não tinha a coragem... assim era Hugh! o admirável Hugh!

"E o que faz ele?", ela perguntou a Peter.

Engraxava os sapatos do rei ou contava garrafas em Windsor, disse-lhe Peter. Peter conservava a língua afiada! Mas Sally devia ser franca, disse Peter. Agora, aquele beijo, o de Hugh?

Nos lábios, assegurou-lhe, numa noite, no salão de fumar. Enfurecida, foi, em seguida, procurar Clarissa. Hugh não fazia esse tipo de coisa! disse Clarissa, o admirável Hugh! As meias de Hugh eram, sem sombra de dúvida, as mais bonitas que ela já tinha visto... e o seu terno de festa, então. Perfeito! E ele, tinha filhos?

"Todo mundo na sala tem seis filhos em Eton", disse-lhe Peter, exceto ele. Ele, graças a Deus, não tinha nenhum. Nem filhos, nem filhas, nem mulher. Bom, ele parecia não se importar, disse Sally. Ele parecia mais jovem do que qualquer um deles, pensou.

Mas tinha sido uma bobagem, sob muitos aspectos, disse Peter, casar-se daquele jeito; "uma grande tolinha é o que ela era", ele disse, mas "passamos bons momentos juntos", mas como podia ser? perguntou-se Sally; o que queria ele dizer com isso? e como era estranho conhecê-lo sem saber nada do que tinha se passado com ele. E ele dizia isso por orgulho? Muito provavelmente, pois, afinal, devia ser constrangedor para ele (embora ele fosse uma excentricidade, uma espécie de duende, de nenhum modo um homem comum), devia ser desolador, na sua idade, não ter um lar, nenhum lugar para onde ir. Mas ele tinha que ficar umas boas semanas na casa deles. Claro que ele ficaria; ele adoraria ficar na casa deles, e assim ficou combinado. Em todos esses anos, os Dalloway não tinham ficado na casa deles uma única vez. Vezes e mais vezes, eles os tinham convidado. Clarissa (pois naturalmente devia-se a Clarissa) não ia. Pois, disse Sally, Clarissa era, no fundo, uma esnobe – era preciso admiti-lo, uma esnobe. E era isso o que se interpunha entre elas, ela estava convencida. Clarissa pensava que ela tinha casado abaixo da sua classe, já que o seu marido era – coisa da qual ela se orgulhava – filho de um mineiro. Cada pêni que tinham, ele ganhara com o seu trabalho. Quando garoto (a sua voz tremia), carregara sacos enormes.

(E, assim, ela continuaria, sentia Peter, por horas a fio; o filho do mineiro; as pessoas achavam que ela tinha casado abaixo da sua classe; seus cinco filhos; e qual era a outra coisa? plantas, hidrângeas, lilases, raros, raríssimos hibiscos que nunca vingavam ao norte do Canal do Suez, mas ela, com a ajuda de um único jardineiro, num subúrbio perto de Manchester, tinha canteiros e canteiros deles! Agora, tudo isso Clarissa tinha evitado, tão pouco maternal que era.)

Uma esnobe era o que ela era? Sim, sob muitos aspectos. Onde esteve ela todo esse tempo? Estava ficando tarde.

"Porém", disse Sally, "quando soube que Clarissa estava dando uma festa, senti que não podia *não* vir... que devia vê-la novamente (e estou hospedada na Victoria Street, praticamente ao lado). De modo que simplesmente vim, sem ter um convite. Mas", murmurou ela, "diga-me, por favor. Quem é essa?"

Era a Sra. Hilbery, procurando a porta. Pois como estava ficando tarde! E, murmurou ela, à medida que a noite avançava, à medida que as pessoas iam embora, encontrávamos velhos amigos; cantos e recantos tranquilos; e as mais belas vistas. Eles sabiam, perguntou ela, que estavam rodeados por um jardim encantado? Luzes e árvores e lagos resplandecentes, maravilhosos, e o céu. Apenas umas poucas luzes feéricas, tinha dito Clarissa Dalloway, no jardim dos fundos! Mas ela era uma fada! Aquilo era um parque... E ela não sabia os nomes deles, mas amigos ela sabia que eram, amigos sem nomes, canções sem palavras, sempre os melhores. Mas havia tantas portas, tantos lugares inesperados, ela não conseguia encontrar a saída.

"A velha Sra. Hilbery", disse Peter; mas quem era aquela? aquela senhora em pé junto à cortina toda a noite, sem falar nada? Ele conhecia aquele rosto; ligava-a a Bourton. Não era aquela que costurava roupas íntimas naquela mesa grande junto à janela? Davidson, não era como se chamava ela?

"Ah, é Ellie Henderson", disse Sally. Clarissa era realmente muito dura com ela. Era prima dela, muito pobre. Clarissa *era* dura com as pessoas.

Bastante, disse Peter. Porém, disse Sally, do seu jeito emotivo, com um jorro daquele entusiasmo que fazia Peter gostar dela na época, mas temê-la um pouco agora, tal era a intensidade de que podia ficar tomada – como Clarissa era generosa com os amigos! e que qualidade rara de se encontrar era essa, e como, às vezes, à noite ou no Natal, quando fazia um balanço das bênçãos que recebera, ela punha a amizade em primeiro lugar. Eles eram jovens; esse era o fato. Clarissa tinha um coração puro; esse era o fato. Peter ia achá-la sentimental. Ela de fato era. Pois sentia que era a única coisa que valia a pena dizer – aquilo que sentíamos. Exibir inteligência era uma coisa boba. Devíamos simplesmente dizer o que sentíamos.

"Mas não sei", disse Peter Walsh, "o que sinto."

Pobre Peter, pensou Sally. Por que Clarissa não vinha falar com eles? Era isso o que ele desejava. Ela sabia. Esteve o tempo todo apenas pensando em Clarissa e brincando com o seu canivete.

Ele não tinha achado a vida simples, disse Peter. Sua relação com Clarissa não tinha sido simples. Isso tinha-lhe arruinado a vida, disse ele. (Eles tinham sido tão íntimos – ele e Sally Seton, seria absurdo não lhe contar.) Não podíamos nos apaixonar duas vezes, ele disse. E o que podia ela dizer? De qualquer maneira, era melhor ter amado (mas ele ia achá-la sentimental – ele era tão sarcástico.) Ele devia passar um tempo com eles em Manchester. Com toda a certeza, disse ele. Com toda a certeza. Ele adoraria passar um tempo com eles, assim que terminasse o que tinha que fazer em Londres.

E Clarissa o tinha querido mais do que alguma vez quisera Richard. Sally estava certa disso.

"Não, não, não! disse Peter (Sally não deveria ter dito isso – tinha ido longe demais). Aquele excelente sujeito – lá estava ele, no fundo da sala, discursando, o mesmo de sempre, o velho e bom Richard. Quem era aquele com quem ele estava conversando? perguntou Sally, aquele homem de aspecto tão distinto? Vivendo num lugar desolado, como ela vivia, tinha uma curiosidade insaciável por saber quem eram as pessoas. Mas Peter não sabia. Ele não gostava do seu jeito, disse ele, provavelmente algum ministro. Deles todos, Richard parecia-lhe o melhor, disse ele – o mais desapegado.

"Mas o que ele tem feito?", perguntou Sally. Obras beneficentes, supunha ela. E eles eram felizes juntos? perguntou Sally (ela própria era extremamente feliz); pois, admitia ela, não sabia nada a respeito deles, apenas tirava conclusões precipitadas, como costumamos fazer, pois o que sabemos a respeito até mesmo das pessoas com quem vivemos todos os dias? perguntou ela. Não somos todos prisioneiros? Tinha lido uma peça maravilhosa sobre um homem que rabiscava nas paredes de sua cela, e ela sentia que isso valia para a vida – rabiscávamos nas paredes. Desesperada das relações humanas (as pessoas eram tão difíceis), ela ia com frequência até o jardim e obtinha das flores uma paz que os homens e as mulheres nunca lhe deram. Mas não; ele não gostava de repolhos; ele preferia os seres humanos, disse Peter. De fato, os jovens são lindos, disse Sally, observando Elizabeth no outro lado da sala. Como era diferente de Clarissa, na sua idade! Ele tinha conseguido saber como era ela? Ela não abria a boca. Não muito, não ainda, admitiu Peter. Ela era como um lírio, disse Sally, um lírio à beira de um charco. Mas Peter não concordava com a opinião de que não sabíamos nada. Sabemos tudo, disse ele; ao menos, ele sabia.

Mas esses dois, murmurou Sally, esses dois que estão vindo agora (e ela realmente devia ir embora se Clarissa não aparecesse logo), esse homem de aparência distinta e sua esposa de aparência um tanto comum, que estiveram conversando com Richard – o que podíamos saber sobre pessoas como essas?

"Que eles são uma grande fraude", disse Peter, observando-os de relance. O que fez Sally dar uma risada.

Mas Sir William Bradshaw parou junto à porta para olhar um quadro. Procurou no canto pelo nome do gravador. Sua mulher também olhou. Sir William se interessava tanto pelas artes.

Quando somos jovens, disse Peter, estamos demasiadamente agitados para poder conhecer as pessoas. Agora que estamos velhos, cinquenta e dois para ser exato (Sally tinha cinquenta e cinco, fisicamente, disse ela, mas seu coração era de uma garota de vinte); agora que somos maduros, então, disse Peter, podemos observar, podemos compreender, e sem ter perdido a capacidade de sentir, disse. Não, isso é verdade, disse Sally. Ela sentia mais profundamente, mais apaixonadamente, cada ano que passava. Isso continuava a crescer, disse ele, lamentavelmente talvez, mas devíamos nos alegrar por isso — isso continuava a crescer, a julgar por sua experiência. Havia alguém na Índia. Ele gostaria de contar a Sally a respeito dela. Ele gostaria que Sally a conhecesse. Ela era casada, disse ele. Tinha dois filhos pequenos. Deviam ir todos visitá-la em Manchester, disse Sally — ele devia prometê-lo antes de se despedirem.

Eis ali, Elizabeth, disse ele, não sente nem a metade do que sentimos, ainda não. Mas, disse Sally, observando Elizabeth aproximar-se do pai, podemos ver que são devotados um ao outro. Ela podia sentir pelo jeito como Elizabeth se aproximou do pai.

Pois o pai a estivera observando enquanto ela conversava com os Bradshaw, e tinha se perguntado: Quem era aquela adorável garota? E de repente se deu conta de que era a sua Elizabeth, e ele não a tinha reconhecido, ela parecia tão adorável em seu vestido cor-de-rosa! Elizabeth tinha sentido que ele a observava enquanto ela conversava com Willie Titcomb. Ela foi, assim, até ele, e eles ficaram juntos, agora que a festa estava quase no fim, observando as pessoas saindo, e as salas tornando-se mais e mais vazias, com coisas espalhadas pelo chão. Até Ellie Henderson estava indo embora, quase a última, embora ninguém tivesse falado com ela, mas ela quis ver tudo, para contar a Edith. E Richard e Elizabeth estavam bastante contentes que tivesse terminado, mas Richard estava orgulhoso da filha. E ele não queria dizer a ela, mas não podia evitá-lo. Ele a tinha observado, ele disse, e se tinha perguntado: Quem é aquela garota adorável? e era a sua filha! E isso a fizera feliz. Mas o seu pobre cachorro estava latindo.

"Richard melhorou. Você tem razão", disse Sally. "Vou conversar com ele. Vou dar-lhe boa noite. Que importância tem o cérebro", disse Lady Rosseter, levantando-se, "comparado ao coração?"

"Também vou", disse Peter, mas ficou sentado por um momento. Que terror é esse? que êxtase é esse? disse para si. O que é isso que me enche de uma agitação extraordinária?

É Clarissa, disse.

Pois ali estava ela.

Uma introdução a *Mrs Dalloway*
Virginia Woolf

É difícil, talvez impossível, para um autor, dizer qualquer coisa sobre o seu próprio trabalho. Tudo o que tem a dizer foi dito tão completa e satisfatoriamente quanto possível no interior do livro em si. Se não conseguiu tornar seu significado claro aí, é muito pouco provável que o consiga nas poucas páginas de um prefácio ou posfácio. E a mente do autor tem outra peculiaridade que o leva, igualmente, a se mostrar hostil a introduções. Ela é tão inóspita à sua cria quanto a mamãe pardal à sua. Tão logo os jovens pássaros consigam voar, voar é o que farão; e no momento em que bateram asas para fora do ninho, a mamãe pássaro começou a pensar talvez numa outra ninhada. Da mesma forma, tão logo um livro é impresso e publicado, deixa de ser propriedade do autor; ele o confia aos cuidados de outras pessoas; toda a sua atenção é requisitada por algum livro novo, que não apenas empurra o antecessor para fora do ninho, mas tem a mania de desmerecer sutilmente a qualidade do antigo em comparação à sua.

É verdade que, se desejar, o autor pode nos dizer sobre si próprio e a sua vida alguma coisa que não esteja no romance; e devemos todos fazer tudo o que pudermos para encorajá-lo a esse esforço. Pois nada é mais fascinante do que ter a revelação da verdade que está por trás dessas imensas fachadas da ficção – se é que a vida é realmente verdadeira, e a ficção, realmente fictícia. E é provável que a conexão entre as duas seja extremamente complicada. Os livros são flores ou frutas que estão penduradas, aqui e ali, numa árvore que tem suas raízes profundamente plantadas no solo de nossa mais remota vida, no solo de nossas primeiras experiências. Mas, novamente, contar aqui ao leitor qualquer coisa que sua própria imaginação e perspicácia já não descobriram exigiria não uma página ou duas de prefácio, mas um volume ou dois de autobiografia. Lenta e cautelosamente, deveríamos nos pôr ao trabalho, desvelando, revelando, e, mesmo assim, quando tudo tivesse sido içado à superfície, ainda caberia ao leitor decidir o que é e o que não é relevante. Sobre *Mrs Dalloway* podemos, assim, trazer à luz, neste momento, uns poucos pormenores, de alguma importância, talvez, ou nenhuma; como o fato de que, na primeira versão, Septimus, que mais tarde é concebido como o seu duplo, nem sequer existia; e o fato de que, originalmente, a Sra. Dalloway deveria se matar, ou, talvez, simplesmente morrer no fim da festa. Essas minúcias são ofertadas humildemente ao leitor na esperança de que, como alguma outra coisinha aqui e ali, possam vir a ser úteis.

Mas se temos demasiado respeito pelo leitor puro e simples para chamar-lhe a atenção para o que deixou de perceber, ou para sugerir-lhe o que deve buscar, podemos, por outro lado, falar mais explicitamente ao leitor que pôs de lado sua inocência e tornou-se um crítico. Pois, embora a crítica, quer aprove, quer reprove, deva ser aceita em silêncio como o comentário legítimo a que o ato de publicação convida, faz-se, uma vez ou outra, alguma afirmação que não tem nada a ver com os méritos ou deméritos do livro e que o escritor sabe ser equivocada. Uma afirmação desse tipo a respeito de *Mrs Dalloway* tem sido feita com frequência suficiente para merecer, talvez, uma palavra de refutação. O livro, foi dito, seria o resultado deliberado de um método. A autora, foi dito, insatisfeita com a forma da arte da ficção então em voga, estava determinada a mendigar uma forma, tomá-la emprestada ou até mesmo criar uma outra, de sua própria lavra. Mas, tanto quanto é possível sermos sinceros no que toca ao misterioso processo da mente, o fato é outro. Insatisfeita, a autora possivelmente esteve; mas a sua insatisfação era, primariamente, com a natureza, por ter dado uma ideia sem fornecer uma casa na qual ela pudesse viver. Os romancistas da geração anterior pouco fizeram – afinal, por que deveriam? – para ajudar. O romance era a morada óbvia, mas o romance, ao que parecia, estava construído segundo a planta errada. Assim incriminada, a ideia começou, como faz a ostra ou o caracol, a secretar uma casa para si. E assim o fez, sem nenhuma direção consciente. O pequeno caderno no qual foi feita uma tentativa para traçar um plano foi logo abandonado, e o livro cresceu, dia a dia, semana a semana, simplesmente sem plano nenhum, exceto aquele que era ditado, a cada manhã, pelo ato de escrever. A outra maneira, fazer uma casa e então habitá-la, desenvolver uma teoria e então aplicá-la, como fizeram Wordsworth e Coleridge, é, desnecessário dizê-lo, igualmente boa e muito mais filosófica. Mas no presente caso era necessário escrever o livro primeiro e inventar uma teoria depois.

Se, entretanto, destacamos, para efeitos de discussão, o ponto específico dos métodos do livro, é pela razão mencionada – de que ele se tornou objeto de comentário dos críticos, mas não que isso, por si só, mereça algum destaque. Pelo contrário, quanto mais bem-sucedido for o método, menos atenção atrairá. O leitor, espera-se, não dedicará um único pensamento ao método do livro ou à sua falta de método. Ele está preocupado apenas com o efeito do livro como um todo sobre a sua mente. A respeito dessa questão muito mais importante, ele é muito melhor juiz do que o escritor. De fato, desde que tenha tempo e liberdade para construir sua própria opinião, ele é, no final das contas, um juiz infalível. A ele, pois, a escritora confia *Mrs Dalloway* e deixa o tribunal confiante de que o veredito, seja de morte instantânea, seja de mais alguns anos de vida e liberdade, será, em qualquer dos casos, justo.

Nota
Esta introdução foi escrita por Virginia Woolf em 1928, para uma edição do livro publicada nos Estados Unidos, pela editora Random House, não tendo sido reproduzida em edições posteriores.

Mrs Dalloway e Mrs Brown: a arte de Virginia

Tomaz Tadeu

É simples a trama de *Mrs Dalloway*. Tudo se passa num dia de junho de 1923, entre as 10 horas da manhã e a meia-noite. Na face visível da realidade, a dos atos banais do dia a dia, Clarissa, esposa de Richard Dalloway, membro do Parlamento britânico, sai para comprar flores para a festa que dará à noite. No caminho passa por algumas das ruas centrais de Londres e por dois de seus principais parques, encontrando o amigo Hugh Whitbread. Seu trajeto cruza com o de outro personagem central, Septimus Warren Smith, que, acometido de um sério trauma de guerra, encaminha-se, com a esposa que conheceu na Itália, Rezia, para uma consulta com um importante psiquiatra.

Já em casa, Mrs Dalloway recebe a visita de um antigo namorado, Peter Walsh, que acabara de voltar de uma longa temporada de trabalho na Índia. Deixando a casa de Clarissa, Peter Walsh empreende sua própria caminhada por Londres, regressando, depois, ao seu hotel, de onde sai, ao final da tarde, para a festa da antiga namorada. O romance culmina na festa Mrs Dalloway, onde se encontram pessoas de suas atuais relações, como o próprio Primeiro-Ministro, e pessoas de seu passado: além de Peter Walsh, também Sally Seton, uma paixão da adolescência.

Um mosaico de cenas exteriores recheia a trama aparente do romance: a passagem de um misterioso automóvel carregando uma importante personagem política; as proezas de um avião escrevente; uma rusga entre a filha adolescente de Mrs Dalloway, Elizabeth, e sua preceptora, a Srta. Kilman; a aventurosa perseguição feita por Peter Walsh a uma senhorita que ele destacara da multidão; uma mendiga, próximo à estação de metrô do Regent's Park, entoando uma canção ancestral; o trágico fim de Septimus.

A estrutura da narrativa tampouco é complicada. No esforço para evitar a linearidade típica da prosa e da narrativa tradicional, Virginia Woolf dividiu o romance não em capítulos, mas em cenas, em que se sobrepõem, se cruzam e se confundem, numa simultaneidade vertiginosa, episódios do presente e do passado; acontecimentos atuais e rememorações; atos, visões e pensamentos; fantasia e realidade; vida e sonho; realidade e alucinação. É nesse painel cuidadosamente montado, composto por doze seções, assinaladas, na edição original, apenas por duas linhas em branco, que Virginia empreende uma exploração que, na superfície, cobre o mapa da área central de Londres, mas, muito mais profundamente, percorre o mapa interior e sentimental de personagens como Clarissa Dalloway, Peter Walsh, Septimus Warren Smith...

Mrs Dalloway é o primeiro e bem-sucedido resultado do continuado esforço de Virginia para romper com as convenções do romance tradicional e estabelecer as bases de uma nova estética da ficção, um esforço que apenas parcialmente fora recompensado com o romance anterior, *Jacob's Room* [*O quarto de Jacob*] (1922), e se consolidaria no seguinte, *To the Lighthouse* [*Ao Farol*] (1927). Numa perspectiva mais ampla, *Mrs Dalloway* insere-se no movimento que, retrospectivamente, seria caracterizado como modernismo literário e cujo início pode ser situado na primeira década do século XX. Na Grã-Bretanha, além de Virginia, destacam-se os nomes de James Joyce, na ficção, e T. S. Eliot, na poesia.

Virginia encontrava-se numa posição privilegiada para realizar sua própria e particular revolução das bases estéticas da ficção. Em paralelo com sua atividade de romancista, Virginia manteve, durante toda a vida, uma intensa atividade como ensaísta e crítica literária, além de registrar em cartas, diários e anotações suas ideias sobre literatura.

Sua visão estética está cuidadosa e rigorosamente registrada em ensaios tais como "Mr Bennett and Mrs Brown" ["O Sr. Bennet e a Sra. Brown"] (1923), "Character in Fiction" ["O personagem na ficção"] (1924), "Modern Fiction" ["A ficção moderna"] (1925), "The Russian Point of View" ["O ponto de vista russo"] (1925) e "Phases of Fiction" ["Fases da ficção"] (1929), entre outros. Mas transparece também em observações esparsas de seus diários e correspondência, bem como no livro *A Room of One's Own* [*Um quarto só seu*], focalizado na questão da escrita feminina.

Tal como os outros modernistas de sua geração, Virginia estava preocupada em romper com as convenções da narrativa tradicional, que, no caso britânico, é representada pelos romancistas que estiveram no auge até o final da primeira década do século XX. São alvos constantes de sua crítica escritores como Arnold Bennett (1867-1933), H. G. Wells (1866-1946) e John Galsworthy (1867-1933), questionados por concentrarem suas narrativas nos aspectos materiais ou exteriores da realidade. Para Virginia, a narrativa deveria estar focalizada nos aspectos menos superficiais da realidade e na caracterização da psicologia dos personagens. Não era, pois, tanto o realismo dos romancistas tradicionais que Virginia questionava quanto aquilo que eles consideravam como sendo a "realidade". A trama dos fatos e dos acontecimentos e das relações cede lugar ao emaranhado dos sentimentos e das emoções, dos pensamentos e das lembranças.

Teórica e retrospectivamente, liga-se o surgimento do modernismo nas artes e na literatura às transformações radicais de uma época, a modernidade, que pode ser frouxamente situada no período que vai das primeiras décadas do século XX até o início da Segunda Guerra Mundial. A urbanização crescente, a complexidade da vida nas grandes metrópoles, o desenvolvimento da técnica e da indústria, a criação de um mercado de massa, os conflitos de classe, bem como a incerteza e a instabilidade da vida moderna exigiam a busca e a criação de novos meios e recursos artísticos que estivessem em sintonia com essas mudanças.

Como escritora e como crítica, Virginia Woolf estava plenamente consciente dessas mudanças, e todo o seu esforço artístico consistiu em pesquisar e desenvolver recursos estéticos que lhe permitissem expressar essa nova realidade com a arte de sua escolha, a da narrativa e da ficção. Inspirada, inicialmente, por Dostoiévski, Flaubert, Proust, esteve preocupada em captar os recônditos da mente, os labirintos da memória, as hesitações e as incertezas, as contradições e as fraquezas da "natureza humana", bem como a forma pela qual o tempo tal como percebido e sentido pela mente humana difere, de maneira fundamental, do tempo medido pelo relógio e pelo calendário.

Ela própria situa a ruptura da modernidade numa data muito precisa, que coincide com a ascensão ao trono de George V, em substituição a Edward VII: "Em dezembro de 1910, ou perto disso, o caráter humano mudou", escreveu Virginia em 1924 (WOOLF, 1988, p. 421). "Não estou dizendo que saímos para a rua, como se sai para um jardim e vemos ali uma rosa que desabrochou ou um ovo que a galinha acabou de pôr. A mudança não foi abrupta e definitiva dessa maneira. Mas uma mudança houve, e uma vez que devemos ser arbitrários, vamos estabelecer o ano como sendo 1910", continua ela.

E Virginia, como convém a uma romancista, em vez de se lançar a grandes abstrações, fixa-se no singelo exemplo de uma personagem doméstica: a cozinheira. "A cozinheira vitoriana", continua ela no mesmo ensaio, "vivia, como um leviatã, nas mais baixas profundezas, formidável, silenciosa, obscura, inescrutável; a cozinheira georgiana é uma criatura da luz do sol e do ar fresco; saindo e entrando da sala de estar, ora para pegar emprestado o jornal do dia, ora para pedir conselhos a respeito de um chapéu." Mas a crítica e ensaísta que em Virginia convivia com a romancista não deixa de extrair disso uma conclusão mais geral: "Todas as relações humanas mudaram – entre patrões e serviçais, maridos e esposas, pais e filhos. E quando as relações humanas mudam, há, ao mesmo tempo, uma mudança na religião, na conduta, na política e na literatura".

Virginia atingiu o auge de suas aspirações estéticas com *Mrs Dalloway* (1925) e *To the Lighthouse* [*Ao Farol*] (1927), mas sua caminhada nessa direção havia começado muito antes. Num ensaio de 1917 sobre Dostoiévski, por exemplo, ela deixa claro que não está nada interessada nos aspectos óbvios da vida: "Eles [os romancistas da época] reproduzem todas as aparências externas (maneirismos, paisagem, roupas, e o efeito do herói sobre os amigos), mas muito raramente, e apenas por um instante, penetram no tumulto de pensamento que assola a sua mente" (WOOLF, 1987, p. 85). E é a capacidade de expressar esse tumulto mental que ela admira em Dostoiévski: "Mas o tecido inteiro de um livro de Dostoiévski é feito desse material".

O importante para ela, como escritora de ficção, não são tanto os atos e as palavras, quanto os pensamentos, os sentimentos e as lembranças, que tendem a ser confusos, desordenados, contraditórios, ilógicos. E embora não desconhecesse as descobertas científicas que estavam pondo isso a descoberto (a Hogarth Press, a editora que partilhava com o marido, publicou a obra de Freud na Inglaterra), era na literatura que ela buscava o modelo que iria orientar a sua própria obra. No mesmo ensaio sobre o Dostoiévski, ela faz uma longa descrição da natureza do material que borbulha, selvagem e rebelde e irracional, sob a casca do óbvio e do banal: "Da multidão de objetos que exigem nossa atenção, selecionamos ora este, ora aquele, tramando-os sem nenhuma lógica em nosso pensamento; as associações de uma palavra provocam, talvez, um desvio na sequência, que nos leva a um segmento diferente de nosso pensamento principal, e o processo todo parece tanto inevitável quanto perfeitamente lúcido. Mas se tentamos construir, mais tarde, nossos processos mentais, descobrimos que os nexos entre um pensamento e outro se desvaneceram". É a capacidade de reconstruir esses "complicados e vertiginosos estados da mente" que ela mais admira em Dostoiévski e que buscará desenvolver para atingir a competência que resultará em livros como *Mrs Dalloway* e *Ao Farol*.

Mas antes de falar mais de *Mrs Dalloway*, vamos nos concentrar numa outra senhora, Mrs Brown, que surge, pela primeira vez, num breve ensaio de 1923, "Mr Bennett and Mrs Brown", que ganha, depois, em 1924, uma versão mais longa e desenvolvida, "Character in Fiction". O primeiro ensaio é uma reação de Virginia a uma crítica que Arnold Bennett (1867-1931), romancista inglês de uma geração anterior à sua, fizera ao livro *O quarto de Jacob*. Na resenha que fez do livro, Bennett escrevera: "A fundação da boa ficção é a criação do personagem, nada mais. Os personagens devem ser tão plenamente verdadeiros que eles tomam conta do próprio criador" (*apud* McNeillie, 1988, p. 389).

Virginia nada tem a opor à afirmação de Bennett sobre a centralidade do processo de criação do personagem na obra de ficção. Sua discordância está naquilo que se entende por personagem e nas estratégias adotadas para descrevê-lo. E, para ilustrar suas teses a respeito, Virginia centra-se num personagem, uma velha senhora, que ela realmente teria encontrado numa cabine de trem e a que dá o nome de Mrs Brown. O problema, para Virginia, consiste simplesmente nisto: como captar a "verdade" de um tal personagem? Mrs Brown constitui um desafio para o escritor ou a escritora de ficção: "Meu nome é Brown. Capte-me, se for capaz" (Woolf, 1988a, p. 420).

Ao entrar no trem, Virginia encontra a velha senhora que chama de Mrs Brown sentada ao lado de um homem, um certo Sr. Smith. Aparentemente, eles tinham estado envolvidos numa discussão, antes da chegada de Virginia, e fingem, ao vê-la chegar, um diálogo inócuo, para salvar as aparências. Mas Virginia intui que a velha senhora encontra-se numa situação aflitiva e que Mr Smith está ali para cobrar alguma dívida ou coisa parecida. Mrs Brown acaba por ceder às pressões do homem e por concordar com as suas exigências, o que faz com que ele, tendo atingido o seu objetivo, desembarque na parada seguinte. E, finalmente, Mrs Brown também deixa o trem, deixando Virginia entregue às suas próprias reflexões: "A coisa importante é compreender o seu caráter, mergulhar em sua atmosfera. Não tenho tempo para explicar por que me pareceu algo trágico, heroico, embora com uma pitada do inconstante, do fantástico, antes que o trem parasse, e a observasse desaparecer, carregando sua sacola, na vasta e iluminada estação" (*ibid.*, p. 425).

E Virginia extrai sua lição do episódio: "Eis aqui um personagem, um caráter, impondo-se sobre outra pessoa. Eis aqui Mrs Brown fazendo alguém quase automaticamente escrever um romance sobre ela. Penso que todos os romances começam com uma velha senhora sentada num banco à nossa frente. Ou seja, penso que todos os romances lidam com o personagem, com o seu caráter, e é para expressar o caráter – não para pregar doutrinas, entoar canções, ou celebrar as glórias do Império Britânico – que a forma artística que chamamos de romance [...] se desenvolveu" (*ibid.*, p. 425).

E Virginia volta, agora, a Mr Bennett, o romancista. "Ele diz", escreve ela, "que o romance tem alguma chance de sobreviver apenas se os personagens são reais. [...] Mas me pergunto: o que é a realidade? E quem são os juízes da realidade? Um personagem pode ser real para Mr Bennett e totalmente irreal para mim" (*ibid.*, p. 426).

E para tornar concreta a diferença entre a sua "realidade" e a de Mr Bennett, Virginia coloca-o dentro do trem em que viaja Mrs Brown. O que ele faria, imagina ela, para descrever a realidade do personagem, de seu caráter?

"Ele observaria cada detalhe com imenso cuidado. Observaria os anúncios; [...] a maneira como o forro estufava entre os botões; como Mrs Brown usava um broche que havia custado uma ninharia numa feira; e que tinha luvas remendadas – na verdade, o polegar da luva da mão esquerda tinha sido substituído. E ele anotaria, extensivamente, como este era o trem direto vindo de Windsor que parava em Richmond para o conforto dos residentes de classe média, que podem se permitir ir ao teatro, mas que não atingiram o nível social que lhes permitiria ter um automóvel, embora seja verdade em que há ocasiões (ele nos diria quais), em que eles alugam um de alguma companhia (ele nos diria qual)" (*ibid.*, p. 428-429).

O problema, para Virginia, é que a convenção que servia muito bem aos romancistas da geração anterior, como Mr Bennet, permitindo-lhes descrever o caráter de um personagem dessa maneira, não servia mais para romancistas como a própria Virginia, que viviam em outro mundo e que tinham uma outra noção de "realidade". A questão é muito simples: "O incidente causou-me uma grande impressão. Mas como irei transmiti-lo a você?" (*ibid.*, p. 431).

Embora diga que tentou responder algumas das questões que fez nesse ensaio, Virginia nos dá poucas pistas sobre o processo alternativo de construção de personagens. Apenas no último parágrafo do ensaio temos um vislumbre do que ela tem em mente. Diz ela, dirigindo-se aos seus ouvintes (o ensaio tem origem numa conferência proferida na Universidade de Cambridge): "O papel de vocês consiste em insistir que os escritores desçam de seus pedestais para descrever, maravilhosamente se possível, verdadeiramente sempre, nossa Mrs Brown. Devem insistir que ela é uma velha senhora de capacidade ilimitada e infinita variedade; capaz de surgir em qualquer lugar; de vestir qualquer tipo de roupa; de dizer qualquer coisa e de fazer o que só Deus sabe. Mas as coisas que ela diz e as coisas que ela faz e os seus olhos e o seu nariz e a sua fala e o seu silêncio têm um fascínio irresistível, pois ela é, naturalmente, o espírito pelo qual vivemos, ela é a própria vida" (*ibid.*, p. 436).

Mas a melhor resposta de Virginia não está, desconfio, em ensaios como esse, por mais brilhantes que sejam, mas sim nos seus melhores romances, como *Mrs Dalloway*, por exemplo. Pois há fortes razões para se suspeitar que Mrs Dalloway é Mrs Brown. Conheçamos melhor, então, Mrs Brown, quer dizer, *Mrs Dalloway*.

"Pois ali estava ela."

Mrs Dalloway era o título de um livro que VW planejava escrever já no início de 1922, quando começou a redigir um primeiro capítulo, "A Sra. Dalloway em Bond Street". Esse primeiro projeto foi, entretanto, abandonado, e o capítulo foi publicado como um texto independente, em julho de 1923, na revista americana *The Dial*. (Ela inicia ainda um segundo capítulo, "O Primeiro-Ministro", que permanecerá incompleto.) O conto guarda semelhanças com a parte inicial do romance, começando com frase quase idêntica: "*Mrs Dalloway said she would buy the gloves herself."* ["A Sra. Dalloway disse que ela mesma ia comprar as luvas."]. Virginia registra, em 14 de outubro de 1922, essa mudança de planos no seu diário: "*Mrs Dalloway* expandiu-se para um livro, e entrevejo aqui um estudo da insanidade e do suicídio; o mundo visto pelo são e pelo insano, lado a lado [...]." (WOOLF, 1981, p. 51). No dia 29, expressa o seu entusiasmo com o novo projeto: "Quero refletir sobre *Mrs Dalloway*. Quero planejar este livro melhor do que os outros e extrair dele o máximo" (*ibid.*, p. 53).

No dia 6 de outubro de 1923, ela anota numa página do caderno de rascunho de *O quarto de Jacob* (já concluído e prestes a ser publicado): "Ideias sobre começar um livro que se chamará, talvez, *At Home* [Em casa]; ou *The Party* [A festa]. Será um livro curto, consistindo de seis ou sete capítulos, cada um deles completo em si. Mas deve haver alguma forma de fusão! E tudo deve convergir na festa ao final. A minha ideia é ter alguns personagens, como Mrs Dalloway, bem destacados; depois, ter alguns interlúdios de pensamento ou reflexão, ou momentos de digressão (que devem estar relacionados, logicamente, com o próximo), tudo conciso, mas não espasmódico". E após listar os oito "capítulos" que, provisoriamente, comporão o livro, diz: "[...] mas esse plano consistirá de intervalos muito curtos, não de capítulos inteiros" (WUSSOW, 2010, p. 411).

Tipicamente, num padrão que se repetirá ao longo de toda a sua carreira de escritora, Virginia se consome a cada projeto. Quer fazer sempre cada vez melhor e nunca estará satisfeita com o resultado. Podemos acompanhá-la nas dores do parto de *Mrs Dalloway* pelos registros que faz no seu diário. Em 29 de outubro de 1922 anota: "Quero refletir cuidadosamente sobre *Mrs Dalloway*. Quero imaginar este livro como sendo melhor do que os outros e tirar o máximo dele" (WOOLF, 1981, p. 53).

Estamos já na metade do ano seguinte, 1923, e embora ainda não tenha fixado o título, Virginia tem bem claro o que pretende com o livro. Para além de seus princípios estéticos, ela quer desenvolver alguns dos temas que lhe são caros: as tênues fronteiras entre a vida e a morte, entre a sanidade e a insanidade, e a crítica do império, do colonialismo, do patriarcado: "Mas agora o que sinto sobre a *minha* escrita? – este livro, quer dizer, *As horas*, se for esse o título? Deve-se escrever a partir de um sentimento profundo, disse Dostoiévski. É o que eu faço? Ou invento a partir de palavras, amando-as como eu as amo? Não, não creio. Nesse livro tenho ideias até em demasia. Quero apresentar a vida e a morte, a sanidade e a insanidade; quero criticar o sistema social, e mostrá-lo em funcionamento, em seu mais intenso grau" (WOOLF, 1981, p. 56, 19/06/1923).

Em 30 de agosto, ela parece ter, finalmente, descoberto como fazer aquilo que os "materialistas" não conseguiam, ou seja, expressar o que se passa na mente e no coração de seus personagens : "[...] minha descoberta: como cavo belas galerias por detrás de meus personagens: penso que isso dá exatamente o que quero; humanidade, humor, profundidade. A ideia é que as galerias devem se conectar, e cada uma delas vem à luz do dia no momento presente" (*ibid.*, p. 59).

Virginia conduz sua luta com a escrita em duas frentes ao mesmo tempo: a do conteúdo e a da forma, a dos temas e a do estilo, a da substância e a da aparência. Já em processo adiantado de elaboração, ela reitera, com outras palavras, aquela que considera a sua grande descoberta, o artifício que lhe permitirá colocar em relação o pensamento e a consciência de seus diferentes personagens: construir relações subterrâneas entre eles: "Gastei um ano em tentativas para descobrir o que chamo de meu processo de cavar túneis, pelo qual eu narro o passado aos poucos, à medida da necessidade. Essa é a minha principal descoberta até agora [...]" (*ibid.*, p. 60, 15/10/1923).

Em 26 de maio de 1924, o título ainda é *As horas*, mas Virginia já tem uma ideia clara do fim: "Mas minha mente está cheia de *As horas*. Digo agora que o escreverei por quatro meses, junho, julho, agosto e setembro, e então estará terminado [...]. Devo revisá-lo em janeiro, fevereiro, março, abril [1925]. [...] Este é o meu programa. [...] Ele [o livro] está se tornando mais analítico e humano, acho; menos lírico; mas sinto como se tivesse afrouxado os laços completamente e conseguido deixar tudo fluir" (*ibid.*, p. 61).

Mas o processo continua cheio de idas e vindas. Virginia tem dúvidas, muitas dúvidas, sobre o livro e sobre si própria. Mas, definitivamente, ela sabe o que quer. No dia 2 de agosto de 1924, na sua casa de campo de Rodmell, escreve: "[...] honestamente, não me sinto velha; e é uma questão de concentrar forças novamente na escrita. Se apenas conseguisse disposição para trabalhar nela inteiramente, profundamente, facilmente, em vez de desgastar-me nessas parcas 200 palavras por dia. E depois, à medida que o manuscrito cresce, me vem o velho pavor diante dele. Irei lê-lo e achá-lo fraco.[...] Mas se esse livro prova alguma coisa é que só consigo escrever ao longo dessas linhas e que nunca devo abandoná-las, mas explorá-las cada vez mais profundamente [...]" (*ibid.*, p. 62).

Em 15 de agosto, ela revê os prazos que estabelecera para si própria e o desenvolvimento de cenas e personagens: "[...] vejo que *Mrs Dalloway* vai se estender além de outubro. Em minhas previsões, sempre esqueço algumas das cenas intermediárias mais importantes; acho que posso ir direto para a grande festa e, pois, para o fim; esquecer Septimus, que é uma coisa muito intensa e delicada, e pular a cena de Peter Walsh jantando, que também pode ser um obstáculo" (*ibid.*, p. 63-64).

Ela reclama e se critica: "É uma desgraça que eu não escreva nada, ou, se escrevo, que escreva descuidadamente, usando apenas o particípio presente. Acho que eles me são muito úteis em minha última rodada de *Mrs D*". Mas avança, com entusiasmo: "Estou aí agora – finalmente, na festa, que deverá começar na cozinha, e subir devagarinho para o andar de cima. Deverá ser um dos segmentos mais complicados, mais vivos, mais sólidos, costurando tudo e terminando em três notas, em diferentes lances da escadaria, cada uma delas dizendo alguma coisa para sintetizar Clarissa. Quem dirá essas coisas: Peter, Richard e Sally Seton, talvez; mas não quero me comprometer com isso ainda. Agora, acho que esse poderá ser o melhor de meus finais e dar resultado, talvez" (*ibid.*, 1981, p. 65).

No dia 17 de outubro, dá indicações de que *Mrs Dalloway* está no fim: "É uma desgraça. Ontem corri para o andar de cima pensando que tinha encontrado tempo para registrar este espantoso fato – as últimas palavras da última página de *Mrs Dalloway*, mas fui interrompida. De qualquer maneira, fez ontem uma semana que eu as escrevi. "Pois ali estava ela", e me senti feliz por me livrar disso, pois as últimas semanas têm sido tensas [...]. Mas, sob alguns aspectos, esse livro é um feito; tê-lo terminado sem ter ficado doente, o que é uma exceção; e tê-lo escrito realmente em um ano [...] (*ibid.*, p. 66-67).

Em novembro, ela já está voltada apenas para a revisão. Em dezembro, dedica-se a fazer uma nova cópia datilografada, para que o marido, Leonard, o leia quando forem para a casa de campo em Rodmell. O livro está pronto. E ela pode dizer: "Verdadeira e honestamente, acho que é o mais satisfatório dos meus romances [...]. Os resenhistas dirão que ele é desconjuntado porque as cenas da loucura não se conectam com as cenas da Dalloway. [...] ele parece ter me deixado profundamente mergulhada nos mais ricos estratos de minha mente. Posso escrever e escrever e escrever agora: a mais feliz sensação do mundo" (*ibid.*, p. 68, 13/12/1924).

Em 6 de janeiro de 1925, já de volta a Londres, ela registra que terminou de revisar a cópia datilografada e que o livro foi enviado para o impressor tirar provas para serem enviadas às duas editoras, a britânica (Hogarth Press, de propriedade do casal) e a americana (Harcourt Brace), pois o livro será publicado simultaneamente nos dois países. Ela não deixa de observar que detesta o trabalho de revisão, "a parte mais arrepiante de todo o processo da escrita, a mais deprimente... exigente" (*ibid.*, p. 70).

Em 14 de maio, o livro é finalmente publicado. "Pois ali estava ela."

Virginia Woolf: uma vida

Tomaz Tadeu

Quem foi Virginia Woolf? É o que ela mesma se pergunta, quase no fim da vida: "Quem era eu então? Adeline Virginia Stephen, a segunda filha de Leslie e Julia Prinsep Stephen, nascida em 25 de janeiro de 1882, [...] no meio de uma enorme rede de relações, não de pais ricos, mas de pais bem situados na vida, nascida num mundo educado, extremamente afeito a se comunicar, a escrever cartas, a fazer visitas, a se expressar bem – o mundo do final do século dezenove" (WOOLF, 1985, p. 65).

Virginia nasceu no n° 22 da rua Hyde Park Gate, no bairro londrino de Kensington. O pai, Leslie Stephen (1832-1904), era um conhecido escritor, tendo dedicado sua vida sobretudo a estudos biográficos. Viúvo, casara-se, em 1878, em segundas núpcias, com Julia Duckworth (1846-1895), também viúva, trazendo, ambos, filhos do primeiro para o segundo matrimônio (Leslie, uma filha; Julia, uma filha e dois filhos). Do novo casamento, resultarão mais quatro filhos: antes de Virginia, Vanessa (1879) e Thoby (1880) e, depois, Adrian (1883).

Do período inicial de sua vida, Virginia terá muitas e belas recordações dos verões passados numa casa de praia (Talland House) na Cornualha, na ponta sudoeste da Inglaterra, arrendada pelo pai um ano antes de ela nascer, e que servirá de inspiração para o cenário do romance *To the Lighthouse* [*Ao Farol*] (1927).

Virginia começa a escrever muito cedo. Com nove anos, redige, periodicamente, para uso da família, um jornalzinho a que dá o título de *Hyde Park Gate News*. Irá se dedicar a essa atividade, contínua e intensamente, pelo resto da vida. Além de nove romances, escreveu diversos contos e uma quantidade imensa de resenhas e ensaios críticos, espalhados por diversas publicações periódicas.

Enquanto os irmãos serão enviados para a Universidade de Cambridge, Virginia, assim como Vanessa, será educada inteiramente em casa, sob a orientação dos pais. Além das "artes sociais" (música, dança, conversação), destinadas às mulheres, tinha aulas de história, latim e francês com a mãe, e de matemática com o pai, sem muito proveito, ao que parece. A educação realmente importante veio-lhe, sobretudo, da quantidade e variedade de leitura dos livros da biblioteca que o pai lhe colocava à disposição.

Após a morte da mãe, em 1895, tem o primeiro colapso nervoso, prenúncio das perturbações psicológicas de que seria acometida ao longo de toda a vida (algumas das alucinações de Septimus Warren Smith, em *Mrs Dalloway*, são, praticamente, uma descrição das que ela própria sofria, como, por exemplo, ouvir vozes, passarinhos cantando em grego, pessoas surgindo de entre as árvores).

Em 1904, Virginia se muda, juntamente com Vanessa, Adrian e Thoby, para o nº 46 da Gordon Square, no bairro de Bloomsbury, livrando-se, assim, da companhia dos meio-irmãos Gerald e George, e deixando para trás o ambiente sombrio e claustrofóbico de Hyde Park Gate.

Nesse mesmo ano, Thoby, que regressara de Cambridge e se preparava para ser advogado, convida alguns de seus ex-colegas do Trinity College (Cambridge) para reuniões de discussão literária e filosófica em sua casa, de que Virginia e Vanessa participam ativamente. Inicialmente, havia um único convidado, Saxon Sydney-Turner, mas logo começam a vir também Clive Bell (crítico de arte, futuro marido de Vanessa), Lytton Strachey (crítico e escritor), Leonard Woolf (escritor, futuro marido de Virginia), entre outros, constituindo aquilo que ficaria conhecido como o Grupo de Bloomsbury. Em 1906, o irmão, Thoby, que servirá de modelo para o personagem Jacob de *Jacob's Room* [*O quarto de Jacob*] (1922), morre de febre tifoide.

Entre 1905 e 1907, ensina redação e história no Morley College, uma instituição de ensino noturno para pessoas da classe operária. Trabalha, em 1910, endereçando envelopes, na campanha em favor do voto feminino (será, durante toda a vida, uma insistente defensora da causa da emancipação feminina, registrando suas ideias a respeito em dois importantes livros de ensaios, *A Room of One's Own* [*Um quarto só seu*] e *Three Guineas* [*Três guinéus*]).

Em 1907, a irmã, Vanessa, casa-se com Clive Bell, e Virginia muda-se, com o irmão Adrian, para o n° 29 da Fitzroy Square, em Bloomsbury. Nesse mesmo ano, começa a trabalhar no seu primeiro romance, *The Voyage Out* [*A viagem*], que será publicado apenas em 1915.

Casa-se, em 1912, com Leonard Woolf, recém-chegado do Ceilão (atual Sri Lanka), onde trabalhara como funcionário da administração colonial. Leonard será seu companheiro dedicado pelo resto da vida. Com ele fundará, em 1917, uma editora, a Hogarth Press, que editará, a partir de então, não apenas os livros do casal, mas uma série de outros livros importantes, incluindo a tradução britânica da obra de Freud.

Em 1919, o casal compra a casa conhecida como Monk's House, em Rodmell, no condado de Sussex, sudeste da Inglaterra, onde passarão temporadas ocasionais e, em certo período, adotarão como residência permanente.

Virginia conhece, em 1922, aquela que será um de seus grandes amores, a também escritora Vita Sackville-West, inspiradora do romance *Orlando* (1928).

Em 14 de maio de 1925, *Mrs Dalloway* é publicado, simultaneamente, na Inglaterra (Hogart Press, a editora de propriedade de Leonard e Virginia Woolf) e nos Estados Unidos (Harcourt, Brace & Co.). *Mrs Dalloway* é o seu quarto romance. Antes dele, Virginia publicara *A viagem* (1915); *Night and Day* [*Noite e dia*] (1919) e *O quarto de Jacob* (1922). Mais cinco seriam publicados depois: *Ao Farol* (1927); *Orlando* (1928); *The Waves* [*As ondas*] (1931); *The Years* [*Os anos*] (1937); e *Between the Acts* [*Entre os atos*] (1941, postumamente).

Em outubro de 1928, ela dá conferências nas duas únicas faculdades da Cambridge University dedicadas à educação feminina, a Newnham (dia 20) e a Girton (dia 26), que estão na gênese do livro *A Room of One's Own* (1929), sobre a discriminação da mulher na sociedade e na literatura.

Em 1932, começa a escrever aquele que será o último romance publicado em vida (1937), *The Years* [*Os anos*].

Em 10 de setembro de 1940, a casa para a qual os Woolf haviam se mudado em 1939, no n° 37 da Mecklenburgh Square, e onde estava instalada a Hogarth Press, é seriamente danificada pelos bombardeios alemães. (Ela verá também a casa onde moraram, no n° 52 da Tavistock Square, inteiramente em ruínas.)

No dia 27 de março de 1941, os Woolf viajam até Brighton para consultar a Dra. Octavia Wilberforce a respeito dos problemas de saúde de Virginia, que tinham se agravado seriamente.

No dia 28, uma sexta-feira, Virginia sai de casa (Monk's House, Rodmell), deixando um bilhete para o marido:

> Estou certa de que estou enlouquecendo outra vez. Sinto que não podemos sobreviver outro daqueles terríveis períodos. E não me recobraria desta vez. Começo a ouvir vozes, e não consigo me concentrar. Assim, estou fazendo o que parece a melhor coisa. Você me deu a maior felicidade possível. Você foi, sob todos os aspectos, tudo o que alguém pode ser. Não creio que duas pessoas tenham sido mais felizes até que sobreveio essa terrível doença. Não consigo mais lutar. Sei que estou estragando a sua vida, que sem mim você conseguirá trabalhar. E você o fará, eu sei. Você percebe que não consigo nem escrever direito. Não consigo ler. O que posso dizer é que devo toda a felicidade da minha vida a você. Você foi inteiramente paciente comigo e incrivelmente bom. Quero dizer que... todo mundo sabe. Se alguém pudesse ter me salvado teria sido você. Tudo se esvaiu de mim, menos a certeza de sua bondade. Não posso mais continuar estragando a sua vida. Não creio que duas pessoas possam ter sido mais felizes do que nós fomos (LEE, 1999, p. 744).

Como se soube depois, ela se suicidara, jogando-se no rio Ouse. Seu corpo foi encontrado apenas no dia 18 de abril, à beira do rio, por algumas crianças. Tinha cinquenta e nove anos.

O jornal *The New York Times* de 3 de abril de 1941 assim noticiava a sua (ainda) presumida morte: "Acredita-se que a Sra. Virginia Woolf, romancista e ensaísta, que estava desaparecida de casa desde a última sexta-feira, tenha se afogado em Rodwell [*sic*], perto de Lewes, onde ela e o marido, Leonard Sidney Woolf, tinham uma casa de campo. O Sr. Woolf declarou esta noite: 'Acredita-se que a Sra. Woolf esteja morta. Ela saiu para caminhar na última sexta-feira, deixando uma carta, e presume-se que tenha se afogado. Seu corpo, entretanto, não foi encontrado.' [...] Informa-se que seu chapéu e seu bastão foram encontrados na margem do rio Ouse".

No dia 21 de abril, uma segunda-feira, o corpo de Virginia foi cremado no Crematório Downs, em Brighton, apenas com a presença de Leonard. Para desgosto de Leonard, não foi tocada, durante a cerimônia de cremação, uma gravação da Cavatina do Quarteto Nº 13 em Si Bemol maior, Op. 130, de Beethoven, tal como eles haviam, uma vez, combinado, mas uma outra música. À noite, sozinho em casa, ele pôde ouvir a gravação da música desejada (Woolf, 1980, p. 436-7).

Leonard enterrou as cinzas debaixo de um dos dois grandes olmos que eles haviam batizado de "Leonard" e "Virginia", no jardim da Monk's House. Em cima, uma tabuleta com uma citação do final de *As ondas*:

> Contra ti me arremeto, invencível e inquebrantável, ó Morte! (LEASKA, 1998, p. 441; LEE, 1999, p. 753).

Cronologia

1882 Em 25 de janeiro, nasce Virginia Woolf (*née* Adeline Virginia Stephen), filha de Leslie Stephen (1832-1904) e Julia Duckworth (1846-1895), no nº 22 da Hyde Park Gate, no bairro de Kensington, Londres, onde morará até os 22 anos. Leslie e Julia tinham se casado, ambos em segundas núpcias, por viuvez, em 1878, trazendo seus filhos para o novo casamento (Leslie: Laura; Julia: George, Stella, Gerald). Do novo casamento resultam, além de Virginia, mais três filhos: Vanessa (1879), Thoby (1880) e Adrian (1883). Um ano antes, em 1881, Leslie Stephen arrendara uma casa de praia, a Talland House, localizada em St Ives, Cornualha, na ponta sudoeste da Inglaterra, em que a família iria passar as férias de verão até pouco antes da morte da mãe, Julia, em 1895 (no ano seguinte, devolvem a casa ao proprietário). O local servirá de inspiração para o cenário do romance *To the Lighthouse* [*Ao Farol*] (o farol do título tem como modelo o que VW via de sua casa em St Ives, o Godrevy Lighthouse), que será publicado em 1927. Virginia registrará, muito mais tarde, pouco antes da morte, algumas de suas recordações dos verões passados na Talland House, em "A Sketch of the Past" ["Um esboço do passado", publicado na coletânea *Moments of Being* [*Momentos de ser*].

1888 Virginia, durante as férias na Talland House, teria sido vítima de abuso sexual por parte de seu meio-irmão Gerald, conforme seu próprio relato em "A Sketch of the Past". Ela relata incidente similar, ocorrido mais tarde, em junho de 1903, desta vez protagonizado pelo outro meio-irmão, George.

1891 Virginia inicia a "publicação" de um jornalzinho familiar, o *Hyde Park Gate News*, que continuará redigindo, com interrupções, até 1895.

1895 Morre, vítima da *influenza*, Julia, a mãe de Virginia, ocasionando, aos treze anos, a sua primeira crise nervosa.

1897 Morre Stella (19 de julho), sua meia-irmã, pouco após o seu casamento (10 de abril). Escreve as primeiras entradas do diário que manterá pelo resto da vida. Virginia, que não teve nenhuma escolarização formal, tendo sido inteiramente educada em casa, faz cursos de grego e história no Departamento Feminino (*Ladies Department*) do King's College, Londres.

1899 O irmão Thoby ingressa no Trinity College, da Cambridge University, onde se torna amigo de Lytton Strachey, Leonard Woolf e Clive Bell, que formarão, mais tarde, o núcleo do chamado Grupo de Bloomsbury.

1902 Inicia aulas particulares de grego com Janet Case.

1904 Em 22 de fevereiro, morre o pai, Leslie Stephens. Virginia tem a sua segunda crise e tenta o suicídio. Muda-se, em outubro, com os irmãos Vanessa e Adrian, para o n° 46 da Gordon Square, em Bloomsbury, Londres. Em dezembro, aparece, no *Guardian*, um semanário anglo-católico, sua primeira publicação, a resenha de um livro do escritor americano W. D. Howells. É o início da sua atividade como crítica literária, que resultará, ao longo da vida, num número imenso de resenhas e ensaios.

1905 Leonard Woolf, futuro marido de Virginia, parte para o Ceilão (17 de novembro), a serviço da administração imperial, ali permanecendo por sete anos. Em março, aparece sua primeira contribuição para o *Times Literary Supplement,* do qual será colaboradora assídua. Virginia começa a dar aulas para adultos da classe operária no Morley College. O irmão Thoby convida alguns de seus colegas de Cambridge para encontros semanais ("os encontros das quintas") em sua casa, na Gordon Square. Dessas reuniões nascerá o chamado Grupo de Bloomsbury. Virginia viaja com o irmão Adrian para Portugal e Grécia.

1906 Morre o irmão Thoby (20 de novembro), de febre tifoide, contraída numa viagem à Grécia, em companhia de Virginia, Vanessa e Adrian. A figura do irmão inspirará o personagem Jacob do romance *O quarto de Jacob* (1922).

1907 A irmã Vanessa casa-se com o crítico de arte Clive Bell. Virginia e Adrian mudam-se para o nº 29 da Fitzroy Square, em Bloomsbury, Londres, onde permanecerão até 1911.

1909 Virginia viaja a Bayreuth (Baviera, Alemanha) para assistir ao Festival de Wagner.

1910 Primeira exposição de arte pós-impressionista, organizada pelo pintor e crítico Roger Fry, amigo de Virginia. Morre Edward VII (6 de maio), que subira ao trono em janeiro de 1901, sendo sucedido por George V. Mais tarde, Virginia tomará essa data como marco do início da modernidade.

1911 Virginia muda-se (20 de novembro) para o nº 38 da Brunswick Square, em Bloomsbury, Londres. Leonard Woolf (1912-1941) retorna do Ceilão.

1912 Virginia casa-se (10 de agosto) com Leonard Woolf. Mudam-se para Clifford's Inn, em Londres. Segunda exposição de arte pós-impressionista.

1913 Virginia é internada numa casa de saúde (julho). Em setembro, tenta o suicídio.

1915 Publicação do primeiro romance, *The Voyage Out* [*A viagem*] (26 de março).

1917 Saem a público, em julho, os dois primeiros livros da Hogarth Press, a editora e tipografia fundada e administrada pelo casal Woolf: *Mark on the Wall* [*A marca na parede*], de Virginia; e *Three Jews* [*Três judeus*], de Leonard.

1918 Virginia conhece T. S. Elliot (1888-1965).

1919 Publicação de *Kew Gardens* (12 de maio). Os Woolf compram (1º de julho) a Monks House, em Rodmell, no condado de Sussex, que se tornará, intermitentemente, sua residência até a morte de Virginia. Publicação de *Night and Day* [*Noite e dia*], seu segundo romance (20 de outubro).

1921 Publicação de *Monday or Tuesday* [*Segunda ou terça*], coletânea de contos (março).

1922 Publicação de *Jacob's Room* [*O quarto de Jacob*] (27 de outubro).

Virginia conhece (14 de dezembro) Vita Sackville-West (1892-1962), que se tornará um de seus grandes amores e será a inspiradora de *Orlando*.

1923 Começa a trabalhar em *The Hours* [*As horas*], que se tornará, depois, *Mrs Dalloway*. O casal Woolf viaja para a Espanha, passando, na volta, por Paris.

1924 Os Woolf mudam-se (15 de março) para o nº 52 da Tavistock Square, em Bloomsbury.

1925 Publicação de *The Common Reader* [*O leitor comum*], coletânea de ensaios críticos (23 de abril). Publicação simultânea, na Inglaterra e nos Estados Unidos, de *Mrs Dalloway* (14 de maio).

1927 Publicação de *To the Lighthouse* [*Ao Farol*] (5 de maio).

1928 Publicação de *Orlando: Uma biografia* (11 de outubro). Em outubro, Virginia pronuncia duas conferências na Universidade de Cambridge, que constituirão a base do livro *A Room of One's Own* [*Um quarto só seu*].

1929 Publicação de *A Room of One's Own* (24 de outubro).

1931 Publicação de *The Waves* [*As ondas*] (8 de outubro). Conhece John Lehmann (1907-1987), que se tornará, primeiramente, um colaborador da editora dos Woolf (Hogarth Press) e, depois, seu sócio. Lehmann é o poeta de "Carta a um jovem poeta", texto em que Virginia aconselha um suposto poeta iniciante.

1932 Publicação de *The Common Reader* (segunda série).

1933 Publicação de *Flush* (5 de outubro).

1935 Os Woolf viajam para a Alemanha.

1937 Publicação de *The Years* [*Os anos*] (11 de março). Julian Bell, filho de Vanessa, a irmã de Virginia, morre na Guerra Civil Espanhola.

1938 Publicação de *Three Guineas* [*Três guinéus*].

1939 Muda-se para o nº 37 da Mecklenburgh Square, embora passe a maior parte do tempo na Monk's House. Os Woolf visitam Sigmund Freud (cuja obra é publicada, na Inglaterra, pela Hogarth Press), então vivendo exilado em Londres.

1940 A casa da Mecklenburgh Square é seriamente danificada por bombardeios alemães.

1941 Virginia suicida-se, em 28 de março, por afogamento no rio Ouse, próximo da Monk's House, no condado de Sussex. Publicação póstuma de *Between the Acts* [*Entre os atos*], seu último livro (julho).

Índice onomástico

Abadia – Abadia de Westminster, igreja em estilo gótico localizada no bairro de Westminster, a oeste do Palácio de Westminster. Local onde se realiza a coroação dos monarcas britânicos e onde repousam os restos dos monarcas mortos.

Addison – Joseph Addison (1672-1719), poeta e ensaísta inglês.

Albany, The – mansão do século XVIII, ao norte de Piccadilly, reformada em 1827 para servir de residência para homens solteiros, tornando-se um endereço elegante para homens de letras ao longo dos séculos XIX e XX.

Aldmixton – localidade (fictícia) da família de Lady Bruton ("os papéis estavam prontos para Richard, lá em Aldmixton"), situada no condado (real) de Devonshire, conhecido também como Devon ("Ela sempre voltava àqueles tempos lá em Devonshire"), no sudoeste da Inglaterra.

Alexandra, Rainha – Alexandra da Dinamarca (1844-1925), filha de Christian IV, viúva de Edward VII, rainha mãe.

Angela, Lady – possivelmente um nome fictício. A função aqui imaginada por Lucy é a de uma *lady-in-waiting* (dama de companhia), uma mulher de origem nobre encarregada de prestar assistência pessoal a uma rainha, princesa ou a uma mulher igualmente nobre, mas de nível social superior. Uma *lady-in-waiting* deveria ser proficiente em questões de etiqueta, línguas, dança e prestar serviços de toda ordem à rainha ou princesa a quem servia, incluindo serviços secretariais e organização do lazer da senhora real, bem como servir-lhe de companhia.

Antônio e Cleópatra – tragédia de William Shakespeare (1564-1616).

Arlington Street – rua de Westminster, ao noroeste do Green Park, transversal à Piccadilly St e paralela à St James's Street.

Ascot – hipódromo situado na pequena cidade de Ascot, 23 km a sudoeste de Londres, próximo do Castelo de Windsor, no condado de Berkshire.

Asquith, Sra. – Margot Asquit, Condessa de Oxford e Asquith (1864-1945). As "Memórias" referidas no texto são os dois volumes de sua autobiografia, *An Autobiography*, publicados em 1920 e 1922.

Atkinson – segundo Bradshaw (2009, p. 170) havia, realmente, na época, uma loja de perfumes da Atkinson no nº 24 da Bond Street.

Bartlett, peras – variedade de peras distribuída pela empresa de Enoch Bartlett.

Bath – estação balneária sobre o rio Avon, no condado de Somerset, sudoeste da Inglaterra.

Bath House – mansão situada no nº 82 da Piccadilly Street.

Bayswater – área do oeste de Londres, em Westminster, ao norte do Hyde Park.

Bedford Place – praça em Bloomsbury, a nordeste do Museu Britânico e ao sul dos Russel Square Gardens, aí desembocando, como sugere o texto.

Bedford Square – praça em Bloomsbury, a leste do Museu Britânico.

Bernard Shaw – George Bernard Shaw (1856-1950), escritor irlandês.

Biblioteca Bodleiana – *Bodleian Library*, em inglês. A biblioteca principal da Universidade de Oxford, Inglaterra.

Big Ben – o famoso sino instalado na torre do relógio do Westminster Palace.

Big Game Shooting in Nigeria – *A grande caçada na Nigéria*, título fictício de livro, mas expressão de um gênero popular na época.

Bloomsbury – área do centro de Londres conhecida pelas instituições acadêmicas e culturais aí situadas, tais como a Universidade de Londres e o Museu Britânico.

Bond Street – no oeste de Londres (Mayfair), rua tradicionalmente dedicada ao comércio, se estende, na direção norte-sul, da Oxford St até a Piccadilly. Atualmente, a parte sul é chamada Old Bond Street, e a norte, New Bond Street.

Bourton – na narrativa, a casa de campo da família de Clarissa Dalloway, que teria aí passado a infância e a juventude. Na realidade, existia (e existe) um vilarejo com esse nome no oeste da Inglaterra, cuja localização (próxima do rio Severn) é consistente com uma cena do romance em que o personagem Peter Walsh, ao rememorar a época em que passou com Clarissa em Bourton, diz que "ela tinha visto o Severn lá embaixo". Está situada a 121 km de Londres.

Broad Walk – longa e larga alameda no interior do Regent's Park, na direção norte-sul.

Brook Street – rua em Mayfair, entre a Grosvenor Square e a Hanover Square, local de residência das classes altas inglesas.

Burma – atual Birmânia, país do sudeste da Ásia. O território de Burma fora incorporado à colônia britânica da Índia em 1886.

Caledonian Market – originalmente, mercado para o comércio de gado, situado em Islington, no norte de Londres. No início do século XX, com a diminuição do comércio de gado, desenvolveu-se aí, em certos dias da semana (inicialmente às sextas-feiras e depois também às terças), uma espécie de mercado das pulgas, tendo sido definitivamente fechado durante a Segunda Guerra.

Caterham – cidade no condado de Surrey, ao sul de Londres.

Ceilão – atualmente, Sri Lanka, país localizado na extremidade sul do subcontinente indiano. Tendo sido tomado dos holandeses, em 1796, pelas Companhias das Índias Orientais, foi incorporado ao Império Britânico em 1802.

Ceres – na Roma Antiga, a deusa da agricultura, da fertilidade e do amor maternal.

Chancery Lane – rua estreita (*lane*) que vai da Fleet Street até a rodovia High Holborn, ao norte. Marca o limite entre a City of Westminster e a City of London. Elizabeth Dalloway, em sua aventurosa incursão no mundo atarefado da City of London, desce do ônibus justamente nesse ponto.

Clube Oriental – clube para empregados da Companhia das Índias Orientais, situado na Hanover Square.

Clieveden – mansão campestre possivelmente fictícia, embora existisse (e ainda exista) uma mansão desse tipo à margem do Tâmisa, na localidade de Taplow, no condado de Buckinghamshire, sudeste da Inglaterra, atualmente grafada como "Cliveden".

Cockspur Street – rua que vai de Pall Mall a Trafalgar Square.

Conduit Street – situada na região oeste de Londres, em Soho, entre a Regent St, a leste, e a New Bond St, a oeste.

Dean's Yard – área de Westminster, em forma quadrangular, no terreno da Abadia de Westminster. Aparentemente, os Dalloway residem na vizinhança, a julgar pelo trecho do romance em que se descreve Richard Dalloway chegando em casa, após o almoço com Lady Bruton: "É isso, disse, entrando em Dean's Yard". Daiches e Flower (1979, p. 88) especulam que a rua poderia ser a Great College Street.

Dent's – relojoaria localizada no nº 28 da Cockspur Street.

Devonshire – condado do sudoeste da Inglaterra, também conhecido como Devon, onde se localizaria Aldmixton, suposto local (fictício) de nascimento, no romance, de Lady Bruton.

Devonshire House – mansão localizada na Piccadilly St, em Westminster. Em 1925, ano de publicação do romance, a mansão já havia sido demolida (WOOD, 2003).

Duque de Cambridge, estátua – Duque de Cambridge é um título que foi dado, ao longo da história, a diversos membros da família real. No caso, trata-se do Príncipe George (1819-1904), que foi comandante-em-chefe do Exército Britânico de 1856 a 1895. Sua estátua equestre está localizada em frente ao antigo edifício do War Office (atual Ministério da Defesa), na rua Whitehall, na altura da Horse Guards Avenue.

Durtnall's – empresa londrina de transportes, localizada na Bartholomew Close, nº 4.

Ealing – distrito do oeste de Londres.

Edimburgo – a capital da Escócia.

Edward, Rei – Edward VII, que reinou de 1901 a 1910.

Embankment – cais sobrelevado, na margem norte do Tâmisa, entre a Westminster Bridge e a Blackfriar's Bridge. Construído, entre 1864-1870, sobre um aterro do Tâmisa, era (e ainda é) local favorito de passeio.

Emily Brontë – Emily Jane Brontë (1818-1848), escritora inglesa, autora do romance *Wuthering Heights* (tradicionalmente conhecido, em português, como *O morro dos ventos uivantes*).

Ésquilo – dramaturgo grego, viveu entre os anos 525 e 456 a. C., aproximadamente.

Eton – Eton College, uma das mais exclusivas escolas masculinas de elite de nível secundário, localizada em Eton, no condado de Berkshire, sudeste da Inglaterra.

Euston – Euston Road, movimentada rua, localizada em Bloomsbury. Vai, na direção oeste-leste, da Marylebone Road à Pentonville Road.

Finsbury Pavement – rua situada no distrito de Moorfields, bairro de Islington. É uma continuação da Moorgate Street, tomando ainda, depois, em direção ao norte, o nome de City Road, já fora da City of London.

Fleet Street – espécie de extensão da Strand Street (ver).

Glaxo – v. Notas.

Gordon – General Charles George Gordon (1833-1885). Participou da Guerra da Crimea e serviu na China e no norte da África. Sua estátua, erigida na Trafalgar Square dois anos após sua morte, foi transferida para os Victoria Embankment Gardens em 1953.

Great Portland Street – rua, na zona central de Londres, que vai, na direção sul-norte, da Oxford Street à Marylebone Road.

Green Park – um dos parques reais de Londres, situa-se entre o Hyde Park e o St James's Park.

Greenwich – bairro do sudeste de Londres, na margem sul do Tâmisa, onde estão localizados o Colégio Naval Real e o Observatório Real (o que explica a passagem do romance em que se descreve o aeroplano como "lançando-se sobre Greenwich e todos os mastros").

Grizzle – VW dá, aqui, ao cachorro de Elizabeth o nome de seu próprio cachorro na época em que escrevia o romance.

Hampstead – localidade situada no norte de Londres, no bairro de Camden, conhecida por abrigar inúmeras instituições culturais, artísticas e literárias e associada ao pensamento livre e a uma atitude liberal.

Hampton Court – palácio real situado no bairro de Richmond upon Thames, na Grande Londres. Não é habitado pela família real desde o século XVIII. Aberto ao público desde os tempos da Rainha Vitória, é local favorito de passeios e excursões.

Harley Street – rua, em Westminster, próxima do Regent's Park, conhecida como endereço de consultórios de médicos de prestígio e de instituições de saúde.

Hatchard's – conhecida livraria londrina, localizada, em 1923, no nº 187 da Piccadilly, onde permanece até hoje.

Hatfield [House] – mansão no vilarejo de Hatfield, condado no leste da Inglaterra, construída em 1608 para Robert Cecil, Marquês de Salisbury (1563-1612).

Havelock – Sir Henry Havelock (1795-1857), general do exército britânico que participou, com distinção, de diversas batalhas travadas pela Inglaterra. Sua estátua está localizada na Trafalgar Square, a leste da estátua de Nelson.

Haymarket – rua em Westminster, entre Piccadilly Circus e a Pall Mall, na direção norte-sul.

Herrick – Robert Herrick (1591-1674), poeta inglês. Foi, de 1629 a 1647, vigário de Dean Prior, no condado inglês de Devonshire, onde, no mundo fictício de *Mrs Dalloway*, teria nascido Lady Bruton. Daí a reflexão de Richard Dalloway a respeito da "parreira, ainda fértil, à sombra da qual Lovelace ou Herrick [...] havia se sentado".

História da Civilização, A – referência ao livro *History of Civilization*, de Henry Thomas Buckle (1821-1862).

Horsa – um dos dois irmãos (o outro é Hengist) que, segundo a lenda, teriam liderado os exércitos saxões, no século V, na conquista da Inglaterra.

Hull – cidade portuária do condado de Yorkshire, no nordeste da Inglaterra.

Hurlingham – v. "Ranelagh".

Huxley – Thomas Henry Huxley (1825-1895), biólogo, divulgador da teoria evolucionista de Darwin.

Hyde Park Corner – o Hyde Park é um dos maiores parques da zona central de Londres. O Hyde Park Corner é uma área exterior ao Parque, situado no seu lado sudeste. Segundo diversos comentaristas, VW quis dizer "Speaker's Corner", área também exterior ao Parque, mas situada no lado noroeste, onde, desde 1872, pessoas anônimas discursam, sobre os mais variados temas, para os passantes.

John Burrows – segundo Morris Beja (*apud* HOFF, 2009, p. 216), a referência, com troca do primeiro nome, seria a Albert Edward Burrows, cujos terríveis crimes foram objeto constante de notícia nos jornais da época. Nessa passagem, a personagem Ellie Henderson acha, pois, Peter Walsh parecido com um criminoso.

Jorrock's Jaunts and Jollities – Jorrock é um dos personagens cômicos criados pelo escritor inglês Robert Smith Surtees (1805-1864). As crônicas sobre o personagem, primeiramente publicadas num jornal esportivo, foram posteriormente reunidas no livro *Jorrock's Jaunts and Jollities*, publicado em 1838. O título pode ser traduzido como "As escapadas e as estrepolias de Jorrock".

Joshua, Sir – Sir Joshua Reynolds (1723-1792), pintor inglês especializado em retratos.

Keats – John Keats (1795-1821), poeta romântico inglês.

Kensington – distrito de Londres, situado a sudoeste do Hyde Park, onde estão localizados diversos museus e instituições educacionais.

Kentish Town – bairro retirado do noroeste de Londres, habitado na época principalmente por pessoas da classe operária.

Kreemo – v. Notas.

Leadenhall Street – rua da área central de Londres. Associada, nos séculos XVIII e XIX, à Companhia das Índias Orientais, que tinha aí sua sede.

Leith Hill – a colina mais alta (294 metros acima do nível do mar) do condado de Surrey, no sudeste da Inglaterra, famosa por suas vistas e trilhas.

Lincoln's Inn – uma das quatro associações profissionais de advogados da Inglaterra e do País de Gales, conhecidas, em inglês, como Inns of Court, nome que se aplica também aos conjuntos de edifícios, com escritórios, bibliotecas, etc., destinados ao uso dos associados e, por extensão, à área onde estão localizados, ao sul da High Holborn Street, na margem norte do Tâmisa. Ver "Temple". Segundo o *Guia Baedeker's* de 1923 (p. 85), os Inns of Court "são associações para o estudo e a prática da lei". E são em número de quatro: "o Inner Temple e o Middle Temple, no lado sul da Fleet St; o Lincoln's Inn, na Chancery Lane; e o Gray's Inn, em Holborn". Ainda segundo o Guia, "esses *inns* detêm, por costume, o privilégio exclusivo de conceder permissão para a prática advocatícia na Inglaterra e no País de Gales [...]. Os *inns* são áreas fechadas com pátios pitorescos rodeados por blocos de edifícios, alugados a advogados como escritórios. Cada um deles tem restaurante, capela, biblioteca e salas de uso comum".

Littré – antigo e importante dicionário francês, compilado por Émile Maximilien Paul Littré (1801-1881).

Liverpool – cidade do noroeste da Inglaterra.

Lojas do Exército e da Marinha – *Army and Navy Stores*, em inglês. Grande loja de departamentos localizada, na época, no n° 105 da Victoria Street. Foi estabelecida, inicialmente, como uma cooperativa de consumo para oficiais da Marinha e do Exército. A possibilidade de associação à loja, restrita a oficiais dessas duas armas, foi estendida, após 1922, ao público em geral.

Lord's – nome do campo de críquete do Marylebone Cricket Club, localizado no distrito de St John's Wood, noroeste de Londres. As primeiras edições de *Mrs Dalloway*, seguindo um erro da própria VW, grafavam "Lords" em vez de "Lord's", o nome correto.

Lovelace – Richard Lovelace (1618-1657), poeta inglês. Ver "Herrick".

Ludgate Circus – é a área, na City of London, que fica na intersecção de Farringdon St/New Bridge St com Fleet St/Ludgate Hill.

Mall – conhecida simplesmente como *The Mall*, é a rua que vai do Palácio de Buckingham, na sua extremidade oeste, até o Admiralty Arch (Arco do Almirantado), e à Trafalgar Square, na sua extremidade leste.

Manchester – cidade do noroeste da Inglaterra.

Marbot, Barão – Jean Baptiste Antoine Marcelin (1782-1854), general do exército de Napoleão. Suas memórias (*Mémoires du Géneral Baron de Marbot*), em que descreve sua participação nas guerras napoleônicas (incluindo a retirada de Moscou, em 1912), foram repetidamente traduzidas para o inglês.

Margate – cidade balneária de Kent, situada a 112 km a leste de Londres.

Mary, Princesa – Condessa de Harewood, Victoria Alexandra Alice Mary (1897-1965), filha de George V e da Rainha Mary.

Marylebone Road – rodovia que atravessa Westminster, começando, na direção oeste-leste, na Westway, em Paddington, e terminando na Euston Road, próxima ao Regent's Park.

Mayfair – uma das áreas mais exclusivas de Londres, delimitada pelo Hyde Park, a oeste, pela Oxford Street, ao norte, pela Piccadilly, ao sul, e pela Bond Street, ao leste.

Mendeliana, teoria – referente à teoria de Gregor Johann Mendel (1822-1884), cientista austríaco considerado o fundador da genética.

Morning Post, The – jornal diário conservador, publicado de 1772 a 1937.

Mulberry's – VW mistura estabelecimentos reais (Rumplemayer's, Durtnall's) com estabelecimentos fictícios, como esta imaginária floricultura, que ela situa na Bond Street, perto da intersecção com a Brook Street.

Muswell Hill – subúrbio do norte de Londres.

Nelson – Lord Horatio Nelson (1758-1805), oficial da marinha britânica. Sua estátua, localizada no lado sul da Trafalgar Square, comemora a Batalha de Trafalgar (1805), entre a Inglaterra, de um lado, e a França e a Espanha, de outro, como parte das guerras napoleônicas, na qual ele foi mortalmente ferido.

Newhaven – cidade portuária do condado de East Sussex, no sudeste da Inglaterra, na foz do rio Ouse, com serviços de barco entre a Inglaterra e a França. A implicação, no texto ("É bem possível, pensava Septimus, contemplando a Inglaterra da janela do trem, quando partiram de Newhaven [...]."), é de que Septimus e Rezia, recém-casados, tenham chegado à Inglaterra, vindos da Itália, por esse porto.

Norfolk – condado do sudeste da Inglaterra.

Oxford Street – rua do centro de Londres, em Westminster. Estende-se da esquina nordeste do Hyde Park até a altura dos Bloomsbury Square Gardens, quando passa a se chamar High Holborn. Segundo o *Guia Baedeker's* de 1923, "uma das ruas de compras mais movimentadas de Londres, conhecida especialmente por suas lojas de tecidos" (p. 311).

Palácio de Buckingham – localizado em Westminster, é a residência real desde a ascensão da rainha Vitória ao trono (1837). Seus ocupantes em 1923 eram o rei George V (1865-1936) e a rainha Mary (1867-1953).

Piccadilly – importante rua do centro de Londres (Westminster), estendendo-se do Hyde Park Corner, a oeste, até o Piccadilly Circus, a leste.

Pimlico – bairro de Londres, a sudoeste de Westminster, habitado por pessoas de extração social mais modesta do que os moradores de Westminster, como os Dalloway.

Pope – Alexander Pope (1688-1744), poeta inglês.

Portland Place – rua do centro de Londres, na direção sul-norte, indo da All Souls Church, no final da Regent Street, da qual é uma continuação, até os Park Square Gardens, no Regent's Park.

Portsmouth – cidade situada na ilha de Portsea, no condado de Hampshire, na costa sul da Inglaterra.

Primeiro-Ministro – em junho de 1923, o Primeiro-Ministro era Stanley Baldwin (1867-1947).

Príncipe Consorte – Príncipe Albert of Saxe-Coburg-Gotha (1819-1861), marido da rainha Vitória.

Príncipe de Gales – o futuro Edward VIII (1894-1972), que foi coroado em 1936 e abdicou no mesmo ano para casar com a americana Wallis Simpson.

Purley – subúrbio londrino, ao sul de Charing Cross e distante 19 km do centro de Londres. Teve um rápido desenvolvimento nos anos 1920-1930, com a construção de casas espaçosas, num ambiente cheio de verde. É certamente essa característica que está implícita no texto quando diz, referindo-se a Septimus Smith, que "podia acabar com uma casa em Purley".

Rainha Vitória, memorial – estátua da Rainha Vitória situada na entrada principal do Palácio de Buckingham. Está rodeada por figuras alegóricas (o Anjo da Justiça, o Anjo da Verdade e a Caridade) e cascatas de água.

Ranelagh – havia, na época, um Ranelagh Club, situado no Barn Elms Park, no sudoeste de Londres, onde se praticava polo, tênis, golfe e outros esportes, como também um outro clube, o Hurlingham Club (dedicado sobretudo ao polo), situado nos Ranelagh Gardens, no distrito de Fulham, também no sudoeste de Londres. Na primeira vez em que aparece a lista de clubes, a sequência é "o Lord's, o Ascot, o Ranelagh"; na segunda vez, é: "Lord's, Ascot, Hurlingham". Assim, na primeira ocorrência, há uma ambiguidade, uma vez que, aí, "Ranelagh" pode se referir tanto ao Ranelagh Club quanto ao Hurlingham Club (situado nos Ranelagh Gardens) (cf. BRADSHAW, 2009, p. 167). Ambos os clubes (Ranelagh e Hurlingham) são mencionados no *Guia Baedeker's* de 1923, p. 42.

Regent Street – rua do centro de Londres, estendendo-se, na direção sul-norte, da residência do Regente (Carlton House, na St James's Street), passando por Piccadilly Circus e Oxford Circus, até a All Souls Church, quando passa a se chamar Portland Place.

Regent's Park – um dos parques reais de Londres, situado no noroeste de Londres, parte na City of Westminster, parte no bairro de Camden.

Rigby & Lowndes – loja de departamentos fictícia.

Rumpelmayer's – salão de chá da moda, estabelecido na St James's Street, 72-73, de 1909 até meados dos anos 1920. A referência, aqui, é, entretanto, ao serviço de entrega de artigos para festa, também de propriedade da família do austríaco Anton Rumpelmayer.

Russel Square – Russel Square Gardens, praça ajardinada, em Bloomsbury, a noroeste do Museu Britânico.

Serpentine – lago artificial no interior do Hyde Park, formado em 1730 pela barragem do rio Westbourne.

Severn – ver "Bourton".

Shaftesbury Avenue – importante avenida do lado oeste de Londres, passa pela região onde estão localizados importantes teatros londrinos, estendendo-se, na direção sudeste-noroeste, do Piccadilly Circus até a Oxford Street.

Soapy Sponge – personagem cômico criado pelo escritor inglês Robert Smith Surtees (1805-1864) e que aparece no livro *Mr Sponge's Sporting Tour* (1853).

Sociedade dos Amigos – *the Friends*, no texto inglês. Mais precisamente, a *Religious Society of Friends* (também conhecida como *Friends Church* ou, ainda, *Quakers*), organização religiosa com origem na Inglaterra do século XVII.

Soho – bairro localizado na City of Wesminster.

Somerset House – edifício majestoso, situado entre a parte sul da rua Strand e o Tâmisa. Após ter sido utilizado para vários fins (inclusive como residência real), na época em que se passa o romance (1923), abrigava, como ainda hoje, várias repartições governamentais.

South Kensington – parte do distrito de Kensington (v. "Kensington").

St James's Palace – no original, apenas "St James's", com elipse de "Palace". O St James's Palace está situado na Pall Mall, ao norte do St James's Park.

St James's Park – o mais antigo dos parques reais, situado a leste do Palácio de Buckingham, em Westminster.

St James's Street – rua do centro de Londres, estendendo-se na direção sul-norte da Pall Mall à Piccadilly.

St John's Wood – área residencial a noroeste do Regent's Park, em Westminster, conhecida como residência preferida de escritores e artistas, incluindo membros da Royal Academy.

St Margaret – pequena igreja de Londres localizada no terreno da Abadia de Westminster. No rascunho de The Hours, VW é mais explícita a respeito do atraso que atribui à batida da hora por seu carrilhão: "Em Westminster, onde se juntam templos, locais de encontros religiosos, casas de culto e campanários de todo tipo, há, a cada hora e a cada meia hora, uma ciranda de sinos, um corrigindo o outro, afirmando que a hora chegou um pouco antes, ou demorou um pouco mais, aqui ou ali. [...] Eles [os ouvintes] tinham as suas opções de respostas; [podiam escolher] entre os diferentes sons que ou colidiam ou tocavam em paralelo, misturando-se uns aos outros, formando, por um instante, uma treliça de sons que, à medida que se dissipava, era subitamente renovada a partir de algum outro campanário; St Margaret, por exemplo, dizendo dois minutos após o Big Ben como agora, realmente e de fato, eram onze e meia" (Wusson, 2010, p. 3, 8).

St Paul, Catedral de – no texto original, em algumas passagens, apenas "St Paul's", com elisão de "Catedral". Famosa e antiga catedral de Londres, localizada no topo da Ludgate Hill (colina), o ponto mais alto de Londres.

Strand – rua que começa na Trafalgar Square e vai até o Temple Bar (linha divisória entre a City of Westminster e a City of London), a oeste, na altura da Chancery Lane, ponto em que passa a se chamar Fleet Street.

Stroud – cidade do condado de Gloucestershire, sudoeste da Inglaterra.

Suez, Canal do – canal, no Egito, construído entre 1859 e 1869, ligando o Mediterrâneo ao Mar Vermelho.

Surrey – condado do sudeste da Inglaterra.

Talbot Moore, General – nome fictício.

Tatler – nome dado sucessivamente, em épocas diversas, a vários periódicos que se pretendiam sucessores de um periódico fundado em 1709 por Richard Steele (1672-1729). O periódico referido em *Mrs Dalloway* iniciou sua publicação em 1901 e estava voltado para notícias sobre a vida de celebridades e pessoas da alta sociedade.

Temple – área no centro de Londres, próxima à Temple Church (igreja da qual se origina o nome, situada entre a Fleet Street e o Tâmisa), em que estão localizados edifícios destinados aos membros de duas (Middle Temple e Inner Temple) das associações profissionais de advogados (chamadas Inns of Court) da Inglaterra e do País de Gales. Ver "Lincoln's Inn". [Cf. *Guia Baedeker's* de 1923, p. 86].

Tessália – região situada no centro da Grécia. Na alucinação de Septimus, Evans cantava que "os mortos estavam na Tessália". No conto "Kew Gardens", um personagem, que, tal como Septimus, tem alucinações e diz falar com os mortos, afirma que "O Céu era conhecido pelos antigos como Tessália [...]" (WOOLF, 1989, p. 92; trad. WOOLF, 2005, p. 118)

Tottenham Court Road – rua do centro de Londres, estendendo-se, na direção sul-norte, da Oxford Street, em Bloomsbury, até a Euston Road.

Tower – a Tower of London, fortaleza e antiga residência real, é um castelo localizado na margem norte do Tâmisa, no centro de Londres.

Trafalgar Square – praça no centro de Londres onde está a Coluna de Nelson (ver "Nelson"). Localiza-se na extremidade norte da Whitehall Street.

Tyndall – John Tyndall (1820-1893), físico e divulgador científico inglês. Era amigo próximo de Leslie Stephens, pai de Virginia, e, como ele, ativo praticante do montanhismo.

Union Jack – nome pelo qual é conhecida a bandeira do Reino Unido da Grã-Bretanha e da Irlanda.

Victoria e Albert, Museu – fundado em 1852, seu nome homenageia o Príncipe Albert e a Rainha Vitória. Está localizado no distrito de Brompton, em Kensington.

Victoria Street – importante rua do centro de Londres, em Westminster. Estende-se, no sentido oeste-leste, da Buckingham Palace Road, nas imediações da estação Victoria (trem e metrô), até a Abadia de Westminster.

Wagner – Richard Wagner (1813-1883), o conhecido compositor alemão.

Waterloo Road – rodovia que se estende de St George's Circus, no sudeste de Londres, na margem norte do Tâmisa, até a Waterloo Bridge (ponte sobre o Tâmisa).

West End – nome pelo qual é conhecida a área do centro de Londres a oeste de Charing Cross (junção das ruas Strand, Whitehall e Cockspur), onde se concentram importantes estabelecimentos comerciais e locais de entretenimento (teatros, bares, restaurantes, casas noturnas).

Westminster – oficialmente, City of Westminster, um dos dois principais bairros em que, originalmente, Londres se dividia (o outro é The City, o distrito financeiro e comercial da cidade). Situada na margem norte do Tâmisa, Westminster abriga os principais edifícios governamentais, o Palácio de Westminster (onde funcionam as duas casas do Parlamento), a Catedral e a Abadia de Westminster e os dois palácios reais (Buckingham e St James).

Westminster, Catedral de – importante e famoso templo da Igreja Católica, localiza-se na extremidade oeste da Victoria Street.

White's – clube localizado no nº 37 da St James's Street. Na primeira edição, constava "Brook's", um outro clube, localizado no nº 60 da mesma rua. Em edição posterior, VW mudou para "White's", após ter descoberto que apenas este último tinha uma *bow window*. Os clubes ingleses exclusivamente masculinos (*gentlemen's clubs*, em inglês) são uma tradição britânica que remonta ao século dezoito. Com admissão estritamente controlada e destinado, originalmente, apenas a homens das classes altas, proporcionavam um local de descanso e lazer aos seus membros, que aí dispunham de jogos de mesa, jornais, biblioteca, restaurantes e, em alguns casos, até mesmo aposentos para passar a noite. Com o tempo, foram criados clubes destinados a classes de homens que não se enquadravam nos padrões dos clubes tradicionais, como o Clube Oriental, mencionado no romance, frequentado por funcionários da Companhia das Índias Orientais. No final do século dezenove, surgiram também clubes destinados às mulheres. Vários clubes, além do White's e do Brook's, estavam localizados na St James's Street e imediações.

Whitehall – rua do centro do Londres. Estende-se da Trafalgar Square até as Casas do Parlamento e se caracteriza por alojar importantes repartições governamentais, tais como os ministérios da Defesa e da Fazenda.

Willett – William Willet (1856-1915), promotor da ideia do horário de verão (adiantamento dos relógios em 1 hora durante os meses de verão), que só foi adotado, na Inglaterra, em 1916, após sua morte.

William Morris – (1834-1896), artista e poeta pré-rafaelita conhecido como propagandista de ideias socialistas, o que talvez explique esta passagem do romance: "quando Sally lhe deu William Morris para ler, teve que ser encapado com papel de embrulho".

Windsor, a Casa de – nome pelo qual é conhecida a família real inglesa. O nome "Windsor" foi adotado, em 1917, pelo rei George V, de linhagem germânica, em virtude do sentimento antigermânico associado à Guerra de 1914-1918.

Yorkshire – condado do norte da Inglaterra.

Notas

As abreviaturas de pronomes de tratamento em inglês, segundo o sistema britânico, não são acompanhadas de ponto (a regra, tal como em francês, vale apenas para abreviações em que a última letra está presente). Segui, aqui, essa convenção, incluindo o *"Mrs"* do título do livro, exceto nas referências a publicações dos Estados Unidos, onde, ao contrário, essas abreviaturas são acompanhadas de ponto. Observei a mesma norma no caso das abreviações de Street (St) e de Saint (St).

Mrs Dalloway foi publicado, simultaneamente, em 1925, na Inglaterra (Hogarth Press) e nos Estados Unidos (Harcourt), a partir de duas provas tipográficas corrigidas, de forma diferente, por Virginia Woolf. As duas edições diferem, pois, em vários detalhes que podem ser considerados pouco importantes, mas também em alguns poucos que são mais substantivos. A presente tradução segue, em geral, a maioria das edições britânicas, que, por sua vez, seguem, no geral, a edição original da Hogarth Press, de 1925. As variantes importantes estão indicadas em nota.

Uma das diferenças importantes entre as duas edições diz respeito ao número de seções do romance. VW dividiu o livro não em capítulos, mas em seções sem título, que deveriam ser indicadas, segundo suas instruções aos tipógrafos, por duas linhas adicionais de separação. Por uma razão ou outra, a editora americana suprimiu algumas dessas separações. Enquanto a edição britânica tem doze seções, a americana tem apenas oito (Shields, 1974, p. 169; Wright, 1986, p. 247). Na presente edição, além da linha dupla de separação, os inícios de seções, exceto o da primeira, estão indicados por letras capitulares.

Um mapa do Google, assinalado com os locais mais importantes de Londres mencionados no romance, pode ser consultado no endereço: https//goo.gl/vzznPD.

⑤ **E depois, pensou Clarissa Dalloway, que manhã** – fresca como se nascida para crianças numa praia. – no original: *Big Ben was striking as she stepped out into the street. And then, thought Clarissa Dalloway, what a morning—fresh as if issued to children on a beach.* O símile utilizado por Virginia é um tanto misterioso. O que há de caracteristicamente fresco numa manhã que nasce, surge, é ofertada a crianças numa praia? Pode-se comparar a frase com uma expressão similar que aparece no início do conto "Mrs Dalloway em Bond Street" (publicado em 1923 na revista *The Dial*): *It was eleven o'clock and the unused hour was fresh as if issued to children on a beach.* Para uma discussão mais aprofundada do misterioso símile, ver Tim Parks, *A Literary Approach to Translation – A Translation Approach to Literature.*

as árvores com a fumaça se desenrolando delas – a frase torna-se mais compreensível se lida em conjunção com a da p. 84: "como a fumaça da chaminé de uma casinha no campo que enrolasse límpidas faias num tufo de fumaça azulada e escapasse por entre as folhas do topo".

⑥ *influenza* – refere-se à famosa gripe espanhola, pandemia que matou, entre 1918-1920, milhões de pessoas ao redor do mundo.

Primeiro um aviso, musical; depois a hora, irrevogável. – qual hora, precisamente, não se explicita. Mas pode-se supor que sejam dez horas (ou, talvez, nove), pois, na narrativa, a próxima batida é a das onze horas: "nessa palidez, nessa pureza, os sinos bateram onze vezes" (p. 22; cf. SUTHERLAND, 1997, p. 218). O "aviso musical" é a breve melodia que antecede as batidas das horas pelo Big Ben.

Pois eram meados de junho – não há, no romance, nenhuma indicação do dia exato em que se desenrola a "ação". Sabe-se apenas, por essa frase do início, que "eram meados de junho", e, mais adiante, que o ano é 1923 ("Esses cinco anos – 1918 a 1923 – tinham sido, de alguma forma, suspeitava ele, muito importantes.", p. 73) e também que seria uma quarta-feira ("todas essas pessoas se apressando ao longo do passeio nesta manhã de quarta-feira", p. 18; "era quarta-feira, e ela estava na Brook Street", p. 113). Os comentaristas parecem se divertir em especular qual seria o dia exato de junho. Morris Beja, cotejando notícias sobre os jogos de críquete no jornal *The Times* com menções ao resultado do jogo entre as equipes de Surrey e Yorkshire pelos personagens Septimus Warren Smith ("O time de Surrey tinha sido todo eliminado, leu em voz alta.", p. 146) e Peter Walsh ("O time de Surrey tinha sido todo eliminado novamente [...].", p. 164), conjetura que seria a quarta-feira de 13 de junho de 1923 (*apud* BRADSHAW, 1998, p. 540). Para Harvena Richter (1989, p. 313), que entende, estritamente, "meados de junho" como sendo 15 ou 16, que caíram, respectivamente, numa sexta e num sábado, recua o dia de *Mrs Dalloway* para a quarta-feira do dia 13. Bradshaw, em nota à edição Oxford de *Mrs Dalloway* (BRADSHAW, 2009, p. 182-183), com base em exaustiva pesquisa nos jornais da época sobre os resultados dos jogos de críquete entre os times de Surrey e Yorkshire, conclui que os jogos (uma partida de críquete pode durar mais de um dia) entre as duas equipes não ocorreram no dia 20 de junho, como quer Morris Beja, mas em outros dias de junho (16, 18, 19), nenhum deles uma quarta-feira. Para David Bradshaw, a quarta-feira de *Mrs Dalloway* seria, pois, uma quarta-feira fictícia de junho de 1923. Finalmente, Searls (1999, p. 363), não sem alguma razão, considera inteiramente sem sentido essa obsessão em precisar o dia exato de *Mrs Dalloway*, por contrariar a concepção fluida de tempo que rege a composição do romance.

7 **na época dos George** – período em que reinaram os reis George I (1660-1727) a George IV (1714-1830).

Mas que estranho, ao entrar no Parque – isto é, no St James's Park, com seu pequeno lago.

uma maleta diplomática ornada com as armas reais – maleta utilizada para carregar documentos que saíam ou entravam no palácio real.

9 **Mensagens eram passadas da Frota para o Almirantado** – isto é, da frota britânica em alto mar para as autoridades navais na nova sede do Almirantado, junto ao Admiralty Arch, na extremidade leste da Mall Street. No início dos anos 1920, uma antena de rádio havia sido instalada no topo da nova sede para permitir esse tipo de comunicação.

A Arlington Street e a Piccadilly pareciam eletrizar o próprio ar do Parque – trata-se do Green Park (Clarissa entrou no St James's Park, mas, fato não explicitado pela narrativa, prolongou sua caminhada através do Green Park, ligado, a noroeste, ao primeiro, e de onde se avista a Piccadilly, ao norte, e a Arlington Street, a leste).

Mas aquelas indianas – na verdade, mulheres de nacionalidade britânica que moravam na Índia.

Tinha chegado aos portões do Parque – isto é, do Green Park, pois apenas dessa perspectiva ela poderia estar "observando os ônibus na Piccadilly". Ou seja, ela saiu do St James's Park, onde entrara e encontrara o seu amigo Hugh, e passou também pelo Green Park, que fica a noroeste do St James's, saindo na Piccadilly, mas a narrativa nada diz a respeito dessa passagem pelo segundo parque. Como diz John Sutherland (2001, p. 218), "ela [Clarissa] deve ter passado, distraída, por *ambos* os parques, o St James's e o Green Park".

a casa com a cacatua de porcelana – segundo Bradshaw (2009, p. 168), trata-se da mansão então existente no nº 1 da Stratton Street, em Mayfair, de propriedade de Angela Georgina Burdett-Coutts, Baronesa Burdett-Coutts (1814-1906), a mulher mais rica da Inglaterra no século XIX. A cacatua de porcelana ficava num suporte circular colocado na parte exterior de uma *bay window* que dava para a rua Piccadilly.

as carroças se arrastando a caminho do mercado – isto é, do mercado de Covent Garden (praça, no lado oeste de Londres, na qual funcionou, até o final dos anos 1960, um mercado de frutas e vegetais).

e a volta para casa pelo meio do Parque – isto é, do Hyde Park, onde está localizado o lago Serpentine.

Não mais temas o calor do sol [...]. – em inglês, "*Fear no more the heat o' the sun / Nor the furious winter's rages.*". Os versos são de *Cymbeline* (ato IV, cena 2), peça de Shakespeare. Constituem os versos iniciais do canto fúnebre recitado por Guidério e Arvirago diante do "corpo" de Imogênia (disfarçada como Fidélio), que eles pensavam estar morta, mas que tinha apenas sido sedada.

(13) **antes a cinomose e o alcatrão** – cinomose, doença canina, era tratada, na época, com alcatrão.

a Srta. Kilman faria qualquer coisa pelos russos, morreria de fome pelos austríacos – povos cujos países passavam por dificuldades econômicas na época (a Rússia, em virtude da revolução de 1917; a Áustria, como consequência da derrota da Alemanha na Guerra de 1914-1918).

(16) **Do Príncipe de Gales, da Rainha, do Primeiro-Ministro?** – em junho de 1923, a rainha (consorte) era Victoria Mary de Teck (1867-1953). O Primeiro-Ministro era Stanley Baldwin (1867-1947). "Príncipe de Gales" é título aplicado, desde 1301, aos filhos mais velhos dos reis da Inglaterra. No caso, trata-se de Edward Patrick David (1894-1972), que se tornará o rei Edward VIII, em janeiro de 1936, abdicando em dezembro desse mesmo ano, quando recebe o título de Duque de Windsor.

O caarro do Priimeirro-Miinistro. – em inglês, "*The Proime Minister's kyar.*". A frase indica que Edgar J. Watkiss é um *cockney*, isto é, uma pessoa, em geral da classe operária, nascida no lado leste de Londres, falante de um dialeto do mesmo nome. Segundo a lenda, para ser considerado um legítimo *cockney* é preciso ter nascido num ponto dessa área em que seja possível ouvir os sons dos Bow Bells, isto é, dos sinos da igreja St Mary-le-Bow, localizada na rua Cheapside.

(19) **As classes médias britânicas sentando-se de lado no andar de cima dos ônibus** – o sentar-se "de lado" (em inglês, "*sideways*") refere-se aos "*garden-seat*", como eram chamados os assentos transversais dos ônibus (como os de hoje), que, na época, constituíam uma novidade, ao substituírem os antigos assentos longitudinais, que implicavam uma menor privacidade (cf. McNees, 2009, p. 34). Observe-se que, no sistema social britânico da época, o termo "classes médias" aplicava-se às classes abastadas imediatamente abaixo da nobreza, incluindo aqueles grupos que seriam, na terminologia sociológica marxista, a burguesia e a pequena-burguesia.

peitos retesados portando insígnias de folha de carvalho – durante a Guerra de 1914-1918, soldados mencionados em despachos do Comandante em Chefe recebiam um certificado e um emblema em bronze na forma de um ramo de carvalho. Na verdade, a suposta honraria era considerada de segunda classe, pois significava que o soldado em questão não havia sido condecorado com uma Medalha da Vitória, mais valorizada.

20 **um colonial proferiu um insulto à Casa de Windsor** – "colonial" era como se chamava uma pessoa originária de alguma das colônias do império britânico.

bow window – é uma *bay window* circular, que, por sua vez, é uma janela, geralmente envidraçada, em forma retangular, circular ou poligonal, que forma uma espécie de recanto num aposento, projetando-se para além da parede.

tal como as paredes de uma galeria dos murmúrios – no original, *whispering gallery*. Trata-se de uma galeria cujas paredes curvas reenviam, ampliados, os sons que recebem. Embora a referência aqui seja genérica ("uma galeria"), trata-se, provavelmente, da galeria da Catedral de St Paul.

desencorajando a lealdade de uma velha irlandesa – Segundo Scott (2005, p. 197), o período em volta dos anos 1920 tinha sido especialmente turbulento para as relações anglo-irlandesas. O Tratado Anglo-Irlandês de 1922 concedia autonomia interna à Irlanda como um todo, mas a Irlanda do Norte optou por manter seu antigo *status*, o que teria desagradado grupos revolucionários favoráveis à autonomia. Assim, a "velha irlandesa", ao prestar tributo à Coroa Britânica, teria sido "repreendida" por um guarda politicamente mais radical do que ela, isto é, favorável à autonomia.

o guarda da Rainha Alexandra retribuiu – a rainha Alexandra, viúva do rei Edward VII, morava na Marlborough House, onde, supostamente, seu próprio guarda estava em serviço.

21 **antiga casa de boneca da Rainha** – casa de boneca da Rainha Mary (of Teck) (1867-1953), esposa do monarca reinante, George V. O arquiteto Edwin Lutyens (1869-1944) projetou uma casa de boneca para a rainha, que lhe foi presenteada pelo "povo", em 1923. A casa, construída na escala de 12 por 1, seria um modelo de uma residência real no período.

Princesa Mary casada com um inglês – a Princesa Mary (1897-1965), filha de George V e da Rainha Mary, casou-se com o Visconde Lascelles, em 1922.

22 **passando [...] pelos heróis esculpidos em bronze** – segundo Bradshaw (2009, p. 172), citando *The London Encyclopaedia*, esses "heróis esculpidos em bronze" referem-se a figuras em bronze, "esculpidas por Adrian Jones, de dois marinheiros, um deles ferido, ambos em atitude de luta", e também a um "memorial em homenagem aos que morreram nas guerras da África do Sul e da China, em 1899-1902, com relevos em bronze, esculpidos por Sir Thomas Graham Jackson, retratando batalhas dessas duas guerras".

de fato escrevendo alguma coisa! escrevendo letras no céu! – o uso da escrita no céu com fumaça de aviões, para fins de publicidade, tal como o próprio avião, era algo novo na Inglaterra do início dos anos 1920. O primeiro show de escrita aérea ocorreu no *Derby Day* (o maior evento de turfe da Inglaterra) de 1922 (6 de junho), quando dois milhões de espectadores viram o Capitão Turner escrever no céu de Epsom, no condado de Surrey, a 25 km de Londres, as palavras "Daily Mail", importante diário da época (LeBoutillier, 1929, p. 140). É possível que Virginia Woolf tenha se inspirado nesse espetáculo para escrever a cena do aeroplano escrevente de *Mrs Dalloway*. A invenção do processo de escrita no céu se deve a um ex-piloto da R.A.F. (Royal Aerial Force), John C. Savage, responsável pela operação desse primeiro espetáculo.

Glaxo, Kreemo, *toffee* – "Glaxo" era, na época, uma empresa que fabricava produtos lácteos para bebês. "Kreemo" é, provavelmente, invenção de VW, inspirada na tendência já evidente, no início do século XX, de dar nomes sonoros e de fácil memorização a produtos comerciais. A palavra *"toffee"* quer dizer caramelo ou bala de caramelo. Assim, na leitura do Sr. Bowley e da babá, o aeroplano escrevente estaria anunciando um *toffee* da marca Kreemo.

25 **o quarto onde suas irmãs ficavam sentadas fazendo chapéus** – aqui, a narrativa confere mais de uma irmã a Lucrezia, mas numa passagem posterior (p. 88 da presente tradução), ela é referida como *"the younger daughter"* (e não *"the youngest daughter"*), o que supõe que ela teria uma única irmã (a passagem é traduzida

por "a mais nova das duas" para manter a incoerência que seria eliminada com a tradução "a irmã mais nova" ou "a mais nova").

cadeiras de Bath – espécie de triciclo coberto, puxado por um condutor e destinado a transportar pessoas enfermas, originalmente, na cidade balneária de Bath, no sudoeste da Inglaterra.

26 **contemplando o indiano e sua capelinha** – no original, "*staring at the Indian and his cross*". Segundo Bradshaw (2009, p. 172), citando, por sua vez, Michael Whitworth, trata-se, provavelmente, da fonte conhecida como Readymoney, situada na extremidade norte da Broad Walk (v. índice onomástico), no Regent's Park. A fonte foi erigida, em 1869, por encomenda do filantropista e industrial indiano Cowasjee Jehangheer Readymoney (1812-1878), como sinal de gratidão pela proteção dada pela Inglaterra à comunidade parse da Índia. Uma vez que não existe, na construção, nenhuma cruz propriamente dita, diferentes comentaristas dão diferentes explicações para a utilização da palavra "*cross*" ("cruz") por VW. Em geral, a explicação é de que a estrutura da fonte teria a forma de uma cruz, o que não parece ser o caso. É mais provável que "*cross*" seja aí uma abreviação de *market cross*, um pequeno monumento em forma de capelinha antigamente construído no centro de praças onde funcionavam feiras e que, de fato, usualmente ostentava uma cruz no seu topo. Segundo uma citação oferecida pelo dicionário Oxford, "*market crosses*" eram, em geral, construções poligonais, com uma arcada aberta em cada um dos lados", o que se ajusta perfeitamente ao tipo de construção encomendada pelo "indiano". Wood (2003) atribui a uma percepção imprecisa da personagem Rezia a confusão do ornamento superior da construção com uma cruz. Entretanto, a passagem em questão é claramente devida ao narrador ou à narradora, e não à personagem, o que aliás, é consistente com a complexa associação entre o monumento do Regent's Park e uma *market cross*, para não falar da elipse de "*market*" e da metonímia que substitui a fonte por seu patrocinador (o "indiano"), sofisticadas manobras linguísticas e cognitivas que não podem ser atribuídas a uma personagem de origem singela e estrangeira como Rezia.

27 **animais cor de canela esticavam pescoços compridos por sobre as cercas do zoológico** – trata-se do Zoológico de Londres, localizado na extremidade norte do Regent's Park.

varetas de críquete – *cricket stumps*, no original. Conjunto de três varetas (*stumps*) que são cravadas em linha reta no chão, enquanto duas outras (*bails*) são postas frouxamente no topo daquelas, formando a *wicket* (a "casinha"), que é defendida pelo rebatedor (*batsman*).

ir a um teatro de variedades – *music hall*, no original. O *Guia Baedecker's* de 1923 lista alguns dos *music halls* de Londres: Alhambra, Empire, Palace, Hippodrome, London Coliseum, London Pavilion, Palladium e Victoria Palace. O *Guia* assim os descreve: "Os *music halls* do *West End* alternam, atualmente, entre espetáculos de variedade (canções cômicas, dança, exibições acrobáticas, etc.), revistas (esquetes temáticos, com músicas e dança) e filmes importantes. As exibições são suntuosas, e atores conhecidos aí se apresentam com frequência". E garante que "as senhoras podem frequentar os estabelecimentos de classe superior sem nenhum receio".

[31] **Ouvia o clac-clac da máquina de escrever.** – Bradshaw (2009, p. xiv) especula que a misteriosa datilógrafa seria, muito provavelmente, "Miss Kilman, datilografando algum trabalho escolar para Elizabeth, ou a própria Elizabeth, datilografando a resposta a algum dever de casa".

[34] **um fósforo queimando dentro de uma flor de açafrão** – imagem que tem merecido a atenção de teóricas do gênero por sua evidente conotação sexual. Fazendo par com a imagem gêmea do diamante (um pouco mais adiante) cujo brilho atravessa o papel de presente que o contém ("um diamante [...] que transluziu", p. 37), ela simbolizaria o clitóris e seu envoltório. Possivelmente, o primeiro comentário desse tipo deve-se a Roof (1989). V. também Lauretis (1994, p. 236); Bennet (1993, p. 251) e Roof (2000).

[36] **Ela está sob o mesmo teto... Ela está sob o mesmo teto!** – Sally Seton é inspirada no primeiro grande amor de Virginia, Madge Vaughan (*née* Symonds). Na entrada de 2 de junho de 1921 de seu diário, VW escreveu: "Vejo-me agora parada no quarto noturno das crianças em Hyde Park Gate, lavando as mãos e dizendo para mim mesma: Neste instante, ela está realmente sob este teto!" (*apud* Lee, 1999, p. 159-160).

se tinha chegado a hora de morrer, esta seria a mais feliz das horas – no original, "*if it were now to die 'twere now to be most happy*". Expressão de amor de Otelo por Desdêmona em *Otelo* (II,1), peça de Shakespeare.

exército indiano – exército britânico estacionado na Índia.

refletido na vitrine da loja de um fabricante de carros, na Victoria Street – em 1923 havia, realmente, duas revendedoras de automóveis estabelecidas na Victoria Street, nos números 34 e 68 (cf. WOOD, 2003).

Ah, falou a igreja de St Margaret – v. "St Margaret", no índice onomástico.

coroa que tinham carregado desde o Finsbury Pavement até a tumba vazia. – a "tumba vazia" é o monumento funerário conhecido como *Cenotaph* (Cenotáfio) situado na Whitehall Street, em frente ao edifício do Ministério do Exterior (Foreign and Commonwealth Office), pouco antes da Downing Street, erigido em 1919, em memória dos soldados ingleses mortos durante a Guerra de 1914-1918.

irreticências – no original, "*irreticences*", significando, obviamente, "falta de reticência", parece ser neologismo criado por VW, pois o *Oxford English Dictionary* dá como primeira ocorrência da palavra a utilização que ela havia feito em livro anterior, *Night and Day* [*Noite e dia*], de 1919. (Cf. FOWLER, 2002).

Nelson, Gordon, Havelock, as negras, as espetaculares imagens dos grandes soldados – "negras", possivelmente porque duas delas (a de Havelock e a de Nelson) são feitas de bronze e também porque são vistas, por Peter Walsh, contra a luz, formando silhuetas. Beja (2002, p. 137) toma a palavra "*black*" da frase original ("*Nelson, Gordon, Havelock, the black, the spectacular images of great soldiers*") como sendo substantivo, explicando que "o negro" seria uma referência à figura de um membro da esquadra de Nelson, representada junto à sua coluna na Trafalgar Square. A presente tradução segue a interpretação de Bradshaw (2009, p. 176), tomando "*black*" como adjetivo. Nessa interpretação, a repetição do artigo serve, em inglês (como, de resto, em português), para colocar a ênfase em cada um dos qualificativos ("*the* black, *the* spectacular images"), efeito que não seria obtido por sua simples justaposição ("the black, spectacular images".)

- 57 **uma estátua estranha** – tanto Scott (2005, p. 204) quanto Bradshaw (2009, p. 176) especulam que se trata da fonte chamada Matilda, junto ao Gloucester Gate, no Regent's Park, que ostenta uma jovem em bronze, sobre rochas, com as mãos sobre os olhos como se estivesse tentando enxergar algo distante, contra a luz do sol.

- 67 **abrir-lhe a tampa com um sopro** – segundo Anne E. Fernald (*Mrs. Dalloway. The Cambridge Editions of the Works of Virginia Woolf*), trata-se de uma brincadeira de Peter com a criança: propunha-lhe abrir a tampa do relógio com um sopro quando, na verdade, ela seria aberta por ele mesmo utilizando o mecanismo de destrave do relógio.

- 74 **sobre os direitos das mulheres (essa questão antediluviana)** – Scott (2005, p. 205) observa que, por volta dos anos 1890, época em que se passa a cena recordada por Clarissa nessa passagem, os direitos das mulheres dificilmente podiam ser considerados uma "questão antediluviana", uma vez que o direito de voto foi concedido às mulheres acima de trinta anos apenas em 1918, limite que foi rebaixado para vinte e um anos somente em 1928.

- 75 **Honorável Edith** – o título de "Honorável" ("*Honourable*", em inglês) é dado aos filhos de nobres abaixo do nível de marquês e às filhas de nobres abaixo do nível de conde.

enquanto ele, que era dois anos mais velho que Hugh – como, no parágrafo seguinte, Peter Walsh, reflete ter "cinquenta e três anos", deduz-se que Hugh teria, pois, cinquenta e um anos. Numa passagem posterior (p. 104), entretanto, ele ganha quatro anos, pois somos informados de que ele vinha "se mantendo à tona da nata da sociedade inglesa por cinquenta e cinco anos".

- 76 **Nenhum homem decente deveria deixar a esposa visitar uma mulher que se casara com o viúvo da irmã** – alusão a uma lei de 1907 (*Deceased Wife's Sister's Marriage Act*) que não permitia que um viúvo se casasse com uma cunhada; no caso, a opinião de Richard Dalloway mostra sua adesão ao preconceito perpetuado por tal lei, estendendo o banimento à simples visita a uma mulher que tivesse ousado desafiá-la.

(78) **reforma fiscal** – reforma defendida por políticos conservadores, visando impor tarifas diferenciadas às importações de produtos agrícolas, como política de proteção aos produtores britânicos.

(79) **distribuição de cartões** – entenda-se "cartões de visita". Em inglês, "*leaving calling cards*". A operação de deixar cartões de visita era uma regra de etiqueta rigidamente codificada na sociedade vitoriana. No conto "Phyllis and Rosamond", escrito em 1906, no qual VW descreve, com grande detalhe, os deveres sociais das moças solteiras da classe média da época, as personagens que dão título ao livro saem com a mãe para "retribuir visitas": "Às quatro, saíram de carro com Lady Hibbert para retribuir visitas. Essa tarefa consistia em se dirigir solenemente a todas as casas nas quais elas tinham jantado, ou esperavam jantar, e deixar dois ou três cartões nas mãos da criada" (DICK, 1989, p. 23).

(80) **E agora Elizabeth tinha sido, supostamente, "apresentada" à sociedade** – no original, "*And now Elizabeth was 'out', presumably*". Na Inglaterra da época, para uma garota, "*to come out*" significava começar a frequentar a sociedade, o grande mundo, a frequentar bailes, festas, chás, jantares, a se mostrar disponível no mercado matrimonial.

(82) **continuava cantando o amor** – a canção foi identificada por Miller (2005, p. 176-7) como sendo "Allerseelen" ("Dia de Todas as Almas"), com versos de Hermann von Gilm e musicada por Richard Wagner. Ela evoca a volta dos amantes no Dia das Almas: "Põe sobre a mesa os fragrantes resedás / os últimos ásteres rubros na mesa deposita, / e vamos de novo falar de amor, / como, outrora, em maio. / Dê-me as mãos que em segredo as apertarei / E se alguém olhar, pouco me importa, / Dê-me apenas um de seus doces olhares, / Como, outrora, em maio. / Hoje os túmulos estão cheios de luzes e flores, / um dia ao ano os mortos estão livres, / Vem ao meu coração que eu a terei de novo, / Como,

outrora, em maio". Neste parágrafo, ainda segundo Miller, VW parece parafrasear os versos da canção a partir de alguma tradução inglesa que ele não conseguiu localizar ou, então, traduzir livremente versos da canção, mas, dois parágrafos adiante, ela a cita diretamente: "olha atentamente dentro dos meus com teus doces olhos"; "dá-me a tua mão e deixa-me apertá-la docemente"; "e se por acaso vissem, que lhes importava?".

88 **Eles tinham que estar sempre juntos, compartilhar, brigar, discutir.** – "compartilhar" traduz "*[to] share with each other*". Segundo Kennard (1997, p. 158), a expressão "*to share with*" era utilizada, na época, para descrever relações homossexuais masculinas.

90 **A coisa da cópula era suja para ele, diante do fim.** – no original, "*The business of copulation was filth to him before the end.*". Septimus atribui, aqui, ao autor de sua predileção opiniões que são, possivelmente, de um de seus mais famosos personagens, Hamlet. Como fica claro, pelo contexto, o "fim" é a procriação, a geração de filhos. E o sexo é "sujo", para Shakespeare (ou seja, para Hamlet), não em si, mas pelo seu resultado ou fim. "Por que irias ser uma matriz de pecadores? [...] seria melhor que minha mãe não tivesse me gerado.", diz Hamlet a Ofélia (*Hamlet*, III, 1), pensamento que ecoa nas palavras de Septimus logo adiante: "Não se pode trazer filhos a um mundo como este", um mundo de práticas "penosas" (cf. GAY, 2006, p. 88-89; POOLE, 1995, p. 188.)

93 **mais um prato de mingau de aveia** – na época, a prática de prescrever uma dieta para ganhar peso parecia ser comum no tratamento de doenças mentais. A própria Virginia parece ter seguido uma dieta desse tipo: "Descubro que, a menos que pese 60 quilos, ouço vozes e tenho visões não consigo escrever nem dormir" (carta a Jacques Raverat, 10/12/1922). Cf. Anne E. Fernald (*Mrs. Dalloway. The Cambridge Editions of the Works of Virginia Woolf*).

95 **Comunicação é saúde; comunicação é felicidade. Comunicação, murmurou ele.** – em inglês, "*Communication is health; communication is happiness. Communication, he muttered.*", que é como aparece na primeira edição inglesa (Hogarth Press, 1925), enquanto a primeira edição americana (Harcourt, 1925)

registrava a passagem como discurso direto, isto é, colocando a frase supostamente dita por Septimus entre aspas, com um traço de reticência ao final: "'*Communication is health; communication is happiness, communication*' – he muttered.". A divergência deve-se ao fato de VW ter corrigido as provas das duas edições separadamente (cf. SHIELDS, 1974, p. 165). Observe-se também que VW coloca na boca de Septimus praticamente as mesmas palavras que ela escrevera no seu ensaio sobre Montaigne, incluído na antologia *The Common Reader* [*O leitor comum*], publicada no mesmo ano que *Mrs Dalloway*: "Comunicação é saúde; comunicação é verdade; comunicação é felicidade." (MCNEILLIE, 1994, p. 76).

(101) **Põe-se a pregar, sobre um caixote, no Hyde Park Corner** – v. "Hyde Park Corner", no índice onomástico.

(110) **organizar uma expedição à África do Sul** – alusão à Guerra dos Bôeres (1899-1902).

(112) **e todos os papéis estavam prontos para Richard, lá em Aldmixton, quando chegasse a hora; do Governo Trabalhista, era o que queria dizer** – com a possível chegada do Partido Trabalhista ao poder, o conservador Richard estaria fora do Parlamento e teria, assim, tempo para escrever a história da família de Lady Bruton, tendo, para isso, todos os papéis necessários à sua disposição na sua cidade de origem, Aldmixton (fictícia; ver índice onomástico). Na realidade, o primeiro governo liderado pelo Partido Trabalhista chegou ao poder em 22 de janeiro de 1924.

(119) **É isso, disse, entrando em Dean's Yard** – única indicação, em todo o romance, do local onde moram os Dalloway (v. "Dean's Yard" no índice onomástico).

(121) **Exterminados, estropiados, enregelados, vítimas da crueldade e da injustiça** – a referência aos armênios remete ao chamado Massacre ou Genocídio dos Armênios, por parte dos turcos, um pouco antes do início da Primeira Guerra, entre 1915 e 1917.

(129) **o relógio que sempre batia dois minutos depois do Big Ben** – isto é, o relógio da igreja de St Margaret (v. índice onomástico).

(130) **até chegar à caixa de coleta do correio** – "caixa de coleta do correio" traduz *"pillar-box"*, as caixas de coleta postal britânicas, distribuídas em calçadas ao longo das ruas, construídas em ferro, de forma cilíndrica e pintadas de vermelho.

(132) **A Srta. Kilman era muito diferente de qualquer outra pessoa que ela conhecia; ela fazia a gente se sentir tão pequena.** – em inglês, *"Miss Kilman was quite different from anyone she knew; she made one feel so small."*, na edição britânica do livro. A primeira parte não consta da edição americana, que registra apenas: *"Miss Kilman made one feel so small."*.

(134) **alguns deles desejosos de ver as figuras de cera.** – na Abadia de Westminster, efígies em cera de soberanos e outras personalidades.

(135) **o túmulo do Soldado Desconhecido** – localizado próximo da entrada principal da Abadia de Westminster.

(136) **A impetuosa criatura – um navio pirata – arrancou aos pulos** – a qualificação de "pirata" é mais do que uma metáfora. Na verdade, segundo McNees (2009, p. 35), havia, já na era dos ônibus a tração animal, ônibus "piratas": "Embora ônibus [a motor] independentes, chamados de "Piratas", proliferassem na Londres do pós-guerra, os ônibus Piratas da era da tração animal já eram criticados por imitar as cores e as insígnias das companhias maiores".

(137) **Gostava dessas igrejas** – segundo Hoff (2009, p. 186), trata-se das igrejas St Clement Danes (construída pelo arquiteto Christopher Wren) e St Mary-Le-Strand (construída pelo arquiteto James Gibbs).

(138) **havia a Igreja** – isto é, a Igreja do Temple (v. índice onomástico), Temple Church, em inglês, igreja utilizada em comum por membros de duas das associações de advogados, o Middle Temple e o Inner Temple.

(146) **O time de Surrey tinha sido todo eliminado** – *"Surrey was all out"*, no original. Trata-se de uma partida de críquete entre os times de Surrey e de Yorkshire, como se esclarece mais adiante

("buscou um pêni para comprar um jornal e saber o resultado do jogo entre Surrey e Yorkshire", p. 164). No jogo de críquete, um jogador pode ser "eliminado" (perder sua posição de batedor), entre outras possibilidades, quando, na função de rebatedor (*batsman*), erra uma bola lançada pelo arremessador (*bowler*) do time adversário, deixando que ela derrube o *wicket* (a "casinha"), deslocando um *bail* (uma das duas varetas que cobrem a parte superior do *wicket*). Nesse caso, ele é considerado "*out*" (eliminado), isto é, perde sua posição de batedor, sendo substituído por outro jogador de seu time. Quando 10 dos 11 jogadores de um time são "eliminados", diz-se que o time "*is all out*", o que leva a troca de turno entre os times, isto é, o time batedor passa a lançador e vice-versa. Assim, a manchete que é lida, primeiramente, por Septimus, numa primeira edição do jornal vespertino, indica que 10 dos 11 batedores do time de Surrey haviam "perdido" seus *wickets*, encerrando o primeiro turno da partida com Surrey. Mais adiante, é a vez de Peter Walsh ler, possivelmente numa edição posterior do jornal vespertino, que o time de "Surrey tinha sido todo eliminado novamente" (p. 164), isto é, o time de Surrey havia perdido os seus "*wickets*" pela segunda vez. Segundo Bradshaw (2009, p. 182-183), esses resultados não são consistentes com as partidas reais jogadas entre os dois times durante o mês de junho de 1923.

153 **Clarissa, certa vez, indo com ele, no andar de cima de um ônibus** – o ônibus que Mrs Dalloway recorda de sua juventude (anos 1890) é, obviamente, um ônibus a tração animal (cf. McNees, 2009). O primeiro ônibus a motor de Londres começou a circular em 1899 (entre as ruas Charing Cross e Victoria) (Armstrong, p. 252).

155 **na época, ela era uma radical** – na história da Inglaterra, o termo "radical" foi aplicado a movimentos políticos diversos, sobretudo no século XVIII e na primeira metade do XIX, favoráveis a vários tipos de reforma. Tornou-se, depois, um adjetivo genérico, para se referir a pessoas favoráveis a reformas drásticas do sistema social. É o sentido em que o termo é empregado aqui.

156 **Para a carta ter-lhe chegado por volta das seis horas** – segundo Scott (2005, p. 215), na Londres dos anos 1920, os correios

faziam várias entregas durante o dia, sendo possível que uma carta fosse entregue no mesmo dia em que fora postada.

163 **Pois a grande revolução do horário de verão do Sr. Willett** – v. "Willett" no índice onomástico.

165 **E pela Whitehall, de prata batida como era, aranhas passavam deslizando** – no original, "*And Whitehall was skated over, silver beaten as it was, skated over by spiders*". A imagem deve-se ao fato de que a Whitehall era provavelmente, no ano em que está situado o romance (1923), pavimentada com madeira. É possível que as ruas assim pavimentadas causassem a impressão de cor prateada, sobretudo à noite, sob o efeito da iluminação. Em um texto de memórias, escrito em 1940, Virginia Woolf, relembra as ruas de madeira da Londres de sua juventude, utilizando uma imagem muito semelhante (WOOLF, 1985, p. 154).

167 **sobre o prato principal, foi realmente feito em casa?** – em inglês, "*about the entrée, was it really made at home?*". A "*entrée*", servida entre o peixe e o assado, era o prato mais elaborado da refeição. Daí a pergunta de surpresa da referida senhora.

O tócai, disse Lucy, entrando às carreiras – o Houaiss não registra a palavra; o Aurélio, sim: "vinho licoroso procedente da Hungria".

170 **mas perpetuamente obscurecida por sua condição de filha de boa família passando dificuldades** – a situação de Ellie Henderson (filha de um "pároco em Bourton"), aqui descrita, é típica de uma classe de mulheres solteiras de boa posição social que, preparadas para o casamento e colocadas em situação frágil pela morte ou pela ruína do pai, viam-se afligidas por sérias dificuldades financeiras caso não conseguissem outro meio de vida, como, por exemplo, a de trabalhar como governantas de famílias em melhor situação (cf. HAMMERTON, 1979, p. 11), o que não parece ser o caso da personagem em questão ("não conseguia ganhar um único pêni").

Mas as moças, quando eram "apresentadas" à sociedade – no original, "*But girls when they first came out*". Como já observado, "*to come out*" significava, para uma moça, começar a participar das atividades do grande mundo (bailes, festas).

quaisquer outros dois acadêmicos juntos em todo o bairro de St John's Wood – v. "St John's Wood" no índice onomástico.

vágula fosforescência (*vagulous phosphorescence*) – palavra criada por Virginia Woolf, provavelmente inspirada no poema "*Animula, vagula, blandula*", escrito pelo imperador romano Adriano (76-138) pouco antes de morrer. "*Vagula*" é o feminino de "*vagulus*", por sua vez, diminutivo de "*vagus*" (vagabundo, errante). Está registrada no Oxford English Dictionary justamente como sendo uma "*nonce word*", isto é, uma palavra inventada para um uso particular e específico, no caso, justamente por Virginia Woolf (cf. BREEZE, 2011; FOWLER, 2002). Curiosamente, a edição britânica de *Mrs Dalloway*, publicada, ao mesmo tempo que a americana, em 1925, corrigiu "*vagulous*" para "*vagous*"; "correção" que aparece também na chamada "edição definitiva" da Hogarth Press (1990), que registra o neologismo como um erro tipográfico (BEJA, 2002, p. 135).

mas que tragédia era aquela – a situação da Índia! – provável alusão ao movimento nacionalista de libertação da Índia, liderado por Gandhi.

esta querida, queridíssima terra – em inglês, "*this dear, dear land*". Provável alusão a uma passagem de Ricardo II (II, 1), de Shakespeare: "*This Land of such dear souls, this dear dear land* [...].". (Cf. WYATT, 1973).

aquela deusa em armas – segundo Hoff (2009, p. 225), seria Palas Atena. Scott (2005, p. 217) especula que também poderia ser uma alusão a Britannia, o símbolo do império britânico, representada com um tridente e um elmo.

Ele tinha acabado de perder a oportunidade de fazer parte do time de críquete, disse Lady Bradshaw, por causa da caxumba. – no original, "*He had just missed his eleven, said Lady Bradshaw, because of the mumps.*". A interpretação adotada na tradução, para "*missed his eleven*" é a de Beja (1996), contestada por Hoff (2009, p. 226), que afirma que "*missed his eleven*" significa, aqui, que o garoto havia sido reprovado no exame chamado "*eleven plus*", aplicado, no sistema educacional inglês, no último ano da escola primária (aos 10, 11 anos), para decidir a qual tipo de escola secundária (preparação para a universidade ou ensino técnico) o candidato seria encaminhado. Entretanto, esse exame foi instituído muito mais tarde, em 1944.

187 **Estranho, incrível; nunca fora tão feliz.** – em inglês: "*Odd, incredible; she had never been so happy.*" Esta é a versão da primeira edição britânica de 1925. Na primeira edição americana do mesmo ano lê-se: "*It was due to Richard; she had never been so happy.*". ("Devia-se a Richard; nunca tinha sido tão feliz.").

188 **com o relógio batendo as horas, uma, duas, três** – alguns comentaristas como Dowling (1991, p. 52), por exemplo, tomando "três" como indicação da badalada final, concluem que a festa de Clarissa Dalloway teria terminado às três horas da manhã. Parece mais razoável, entretanto, dado o contexto da passagem, ler-se a sequência "uma, duas, três", apesar da ausência de reticências, como incompleta. E a hora assinalada poderia, pois, ser qualquer hora depois da hora do início da festa, que não é marcada pela batida de qualquer relógio, mas que se poderia estabelecer como sete ou oito horas, o que permite estabelecer a hora do fim da festa como sendo, provavelmente, meia-noite, que é a hora explícita em que termina a festa no manuscrito do livro depositado na British Library (Wussow, 2010, p. 397, 398). Numa outra passagem do manuscrito, VW também sugere a meia-noite como a hora de encerramento da festa: "O Big Ben começou a bater. Uma, Duas, Três; & ela estava extraordinariamente feliz: [...] pois escutar o Big Ben bater Três, Quatro, cinco, seis, sete, era profundo e incrível [...]. Ela nunca se submeteria – nunca, nunca! / Oito, o Big Ben bateu, nove, dez, onze; & / Mas Clarissa tinha desaparecido" (*ibid.*, p. 399).

Sentia-se feliz por ele tê-la acabado; por tê-la jogado fora enquanto eles continuavam vivendo. – em inglês: "*She felt glad that he had done it; thrown it away, while they went on living.*". Esta é a versão da primeira edição britânica de 1925. Na primeira edição americana do mesmo ano lê-se: "*She felt glad that he had done it; thrown it away.*" ("Sentia-se feliz por ele tê-la acabado; tê-la jogado fora.").

O relógio estava batendo. Os círculos de chumbo se dissolviam no ar. – Após esta frase, nas provas da primeira edição americana, VW inseriu a frase *"He made her feel the beauty; made her feel the fun."* ["Ele fez com que ela sentisse a beleza; fez com que ela sentisse a diversão."], que não figura na primeira edição britânica.

(191) **E aquela jovem [...] ali junto às cortinas, de vermelho, era Elizabeth.** – tal como observado por alguns comentaristas, o vestido de Elizabeth que, um pouco antes, era "cor-de-rosa" ("ela parecia tão adorável em seu vestido cor-de-rosa!", p. 196) passa a ser "vermelho". Descuido de VW ou a troca poderia ser atribuída à percepção equivocada da personagem (Sally Seton)?

(196) **cinquenta e dois para ser exato** – a idade declarada de Peter Walsh nessa reflexão diverge da idade dada por ele próprio em outras passagens: "Mal passava dos cinquenta." (p. 45); "Aos cinquenta e três anos, tinha que chegar e pedir que lhe conseguissem uma colocação no gabinete de algum ministro [...]." (p. 76). Além disso, Clarissa, que teria cinquenta e um anos ("Acabava de entrar no seu quinquagésimo segundo ano.", p. 38), diz, noutra passagem, que Peter Walsh "não tem mais que seis meses do que eu!" (p. 46).

Notas ao mapa de Londres

(1) Mrs Dalloway sai de casa, próximo a Dean's Yard (v. índice onomástico): "A Sra Dalloway disse que ela mesma ia comprar as flores" (p. 5).

(2) Mrs Dalloway atravessa a Victoria Street: "Que tolos somos, pensou, cruzando a Victoria Street" (p. 6).

(3) Mrs Dalloway entra no St James's Park: "Mas que estranho, ao entrar no Parque, o silêncio...", onde encontra o amigo Hugh: "quem seria aquele que vinha ali (...) senão Hugh Whitbread" (p. 7).

(4) Tendo atravessado ambos os parques, o St James's Park e o Green Park, Mrs Dalloway sai na rua Piccadilly: "Tinha chegado aos portões do Parque. Ficou um instante parada, observando os ônibus na Piccadilly" (p. 10).

(5) Mrs Dalloway contempla a vitrine da livraria Hatchard's no n° 187 da rua Piccadilly: "Mas com que sonhava enquanto olhava a vitrine da Hatchard's?" (p. 11).

(6) Mrs Dalloway volta sobre seus passos, pela Piccadilly, e vai até a Bond Street, entrando na floricultura: "Bobagens, bobagens! exclamou para si mesma, empurrando a porta giratória para entrar na Mulberry, a floricultura" (p. 14). Mrs Dalloway sai da floricultura e faz o caminho de volta para casa: "É provavelmente a Rainha, pensou a Sra. Dalloway, saindo da Mulberry com suas flores; a Rainha" (p. 18).

(1) Mrs Dalloway está de volta à casa: "'O que estarão olhando?', perguntou Clarissa Dalloway à criada que lhe abriu a porta" (p. 30).

Referências

ARMSTRONG, John. From Shillibeer to Buchanan: Transport and the Urban Environment. In: DAUTON, Martin (Org.). *The Cambridge Urban History of Britain. V. III, 1840-1950*. Edimburgo: Cambridge University Press, 2000, p. 229-260.

BAEDEKER, Karl. *London and its environs. Handbook for travellers*. Londres: T. Fisher Unwin, 1923.

BEJA, Morris (Org.). *Mrs Dalloway*. Oxford: Shakespeare Head Press & Blackwell, 1996.

BEJA, Morris. Text and Counter-Text: Trying to Recover *Mrs. Dalloway*. In: HAULE, James M.; STAPE, J.H.(Orgs.). *Editing Virginia Woolf. Interpreting the Modernist Text*. Nova York: Palgrave, 2002, p. 127-138.

BENNET, Paula. Critical Clitoridectomy: Female Sexual Imagery and Feminist Psychoanalytic Theory. *Signs*, v. 18, n. 2, p. 235-259, 1993.

BRADSHAW, David Bradshaw. Resenha de *Mrs Dalloway*, editado por Morris Beja. *The Review of English Studies*, v. 49, n. 196, p. 539-542, 1998.

BRADSHAW, David (Org.). *Mrs Dalloway*. Londres: Oxford University Press, 2009.

BREEZE, Andrew. Vagulous in Belloc and Virginia Woolf. *Notes & Queries*, v. 58, n. 1, p. 118, jan. 2011.

DAICHES, David e FLOWER, John. *Literary Landscapes of the British Isles*. Londres: Penguin, 1979.

DICK, Susan (Org.). *The Complete Shorter Fiction of Virginia Woolf*. New York: Harvest, 1989. [Ed. bras.: WOOLF, Virginia. *Contos*. Trad. Leonardo Fróes. São Paulo: Cosac Naify, 2005.]

DOWLING, David. *Mrs. Dalloway. Mapping Streams of Consciousness*. Boston: Twayne, 1991.

FOWLER, Rowena. Virginia Woolf: Lexicographer. *English Language Notes*, XXXIV, p. 54-70, 2002.

GAY, Jane de. *Virginia Woolf's Novels and the Literary Past*. Edimburgo: Edinburgh University Press, 2006.

HAMMERTON, A. James. *Emigrant gentlewomen: genteel poverty and female emigration, 1830-1914*. Londres: Croom Helm, 1979.

HOFF, Molly. *Virginia Woolf's Mrs. Dalloway. Invisible Presences*. Clemson: Clemson University, 2009.

KENNARD, Jean. "Power and Sexual Ambiguity: The *Dreadnought* Hoax, *The Voyage Out*, *Mrs. Dalloway*, and *Orlando*". *Journal of Modern Literature*, XX, n. 2, p. 149-164, 1996.

LAURETIS, Teresa de. *The Practice of Love: Lesbian Sexuality and Perverse Desire*. Bloomington: Indiana University Press, 1994.

LEASKA, Mitchell. *Granite and Rainbow. The Hidden Life of Virginia Woolf*. Londres: Picador, 1998.

LeBOUTILLIER, O. C. A Famous Sky-writer Tells of His Job. *Popular Science*, p. 31, 137-140, mar. 1929.

LEE, Hermione. *Virginia Woolf*. Nova York: Vintage Books, 1999.

McNEES, Eleanor. Public Transport in Woolf's City Novels: The London Omnibus. In: *Woolf and the City*. Clemson: Clemson University, 2009, p. 31-39.

MCNEILLIE, Andrew (Org.). *The Essays of Virginia Woolf. 1919-1924. V. 3*. Nova York: Harcourt, 1988.

MCNEILLIE, Andrew (Org.). *The Essays of Virginia Woolf. V. 4. 1925-1928*. Londres: Harvest, 1994.

MILLER, J. Hillis. *The J. Hillis Miller Reader*. Stanford: Stanford University Press, 2005. Org. Julian Wolfreys.

POOLE, Roger. *The Unknown Virginia Woolf*. Nova York: Cambridge University Press, 1995.

RICHTER, Harvena. The Ulysses Connection: Clarissa Dalloway. *Studies in the Novel*, v. 21, n. 3, p. 305-319, 1989.

ROOF, Judith. The Match in the Crocus: Representations of Lesbian Sexuality. In: BARR, Marlene S.; FELDSTEIN, Richard (Org.). *Discontented Discourses: Feminism/Textual Intervention/Psychoanalysis*. Chicago: University of Illinois Press, 1989: 100-116.

ROOF, Judith. Hocus Crocus. In: ARDIS, Ann L.; SCOTT, Bonnie Kime (Orgs.). *Virginia Woolf: Turning the Centuries*. Nova York: Pace University Press, 2000.

SEARLS, Damion. The Timing of Mrs. Dalloway. *Women's Studies*, v. 28, p. 361-366, 1999.

SCOTT, Bonnie Kime. Notas a *Mrs. Dalloway*. Nova York: Harcourt, 2005.

SHIELDS, E. F. The American Edition of *Mrs. Dalloway*. *Studies in Bibliography*, v. 27, p. 157-175, 1974.

SUTHERLAND, John. Clarissas's invisible taxi. In: *Can Jane Eyre be Happy? Mores Puzzles in Classic Fiction*. Nova York: Quality Paperback Book Club, 2001, p. 214-224.

WOOD, Andelys. Walking the web in the lost London of Mrs. Dalloway, *Mosaic*, v. 36, n. 2, 2003.

WOOLF, Leonard. *An Autobiography*. v. 2: 1911-1969. Oxford: Oxford University Press, 1980.

WOOLF, Virginia. *A Writer's Diary*. Org. Leonard Woolf. Nova York: Harcourt, 1981.

WOOLF, Virginia. *Moments of Being. A Collection of Autobiographical Writings*. Org. Jeanne Schulkind. Nova York: Harvest, 1985.

WOOLF, Virginia. More Dostoevsky. In: MCNEILLIE, Andrew (Org.). *The Essays of Virginia Woolf. 1912-1918. V. 2*. Nova York: Harcourt, 1987, p. 83-86.

WOOLF, Virginia. Character in Fiction. In: MCNEILLIE, Andrew (Org.). *The Essays of Virginia Woolf. 1919-1924. V. 3*. Nova York: Harcourt, 1988, p. 420-440.

WOOLF, Virginia. *The Complete Shorter Fiction*. Org. Susan Dick. Nova York: Harcourt, 1989.

WOOLF, Virginia. *Contos completos*. Trad. Leonardo Fróes. São Paulo: Cosac Naify, 2005.

WRIGHT, Glenn P. The Raverat Proofs of *Mrs. Dalloway*. *Studies in Bibliography*, v. 39, 1986, p. 241-261.

WUSSOW, Helena M. *The British Museum Manuscript of Mrs. Dalloway*. Nova York: Pace University Press, 2010.

WYATT, Jean M. *Mrs. Dalloway*: Literary Allusion as Structural Metaphor. *PMLA*, 1973, v. 88, n. 3, p. 440-451.

5	*Mrs Dalloway*
199	Uma introdução a *Mrs Dalloway*
203	Mrs Dalloway e Mrs Brown: a arte de Virginia
215	Virginia Woolf: uma vida
221	Cronologia
227	Índice onomástico
243	Notas
263	Notas ao mapa de Londres
265	Referências